Omicidio a Rudhall Manor

ANYA WYLDE
Traduzione dall'inglese
di Ernesto Pavan

Ringraziamenti

Marito mio, so che è un argomento delicato, ma
ti amo comunque, con o senza capelli.
Magda, ancora una volta non potrò mai ringraziarti
abbastanza per questa copertina meravigliosa e favolosa.
Madre, ti ringrazio tanto per avermi
data alla luce. Hai fatto bene.

Capitolo 1

"**S**ignorina Trotter, spero che vi renderete conto che questo è un grande onore."

"Sì, signorina Summer," rispose in tono mite Lucy.

"Andrete nel mondo e lascerete per sempre gli agi di questo orfanotrofio. Voi ci rappresenterete, signorina Trotter, presso una famiglia aristocratica, e spero che non farete nulla per infangare il nostro buon nome."

"No, signorina Summer."

"Vi abbiamo nutrita, vestita e istruita. Siete una delle poche giovani donne ad aver avuto il privilegio di prendere lezioni di francese, storia e latino invece di essere formata a pulire caminetti o lavorare al telaio."

"Sì, signorina Summer."

"Sapete perché vi sono stati concessi simili vantaggi?"

"No, signorina Summer."

"Perché voi possedete qualcosa di raro, qualcosa di cui oltre la metà della popolazione mondiale è carente. Si tratta di una cosa tanto bella che non posso ignorarla quando la vedo."

"Davvero, signorina Summer?"

"Sì, signorina Trotter. Voi possedete una cosa rara e preziosa, comunemente nota come 'cervello.' E io ho conosciuto pochissimi cervelli in vita mia, mia cara. Perlopiù avariati, sotto spirito o completamente vuoti. Ma non è il vostro. Oh, no, no, no… il *vostro* piano superiore è notevolissimo. È bene oliato, funzionale e soprattutto brillante." Gli occhi scuri sopra le guance rosee e piene si strinsero. "Ma ciò non significa che voi siate priva di difetti."

"No, signorina Summer."

"Al Geranio Pensoso abbiamo fatto del nostro meglio per purificarvi dei vostri peccatucci, ma vedo che non abbiamo avuto pienamente successo." L'anziana insegnante si spostò più avanti sulla sedia e le ciocche argentate nei suoi capelli dall'acconciatura severa brillarono alla luce. "Siete sicura, bambina mia, che non preferireste lavorare per il dottore? Lui ha detto che siete brava a preparare pomate curative e che non avete fiatato alla vista del sangue. I suoi pazienti vi apprezzano–"

"Voglio diventare istitutrice, signorina."

"Beh, se siete così sicura…" Quando Lucy annuì con fermezza, la donna proseguì. "Non fiatate alla vista del sangue, ma fiatate alla vista dei nastri. Dovete estirpare questo vostro compiacimento per le cose frivole."

"Sì, signorina Summer."

"Non dimenticate mai che siete adulta. Non potete giocare con i bambini come se fossero vostri pari o comportarvi in maniera anche solo lontanamente infantile."

"Non lo dimenticherò, signorina Summer–"

Ancora una volta, la donna si sporse sulla sedia, frenando la lingua di Lucy. "Non sareste disposta a cambiare idea, vero? Potrei affidarvi la cura dei bambini più piccoli qui all'orfanotrofio. Vi pagherò persino; non quanto vi offre lord Sedley, ma a sufficienza. Siete una buona lavoratrice, intelligente e, a onor del vero, ho timore a lasciarvi libera per l'Inghilterra–"

"Sono sicura," rispose Lucy con un altro fermo cenno del capo.

"Ma i bambini hanno otto e dieci anni. L'ultima volta che vi è stato chiesto di seguire un gruppo di bambini di quell'età, li abbiamo trovati otto chilometri a sud in cima ad alberi di melo."

"Ero giovane–"

"È accaduto tre mesi fa."

"Prometto che non incoraggerò mai più dei bambini sotto la mia supervisione a derubare i contadini–"

"Li avete incoraggiati a rubare?" La signorina Summer si ritrasse, una mano sul cuore scandalizzato.

"No, ho semplicemente osservato che per il contadino sembrava prospettarsi un buon raccolto e che una mela a testa non gli avrebbe recato un danno irreparabile. Se agli uccelli è permesso beccare e rovinare la frutta–"

"Signorina Trotter, il comandamento recita 'Non rubare.' Questo si applica anche ai contadini e alle cucine. Che le formiche e i maledetti uccelli si prendano il cibo, se lo vogliono."

"Sì, signorina Summer," rispose Lucy con un sospiro sentito.

Come previsto, il sospiro addolcì immediatamente l'anziana. "Voi siete una brava ragazza: talentuosa, affascinante, amichevole, benvoluta... Se solo non aveste uno spazio fra i denti davanti, potreste persino essere considerata attraente."

Lucy strinse le labbra per nascondere i denti colpevoli.

La signorina Summer tamburellò pensierosa con le dita sul tavolo, passando lo sguardo su un lungo elenco che aveva di fronte. "Cos'altro? Ah, sì, non riordinate la biblioteca di lord Sedley come avete fatto per noi quando avevate quindici anni. Non è divertente. E non pensate nemmeno di scendere lungo i rampicanti. La vostra paura delle altezze è molto bizzarra. Va e viene. Di solito non avete problemi a scalare il muro e dirigervi verso il villaggio più vicino come un malvivente esperto, ma quando la paura vi colpisce..." La donna agitò un dito in un cenno di ammonizione. "Vi fermate a metà strada, a un metro e mezzo da terra, aggrappata a un filo di edera, penzolando con gli occhi chiusi e tremando come un orso polare senza pelo–"

"Mi comporterò bene, signorina Summer. Sul serio."

La signorina Summer allontanò l'elenco. "Sul serio?" chiese scettica. "La vera domanda è: siete in grado di comportarvi bene sul lungo periodo, signorina Trotter? Immagino di non potervi legare alla sedia che al momento state scaldando e tenervi qui per sempre..."

Lucy scosse nervosamente la testa.

"Non sarà facile," la avvertì la signorina Summer.

"Il mondo è pieno di pericoli," concordò Lucy. "Sarò prudente."

"Non sarà facile," ripeté con fermezza la signorina Summer, "per il mondo adeguarsi alla vostra presenza. L'Inghilterra dovrà cambiare di posto, fare spazio, adattarsi un poco, alzarsi in punta di piedi e restare all'erta per assorbire una persona come voi... Potrebbe anche succedere... I miracoli non sono sconosciuti."

Lucy abbassò lo sguardo su una pagliuzza bianca sul tavolo.

La signorina Summer frugò nel cassetto della scrivania. "La sorella di vostra madre ha sempre rimpianto di non avervi potuta accogliere in casa sua dopo che i vostri genitori sono morti in quell'incendio, ma aveva già undici sventurati da sfamare. Tenete." Porse a Lucy un borsellino rosso scuro. "Vi ha lasciato del denaro. Mi aveva chiesto di darvelo quando avreste raggiunto l'età giusta. Avrei preferito attendere un po' più a lungo, ma sembra che, per celti stolti, la saggezza sia definita dall'età."

Lucy agitò il borsello. Non era molto, ma almeno era qualcosa.

"Potrebbe essere sufficiente a comprare un vestito," disse la signorina Summer, accennando con il mento tondeggiante e la sua fossetta al borsello. "Ora, per l'ultima volta, signorina Lucy Anne Trotter, siete sicura di volervi recare a Blackwell e prendervi cura dei bambini di Rudhall Manor?"

"Non cambierò idea, signorina Summer."

"Beh, allora, questo è quanto."

"Sì, questo è quanto."

"È definitivo?"

"Sì."

"Non vi sarà permesso di fare ritorno qui una volta che vi sarete allontanata, signorina Trotter. Sapete che abbiamo delle responsabilità, con tutte queste bocche da sfamare–"

"Capisco."

"Lo vedo... Addio, allora."

"Sì," disse Lucy con voce carica di emozione. "Addio, signorina Summer." Si fermò vicino alla porta e guardò la sua amata insegnante. "E, signorina Summer..."

"Sì?"

"Grazie... di tutto."

"Prego, bambina mia. Ora ripagatemi comportandovi come una giovane donna bene educata per il resto della vostra vita."

"Proverò a fare del mio meglio, signorina Summer."

"Per il bene di lord Sedley, lo spero proprio."

Lucy annuì e uscì dalla stanza. Chiuse la porta e vi si appoggiò.

Dopo un breve istante, aprì un occhio marrone scuro e guardò a destra e a sinistra. Il corridoio era vuoto.

Tese le orecchie e ascoltò.

Tutto taceva.

Le sue labbra si sollevarono agli angoli e poi, come se un'ape l'avesse punta al braccio, lei ebbe un sussulto e prese vita. Le sue braccia cominciarono a sventolare, le sue gambe iniziarono a saltellare e la sua testa ondeggiò velocemente da una parte all'altra. Le forcine presero il volo e la sua folta chioma castana si sciolse e si riannodò.

Non si accorse di quando la porta si aprì alle sue spalle e la signorina Summer uscì, né vide la stanza più vicina svuotarsi e un gruppo di sedicenni abbandonare il cucito per venire a guardarla.

Né si fermò quando il suono di una campanella lontana si diffuse per l'orfanotrofio ad annunciare la cena, perché, in quello splendido istante, la signorina Lucy Anne Trotter stava danzando il felice ballo della libertà.

Capitolo 2

Tre mesi dopo…

Sul limitare di Londra, incuneato fra Muffly e Duffly, si trovava un tranquillo villaggio di nome Blackwell.

E mentre Londra balzava, saltellava e correva, il villaggio di Blackwell sbadigliava, si stiracchiava e ciondolava pigramente.

Gli alberi di quel villaggio ondeggiavano in maniera cupa, gli uccelli petulanti smisero di cinguettare e le nuvole attraversavano il cielo come vermi lenti e obesi.

L'aria portava con sé un tepore tropicale nonostante fosse metà inverno e il fiume scorreva a passo languido, sospingendo delicatamente frammenti di ghiaccio galleggiante lungo la sua corrente.

Per quanto riguardava i paesani, svolgevano le loro faccende semiaddormentati, con le palpebre calanti, le mascelle pendule e sbadigli a tutta bocca che si diffondevano fra le strade, trasmessi da uomo a uomo, da donna a donna e da bambino a scimmia.

Anche Lucy era rimasta colpita da quella bizzarra letargia che aveva avviluppato il villaggio. Era seduta nella locanda locale, a sorseggiare una tazza di caffè tiepido, la testa che ciondolava da un lato e il sedere che protestava per il tempo trascorso sulla sedia di legno duro.

Era di umore svogliato, quel giorno. Tutto attorno a lei sembrava spento e stagnante. Spesso, a quel genere di atmosfera flemmatica seguiva un vortice di azione, caos ruggente e tempeste assordanti, o almeno così sperava lei.

Aveva bisogno di una scarica di entusiasmo nella sua vita e di una dose abbondante di vivacità. Aveva bisogno che succedesse qualcosa. *Qualunque cosa.*

Si sarebbe addormentata, considerato l'ambiente soporifero, non fosse stato per il fatto che le sue piccole orecchie appuntite erano al momento sotto assalto da parte dei suoni che provenivano dall'angolo, dove un giovane piuttosto illuso era impegnato a percuotere un pianoforte.

Il giovane stava cercando di cantare una versione orripilante della famosa ballata nota come *La principessa dal piede vagabondo* e Lucy avrebbe preferito che la smettesse immediatamente.

Sperava che il cantante fosse colto da un improvviso impulso a saltare nella propria tazza di tè e annegarsi, o che una minuscola nuvoletta sarebbe penetrata dalla finestra, preso posizione sopra di lui e gli avrebbe fatto piovere sulla testa, inzuppandolo all'istante e procurandogli un raffreddore immediato.

A quanto pareva, un angelo stava passando in quel momento sopra la sua testa, perché il suo desiderio venne esaudito e qualcosa accadde davvero.

Un'improvvisa ventata di brezza gelida spazzò il villaggio, strappando gli sbadigli di bocca a uomini, donne, bambini e scimmie.

Lucy raddrizzò la testa e il suo sguardo si fece lucido.

L'atmosfera sonnolenta nella taverna si svegliò seduta stante.

Il fiume si riversò, sbattendo i blocchi di ghiaccio galleggiante contro la riva rocciosa fino a quando essi non si spaccarono in mille pezzi.

Una cacofonia di grida, urla e strida proruppe in strada, coprendo la voce tremolante del giovane cantante.

Sembrava che il mondo fuori dalla locanda stesse finendo.

L'uomo anziano e rinsecchito dal naso poroso seduto accanto al tavolo di Lucy smise di guardarla con lascivia e sbirciò invece fuori dalla finestra smerigliata che lasciava entrare la luce grigio spento della serata.

Costui si accarezzò con fare preoccupato i sottili baffi bianchi.

Lucy seguì il suo sguardo fuori dalla finestrella bassa. Vide un assortimento di piedi coperti da stivali che correvano sull'acciottolato luccicante.

Un paio di grandi stivali marroni attirò la sua attenzione e lei li guardò balzare in aria e battere i tacchi. Vecchi stivali da cavallerizzo verdi li seguirono a un passo più riluttante.

Dolci gambe femminili che terminavano in delicati e snelli stivali di cuoio si mossero al seguito di stivali grandi e affascinanti, mentre minuscoli stivali da bambino venivano inseguiti da assennati stivali materni.

Il linguaggio di quegli stivali frettolosi appartenenti ai paesani di Blackwell era complesso. Alcuni erano felici, altri tristi, alcuni allarmati e altri entusiasti. Lucy non si era mai resa conto che la parte più bassa dell'anatomia umana potesse rappresentare così tante emozioni.

Abbandonata la tazza di caffè, si avvicinò timidamente alla finestra, leggermente timorosa di quello che avrebbe trovato.

Non vide altro che una fuga di piedi coperti.

Rimase ferma per un momento, aprendo e chiudendo il pugno attorno alla tenda polverosa della locanda nel tentativo di scaldarsi le mani infreddolite. Il vecchio locandiere scontroso le aveva dato un tavolo lontano dal fuoco scoppiettante e, nonostante fosse rimasta al chiuso per più di un'ora, non le si era scaldata nemmeno un'unghia di pelle.

Si chiese se non fosse il caso di raggiungere la folla all'esterno per apprendere la causa del caos.

Una corrente d'aria invernale si intrufolò attraverso una crepa nella finestra, facendo perdere sensibilità alle sue povere orecchie infreddolite e ricordandole le raffiche gelide che spazzavano la strada.

Lucy si fermò, indecisa.

Alle sue spalle, quello che era cominciato come un mormorio sommesso si trasformò in uno squittire spaventato. I piedi strisciarono, scivolarono e picchiarono sul pavimento di legno coperto da gusci di noccioline mentre la gente abbandonava la cena per raggiungere la folla sempre più nutrita all'esterno.

La possibilità dell'apocalisse imminente aveva rinvigorito i passi di tutti. Persino le creature più letargiche presenti nella stanza si fecero vivaci mentre abbandonavano la locanda con notevole velocità.

Lucy premette il naso leggermente all'insù sul vetro ghiacciato. I passi martellanti, il clamore all'interno e all'esterno della locanda e l'allegro cantante che malmenava il pianoforte scordato come se fosse posseduto da un'entità soprannaturale le rendevano impossibile distinguere una singola parola coerente o vedere altro che il caos.

Lucy lanciò un'occhiata infastidita al cantante.

Il giovanotto non notò la sua occhiata letale, ma proseguì l'aggressione ai danni del pianoforte nel tentativo di farsi sentire al di sopra del rumore. Le sue dita corsero sui tasti, accompagnate dai gomiti e, occasionalmente, dai piedi.

Era come se l'uomo stesse cercando di fare musica con ogni parte della propria anima oltre che del proprio corpo. Pestava sui tasti con un entusiasmo quasi maniacale, certo che fosse arrivata la fine del mondo.

Presto le sue dita, i gomiti, le orecchie e i suoi piedi si tracciarono sui tasti sempre più in fretta, colpendo con saette di paura i cuori degli ascoltatori sensibili. Alla fine, con uno schianto, fu la sua testa a battere sui tasti, dopodiché egli giacque immobile.

E con la fine di quella spaventosa canzone, Lucy divenne consapevole del silenzio.

Il rumore era morto, lasciandosi alle spalle una scia di sussurri.

Il viale all'esterno era silenzioso; solo pochi ritardatari si stavano ancora dirigendo rapidamente verso la piazza.

Lucy voltò la testa e scoprì che la locanda era vuota, con l'eccezione del cantante che russava sommessamente.

Piatti di cibo fumante, birra, fette di pane e pasticci giacevano abbandonati sui tavoli. Un bicchiere di vino era stato rovesciato e il liquido scuro stava lentamente serpeggiando fra i solchi del tavolo di legno. Non c'era nessuno a pulirlo.

Persino il proprietario sembrava svanito.

Dopo una breve esitazione, Lucy afferrò il pane dal suo tavolo, si impadronì di una coscia di pollo rimasta in un piatto intatto e corse fuori.

Raggiunse con facilità i paesani e, dopo aver sollevato il cappuccio del suo sottile mantello di lana, si mescolò alla folla.

Si mosse assieme ai corpi vocianti nella direzione della piazza.

Nell'aria fervevano le ipotesi. Alcuni mormoravano di un incendio, mentre i più ottimisti speravano che quella corsa fosse dovuta a qualcosa di più entusiasmante... come ad esempio un donativo di formaggio da parte del re folle.

Lucy smise di ascoltare il dibattito che si svolgeva attorno a lei e cominciò ad allungare il passo. Il fango freddo e umido le aveva inzuppato gli stivali ed era penetrato attraverso le crepe nel cuoio per bagnarle le calze.

Temeva che, se avesse perso altro tempo, le si sarebbero congelate e spaccate le dita.

Non ci volle molto prima che individuasse l'alto paletto di legno appuntito che segnava il centro della piazza del villaggio.

Il suo cuore cominciò a tuonare per la paura mentre i suoi denti divoravano a ritmo furioso la coscia di pollo e lei si univa ai paesani, un cane, sei gatti, qualche pecora e una vacca, tutti che sciamavano verso il centro della piazza.

Chissà cosa avrebbe trovato.

Capitolo 3

Il tempo sembrava essersi fermato e un bizzarro incantesimo aveva avviluppato il villaggio di Blackwell.

Le nuvole grigie si mossero a coprire parzialmente il cielo e a smorzare la luce della sera, dandole un tono grigio-azzurro.

La nebbia calò come un ladro dal passo felpato e coprì il suolo umido.

Gli uccelli volarono ai loro nidi e gli insetti, appesantiti dall'ultimo pasto, corsero a casa alla massima velocità consentita dalle loro numerose zampe.

La notte sembrava in agguato all'orizzonte, pronta a balzare per immergere la terra nell'oscurità.

I paesani facevano capannello in piazza, avendo abbandonato in fretta e furia botteghe e dimore. Il villaggio solitario era deserto, con pentole di stufato dimenticate che ancora sobbollivano sopra i fuochi ruggenti e le candele accese che perdevano cera preziosa.

Tutto taceva, ma questa volta, il silenzio non era gravato dal sonno, ma all'erta e carico di tensione.

La temperatura precipitò e nuvolette nebbiose cominciarono a fuoriuscire da centinaia di bocche. Uomini e donne si strinsero gli uni alle altre come un branco di cuccioli neonati nel tentativo di scaldarsi.

Lucy si guardò attorno sbalordita, dimentica della coscia di pollo. Cosa, si domandò, aveva trascinato fuori in mezzo a quel gelo un macellaio con il coltello che ancora gocciolava sangue, una lavandaia con un paio di calzoni gialli insaponati su una spalla e un giovanotto privo dei suddetti calzoni?

"Ecco," gridò qualcuno.

"Ridatemi i calzoni!" strillò il giovanotto.

"Ooh," esclamò la folla mentre tutti sollevavano il viso verso il cielo.

Lucy strinse gli occhi, sollevando di scatto la mano per schermarseli dal sole al tramonto.

Alcuni cominciarono a sussurrare delle preghiere e gli anziani caddero in un silenzio colmo di inquietudine.

I bambini bisbigliavano per la paura e lo stupore, mentre le anziane proclamavano che era giunto il Secondo Avvento.

Le ragazzine ridacchiavano nervosamente; una di loro arrivò persino a dichiarare che si trattava di stregoneria.

"Non può essere un uccello," disse l'anziano medico del villaggio, usando la propria spassionata mente scientifica.

"Non ha le ali," concordò il fabbro, un altro individuo logico.

"È un angelo," mormorò con reverenza un ragazzino.

"Zitto!" La madre gli diede uno scappellotto.

"È il Demonio," contribuì questa volta una ragazzina.

Fu ignorata, anche se tutti coloro che la sentirono si affrettarono a segnarsi.

Angelo… demonio… un uccello senza ali? Lucy non vedeva altro che una confusa macchia scura nel cielo, dato che non godeva di buona vista. Batté un piedino per terra in preda alla frustrazione mentre cercava di distinguere una qualche forma.

"Sta scendendo. Precipita," gridò una voce.

"Iiiih," squittì la folla, che ora saltellava in preda all'entusiasmo.

"Ora si è fermato… È sospeso a mezz'aria," commentò la stessa voce.

Lucy guardò accigliata i paesani sbigottiti e scrutò con impazienza il cielo, desiderando che l'oggetto si sbrigasse ad avvicinarsi. Si ripromise che sarebbe tornata di corsa a Rudhall non appena avesse avuto un'immagine chiara di… qualunque cosa fosse quella.

Lady Sedley si sarebbe arrabbiata, ma Lucy doveva restare.

Qualche istante non avrebbe certo fatto la differenza. Il puntino era già più grande e presto si sarebbe trovato sopra di loro.

Come se le avesse letto nel pensiero, il marchingegno accelerò e la folla sussultò, alcuni per l'apprensione e qualcuno, che aveva riconosciuto l'oggetto, per la delizia.

La fiamma guizzante, il panno bianco gonfiato e il cestello erano ora chiaramente distinguibili sullo sfondo del cielo grigio.

Anche Lucy distinse la sagoma dell'oggetto e sorrise di pura gioia. Aveva letto di quelle cose nei libri, aveva visto dei disegni, ma vederne una di persona... era mozzafiato.

"È una mongolfiera," esclamarono all'improvviso alcune voci bene istruite.

"Ma sì, una mongolfiera in viaggio," riecheggiò entusiasta qualche altra voce.

"Una mongolfiera a Blackwell? Stregoneria, piuttosto," strillò una irrazionale voce di donna.

"Che sciocchezze," risposero i giovanotti. "È solo una mongolfiera," esclamarono in tono di superiorità. Ma nonostante affettassero noia, ogni paio d'occhi rimase fisso sul cielo.

Lucy pregò che il sole posticipasse il tramonto di qualche istante. Ancora un momento e la mongolfiera si sarebbe trovata proprio sopra le teste incappellate.

"Sta scendendo," gridarono i bambini, correndo verso il pallone che si stava abbassando rapidamente di quota.

Le madri amorevoli si misero subito in azione, afferrando le manine e allontanando i pargoli dal punto di atterraggio del pallone, per evitare che venissero schiacciati dal cesto di vimini.

Lucy si strinse una mano delicata al ventre quando cento farfalle sembrarono uscire dai bozzoli. Quella bizzarra sensazione era dovuta in parte al fatto che aveva mangiato una straordinaria quantità di biscotti glassati al limone, e in parte a quello che la mongolfiera si stava rapidamente avvicinando al terreno.

Si mise in equilibrio sulle punte dei piedi e concentrò tutto il suo essere sul bearsi di quella visione.

I suoi occhi voraci presero nota della sagoma scura di un uomo che si sporgeva coraggiosamente dal bordo della mongolfiera.

Il sole, ora, era posizionato proprio dietro la mongolfiera e il fuoco ardeva alle spalle dell'uomo, facendo venire le lacrime agli occhi di Lucy mentre cercava di distinguerne il volto.

Macchie nere danzarono di fronte ai suoi occhi e il suo cuore si fermò.

"Per Giove," gridò qualcuno.

"Per George," fece eco una voce femminile.

"Accidenti," strillarono i bambini.

La mongolfiera stava precipitando verso il terreno.

Sulla piazza cadde il silenzio, rotto solo dal cinguettio di un uccello e dal rumore di una vacca che masticava un paio di calzoni gialli.

I paesani attesero col fiato sospeso; su ogni labbro stava una preghiera per la salvezza del viaggiatore sconosciuto.

Lucy temeva che il pallone si sarebbe rovesciato a mezz'aria, scagliando l'uomo fuori dal cesto, e che questi sarebbe caduto a terra come un uccello privo di ali.

Non accadde nulla del genere.

Fu con un tonfo decisamente poco drammatico che la mongolfiera toccò terra.

Il cuore di Lucy riprese a battere, questa volta galoppando dall'entusiasmo.

I bambini gridarono di gioia, lacerando il silenzio teso, e corsero verso il marchingegno.

Gli uomini e le donne si avvicinarono sciamando con il pretesto di prendersi cura dei bambini, quando in realtà gli occhi e le orecchie di tutti erano concentrati sull'uomo di fronte a loro.

Lucy avvertì il cambiamento nella folla mentre questa faceva collettivamente un passo indietro.

Le spalle si tesero e le madri si strinsero i figli al petto. Gli uomini si raddrizzarono e sporsero il petto, mentre gli anziani afferrarono i bastoni da passeggio.

Alcune delle ragazze svennero.

Un senso di diffidenza attraversò la folla.

Lucy, sul fondo dell'assembramento, riusciva a malapena a intravedere il nuovo arrivato attraverso i corpi pressati.

La sua espressione precipitò mentre la campana della chiesa suonava.

Sarebbe arrivata in ritardo e lady Sedley non sarebbe stata contenta.

Ma se fosse andata via, il mistero dell'uomo sulla mongolfiera l'avrebbe tormentata per sempre.

Un brusco prendere fiato da parte di un uomo alto poco più avanti rispetto a lei quando questi vide il viaggiatore prese la decisione per lei. Lucy si lasciò cadere in ginocchio. Non sopportava più l'attesa.

Doveva vedere.

Di conseguenza, cominciò a gattonare verso la mongolfiera, noncurante del vestito.

Si infilò fra le gambe, protesse le dita dalle suole minacciose degli stivali e schivò bambini entusiasti. Le pietre fredde le morsero i palmi attraverso i guanti.

Lei strinse i denti e accelerò.

Arrivò davanti e, con un sorriso vittorioso, posò lo sguardo sui piedi dalle pantofole dorate del viaggiatore. Le pantofole avevano un disegno complesso, con quelli che sembravano minuscoli rubini inseriti dappertutto a formare disegni triangolari.

Lo sguardo di Lucy viaggiò verso l'alto e incontrò una vestaglia di velluto verde smeraldo bordata di broccato d'oro, appesa a un paio di ottime spalle e legata con fermezza in vita. Una mano scura reggeva un sigaro acceso fra due dita lunghe; il fumo del sigaro saliva a ricciolo e civettava con la nebbia nell'aria.

Finalmente, lo sguardo di Lucy cadde sul viso e, per la seconda volta in quel giorno, Lucy smise di respirare.

Costui era un perfetto esemplare di uomo. Aveva un lungo naso aristocratico, labbra sensuali, mascella squadrata, mento aguzzo... e i suoi occhi scuri... i suoi occhi erano pura poesia, incorniciati dalle ciglia più lunghe e più folte che lei avesse mai visto.

"Perché un uomo senza cappello, in pantofole e vestaglia, vola sopra l'Inghilterra a bordo di una mongolfiera?" borbottò qualcuno.

"Io ve lo dico," ringhiò il fabbro, "questo è pazzo."

La giovane moglie del fabbro sferrò una gomitata fra le costole del marito. "Sei tu il pazzo." Il suo sguardo si fece sognante. "Per me è meraviglioso."

"Meraviglioso," concordò silenziosamente Lucy.

"Lord Adair, benvenuto a Blackwell," salutò con entusiasmo il dottore del paese.

"Lord Adair?" sussurrò qualcuno.

Il nome passò da un orecchio all'altro e, nel giro di qualche istante, la folla si esibì in una calorosa accoglienza. Le schiene degli uomini si raddrizzarono, mentre qualche altra donna svenne a sua volta.

"Lord Adair, il marchese di Lockwood," dissero con enfasi i bambini adoranti.

Lucy si rifiutò di credere che quello fosse davvero lui: il famoso, beneamato e leggendario lord Adair, proprio lì, davanti ai suoi occhi di popolana. La sua bocca si spalancò per la meraviglia.

"Il salvatore del re e del reggente," disse orgoglioso il fabbro.

Lord Adair guardò oltre il bordo del cesto e fece una smorfia, senza dubbio chiedendosi come avrebbe fatto a scendere con grazia in vestaglia.

"Santi numi," sussurrò la moglie del fabbro, "che splendido cipiglio."

"Mi scuso per il modo e l'abbigliamento con cui mi presento," disse lord Adair al dottore con voce profonda e calorosa. Ciò detto, superò il cesto con un balzo.

La vestaglia svolazzò, scoprendogli le caviglie. Un sussulto attraversò la folla di fronte a quella splendida visione e le donne dichiararono che quella particolare parte del corpo era la definizione stessa della perfezione.

Lord Adair continuò a parlare come se non si fosse reso conto dello scalpore che stava suscitando la sua presenza. "Un mio buon amico, il professor Bagwit, è recentemente entrato in possesso di questo pallone galleggiante e si è presentato a casa mia questa mattina molto presto, per mostrarmelo. Non sono riuscito a contenere la curiosità e sono sceso dal letto in vestaglia per verificare."

"Naturalmente," rispose il dottore.

"Stavo curiosando, ispezionando le manopole e ruotando ingranaggi, quando a un certo punto mi sono ritrovato con un gabbiano che mi strideva nell'orecchio e una nuvola che mi sfiorava il naso."

"Naturalmente, naturalmente," blandì il dottore.

"Ho guardato in basso e mi sono ritrovato a miglia di altitudine. Ho visto il povero professor Bagwit che, a mo' di diavoletto, saltellava gridando senza dubbio le istruzioni per l'atterraggio; sfortunatamente, non potevo sentirlo."

"Santi numi." Il dottore fece su e giù con la testa.

"Ho impiegato diverse ore a capire come scendere in sicurezza," concluse lord Adair, congiungendo le sopracciglia nere in un'espressione di scontento. (Il poeta del villaggio giurò in quell'istante che avrebbe scritto un'ode a quelle belle sopracciglia, mentre le bionde decisero di tingersi le sopracciglia di un nero profondo.)

"Avrete freddo?" chiese il dottore.

"Leggermente," rispose lord Adair attraverso le labbra blu. "Se ci fosse una locanda–"

"Sì che c'è una locanda!" esclamò il dottore. "Blackwell ha una splendida locanda nota come 'il Maiale Marinato,'" proseguì. "Devo proprio parlarvi del suolo notevolissimo che abbiamo qui. È quasi rosso scuro nel colore… C'è acqua in abbondanza, ma cresce ben poco. Che luogo miserabile… Ma siamo felici di avervi qui. Spero che il vostro soggiorno sarà piacevole. Sempre che intendiate soggiornare… E in tal caso, dove pensate di…?"

Lucy, ancora a quattro zampe, ignorò il chiacchiericcio nervoso del dottore. Invece, si concentrò su lord Adair.

Persino la sua schiena era attraente. Sospirò, poi si immobilizzò.

Lord Adair aveva smesso di camminare e, con immensa

lentezza, si voltò a guardare la mongolfiera al centro della piazza. Il suo sguardo si spostò, si abbassò e cadde su Lucy.

I suoi occhi si impressero in quelli di lei come se l'uomo stesse facendo a pezzi e analizzando la sua anima.

Tutto attorno a lei svanì, i suoni si attenuarono fino a cessare e il mondo cominciò a inclinarsi.

La terra umida scelse quel momento per inzupparle le gonne e dare al suo ginocchio un pizzicotto gelido. Lucy sussultò e si rese conto di chi era e di fronte a chi stava annegando. Sorrise ampiamente e gli soffiò un bacio.

Un lampo di stupore attraversò il viso dell'uomo, che girò rapidamente sui tacchi.

Lucy si appoggiò il mento sulle mani e lo guardò allontanarsi con espressione sognante.

"Bagascia," borbottò qualcuno sopra di lei. Lucy non ci badò minimamente.

Capitolo 4

Con la partenza di lord Adair, il sole decise che era giunto il momento di chiudere gli occhi e l'avventura, l'agitazione e il calore dorato del giorno svanirono, cedendo il posto alle tristi e noiose incombenze della vita.

Molto presto, le fredde ali della notte si avvolsero attorno a Lucy, che rabbrividì nervosamente.

La strada per tornare a Rudhall Manor era breve, ma non illuminata e scivolosa per via del fango. Se voleva raggiungere la villa padronale con tutte le ossa intatte, avrebbe dovuto convincere qualcuno ad accompagnarla.

Alla fine, decise di chiedere al vecchio locandiere di darle un passaggio con il suo carro.

Le ci volle un po' di tempo per convincere il burbero locandiere e il suo altrettanto scontroso vecchio mulo a lasciare il pittoresco villaggio dalle strade acciottolate per imboccare la buia e ostile strada che portava alla villa.

Il viaggio fu breve, ma il carro aperto e le periodiche raffiche di vento gelido diedero l'impressione che fosse lungo ore.

Finalmente, Rudhall Manor incombette di fronte a loro con un'aria particolarmente cupa. Non era mai stato un bell'esempio di architettura, ma alla luce della luna sembrava quasi minacciosa, accovacciata sulla collinetta come un malefico rospo coperto di verruche.

Lucy saltò giù dal carro e corse al coperto. Le stavano ghiacciando le dita nei guanti consunti e il corpino di lana zuppa le pesava sulle spalle.

Percorse velocemente il corridoio, bramosa di una tazza di tè caldo e zuccherato, abiti asciutti e un fuoco ruggente.

Purtroppo, non era destino.

Hodgson, il maggiordomo, la informò in tono compassionevole che era attesa immediatamente nel salotto di lady Sedley.

Con riluttanza, Lucy cambiò direzione e raggiunse l'esterno del salotto.

"È stata l'istitutrice a rubarlo."

La mano con cui Lucy stava per aprire la porta si immobilizzò e il suo orecchio si appiccicò immediatamente alla suddetta porta.

Stavano parlando di lei; origliare era lecito.

"Perché pensate che la colpevole sia l'istitutrice? Avete prove?"

Lucy si accigliò. Quella voce mascolina… l'aveva già sentita. Era un suono rimbombante. Il genere di voce che faceva provare strane sensazioni nelle profondità del ventre. E le parole… erano pronunciate in modo limpido e colto, con una nota melodiosa. Lucy rabbrividì, solo in parte per via del freddo.

"È l'unica a non essere in casa."

A parlare era la signorina Elizabeth Sedley, l'unica figlia femmina di lord e lady Sedley, con la sua distinta voce roca. Lucy si infilò un dito nell'orecchio e lo ruotò avanti e indietro. Il suono era quello della voce di Elizabeth, ma il tono…

"È uscita questa sera presto."

Questa volta, Lucy ebbe la certezza che fosse Elizabeth Sedley a parlare. Difficile non riconoscere una voce che sembrava afflitta da un raffreddore perenne.

A confonderla era stato il fatto che Elizabeth era un metro e settantasette di ghiaccio splendidamente scolpito. Quella donna non sorrideva mai, né tantomeno si concedeva atteggiamenti frivoli, ma il suo tono di voce attuale conteneva una certa riluttanza, uno spruzzo di pudore femminile e persino un goccio di dannato calore.

Che cosa bizzarra.

"È andata al villaggio." La voce morbida di Peter Sedley penetrò nei pensieri di Lucy.

"Non tornerà," disse lady Sedley al figlio maggiore. "Il giorno in cui ho posato lo sguardo sulla signorina Trotter, ho capito subito che era una poco di buono. Non avremmo mai dovuto assumerla… Non so perché lo abbiamo fatto."

Lucy si accigliò e fissò lo sguardo su un ragno che si arrampicava lungo il muro.

"Chi l'ha raccomandata?" chiese lo sconosciuto.

"Lady May. È una buona amica di famiglia, o meglio, lo era fino a quando non ci ha inflitto quella ragazza. Gestisce alcuni orfanotrofi e la signorina Lucy Anne Trotter è cresciuta in uno di essi. Il Geranio Pensoso, si chiama. Con un nome del genere…" Elizabeth scosse la testa in preda al disgusto. "Si diceva che fosse molto qualificata a svolgere questo compito."

Lady Sedley gemette. "Ahimè, il giorno in cui abbiamo accettato la sua offerta è stato un giorno sfortunato. Volevamo fare un piacere a una povera ragazza sfortunata e cosa ne abbiamo ricavato? Sventure, milord, solo sventure. Gradite del tè?"

"Ehm, no, grazie. Perché avete preferito un'orfana a una parente bisognosa?"

Dopo un breve momento di silenzio, lady Sedley disse: "Non ci è venuta in mente nessuna parente…" Lasciò la frase in sospeso.

"Parliamo pur sempre dei figli della vostra defunta sorella," osservò l'uomo.

"Sì, a cui spetta un patrimonio non indifferente," rispose lady Sedley con una nota di amarezza. "Che riceveranno al compimento della maggiore età. Abbiamo assunto questa ragazza, questa Trotter, perché istruisse quei piccoli mostri. Onestamente, Tryphena avrebbe dovuto permetterci di accedere al denaro dei bambini. Come ha potuto pretendere che noi ci prendessimo cura di quei demonietti e finanziassimo la loro istruzione–"

"Madre," ammonì a bassa voce Elizabeth.

Lucy cambiò posizione, cercando di mettersi più comoda. Inarcò la schiena e ruotò il collo, per poi appoggiare nuovamente l'orecchio alla porta.

Sapeva perché avevano assunto lei, una ragazza senza esperienza: perché lei aveva accettato di lavorare per una cifra miserevole e il patrimonio della famiglia Sedley non navigava in buone acque. Ma quelle persone non potevano confessare una cosa del genere a uno sconosciuto, il quale, a giudicare dal tono mieloso di Elizabeth e lady Sedley, doveva essere un personaggio importante.

"Tornerà presto," rispose Peter.

Lucy sapeva che Peter, il pargolo più anziano della famiglia Sedley, stava arrossendo, perché arrossiva sempre quando pronunciava una frase completa.

Lucy immaginò la sua pelle pallida – quasi traslucida – arrossata, lo sguardo basso e alcune ciocche di sottili capelli biondi che penzolavano sopra l'ampia fronte. Era un uomo attraente, con un temperamento gradevole: un virile soprammobile che sembrava fuori posto in mezzo al resto della famiglia Sedley.

"Qualche altra ragione di credere che la signorina Trotter abbia delle responsabilità?" chiese lo sconosciuto.

"Allora ci aiuterete," esclamò Elizabeth. "Sono davvero felice che Ian abbia pensato a voi."

"L'ho incrociato al villaggio. Mi ha fatto un grosso favore, una volta, e ora che ne ho la possibilità, vorrei ripagarlo aiutando la sua famiglia."

"Il mio caro figliolo... Sì, Ian è il migliore," disse lady Sedley, dimenticando che il resto della sua progenie era seduto accanto a lei. "Ma non vorrei farvi perdere tempo con una faccenda tanto meschina, milord. Credo che riusciremo a trovare da soli il ladro–"

"Su questo non sono d'accordo, mamma," interruppe Elizabeth. "Credo che Ian abbia ragione. Dovremmo proprio accettare il suo aiuto."

"Sarebbe un piacere," rispose l'uomo.

Lucy immaginò che Elizabeth annuisse smargiassa mentre diceva: "Ora lasciate che vi raccontiamo tutto di questa ladra prima che lasci il Paese e scompaia per sempre."

Con riluttanza, lady Sedley riprese il discorso lasciato in sospeso dalla figlia. "Il nome completo dell'istitutrice è Lucy Anne Trotter. I suoi genitori erano locandieri e sono periti in un incendio, o così riteniamo. I dettagli sono leggermente confusi. La signorina Trotter aveva cinque anni all'epoca. In seguito, una parente la portò al Geranio Pensoso, un orfanotrofio gestito da una donna ammirevole: la signorina Marianne Summer."

Elizabeth emise un suono infastidito. "Ci avevano detto che la signorina Trotter era la più sveglia di tutte, ma era una spaventosa menzogna. Quella ragazza è un incubo. Si è comportata in maniera sospetta sin dal suo arrivo."

Lucy individuò nuovamente il ragno e si costrinse a seguire il suo incedere. L'animale salì la parete bianca come un vecchio ubriaco, zampettando da una parte, fermandosi e poi cambiando direzione.

"Ha sempre gli occhi bene aperti," confermò lady Sedley.

"E le piace scivolare lungo i corrimani. Proprio l'altro giorno l'ho sorpresa mentre lo faceva con i bambini," disse Elizabeth in tono accalorato. "Come può una persona che canta e balla quando non c'è nessuno, che scivola lungo il corrimano e si permette di definire il padrone di casa 'una vescica purulenta–'"

"Come?" interruppe l'uomo.

"Avete sentito bene. Lo ha definito una vescica purulenta e solo perché lui le aveva pizzicato il posteriore. Ora, milord, io preferirei non parlare di cose del genere, essendo una signora, ma lei non si è fatta problemi a gridare a pieni polmoni del suo sedere pizzicato. Inoltre, si è prodotta in una serie di minacce sgradevolissime quando, l'altro giorno, il povero Ian era ubriaco ed è entrato per errore nella sua stanza a tarda notte. La signorina Trotter avrebbe dovuto essere cortese e accompagnarlo alla porta, ma no: gli ha dato un pugno e gli ha fatto sanguinare il naso. Mio fratello era mortificato, milord, mortificato. Quale signora bene educata si comporta in quel modo?"

"Io l'ho sorpresa che sbirciava... Le piace guardare le cose," aggiunse contrariata lady Sedley. "È curiosa."

"Non capisco cosa ci vedano mio padre e Ian in lei. Ha una fessura fra i denti, il naso all'insù e gli occhi grandi e marroni. Sembra un coniglio malnutrito. Un individuo davvero poco raccomandabile. Arrestatela, signore, e mettetela alla gogna. Mandatela sul continente," ordinò Elizabeth.

"Impiccatela," esplose lady Sedley.

Seguì un breve silenzio, gravato da numerosi respiri affannosi.

Nel frattempo, Lucy si chiese: se il ragno fosse caduto in una bottiglia di gin e fosse stato rapidamente ripescato prima di annegare, sarebbe divenuto ebbro?

All'improvviso si udì uno schianto e poi, la voce tremolante di lady Sedley disse: "Sono lieta che non dovrò più vedere quel vaso. Nessuno dovrebbe essere costretto a contemplare cose sgradevoli…"

"Proprio come la signorina Trotter," concluse Elizabeth.

Lady Sedley emise un suono che somigliava a un assenso e proseguì. "È un bene che i suoi genitori siano morti, oppure–"

Lucy vide rosso.

"Oh, esseri immondi che non siete altro," strillò, entrando a grandi passi nella stanza. Tutto il suo corpo tremava di rabbia. "Come osate accusarmi di furto? E così sarei un individuo poco raccomandabile? Ve lo faccio vedere io chi è quella poco raccomandabile! E riguardo al fatto che voi sareste una signora, vi ho vista palpeggiare il valletto–"

"Silenzio," ruggì lady Sedley. "Come osate accusarmi di cose del genere? Non ho mai palpeggiato nessuno in vita mia. Fate i bagagli e andatevene immediatamente."

"Oh, lo farò ben volentieri. Pagatemi lo stipendio e lascerò questo luogo orribile. Preferisco tornare all'orfanotrofio che restare per un momento in più in questa vanagloriosa casa."

"Non vi darò un soldo," strillò lady Sedley.

"Sì, invece," gridò Lucy, avanzando verso lady Sedley. "Mi prenderò fino all'ultimo penny, donnaccia che non siete altro."

Una mano di ferro si serrò sulla sua vita.

"Imbecilli inebetite! Cozze cretine! Mangiarospi!" urlò Lucy. Le sue mani artigliarono l'aria e lei si dimenò. "Lasciatemi,

lasciatemi andare da quella strega dal volto di ghiaccio."

"Osi chiamarmi strega dal volto di ghiaccio?!" urlò in risposta lady Sedley. "Maledetta idiota–"

"Maledetta forse sì," la interruppe Lucy, "ma non sono un'idiota. Quella siete voi."

"Razza di odiosa megera." Elizabeth fece un passo avanti.

Lucy cercò di liberarsi dalle mani che le stringevano la vita. "Ma guardate, lady Sedley," disse sarcastica, "anche vostra figlia è d'accordo con me. Io vi ho dato della strega e lei della megera–"

"Siete voi la megera," disse Elizabeth, portando un dito nella direzione di Lucy.

"Beh, signorina Sedley, so che state parlando con vostra madre, ma credo che siate stata colpita da strabismo. Il vostro dito indica me invece di lady Sedley–"

"Io le spacco le ossa," strillò Elizabeth.

"Provateci pure." Lucy strinse gli occhi.

La mano sulla sua vita accentuò la presa. "State ferma, signorina Trotter. Comportatevi bene… Lady Sedley, sedetevi. Elizabeth, rimettete a posto quell'attizzatoio. Ora parliamo in maniera civile."

Lucy trasse un respiro profondo, le mani che ancora tremavano dalla rabbia, ma qualcosa nel tono dell'uomo che la tratteneva la spinse a chiudere la bocca.

"Ora vi lascerò andare, signorina Trotter. Posso fidarmi?"

"Sì," disse a denti stretti Lucy.

"Lady Sedley, signorina Sedley, vi prego di sedervi."

Le due donne andarono a sedersi con la schiena dritta sul divano rosa.

Le mani lasciarono lentamente la vita di Lucy e lo sconosciuto, finalmente, si fece avanti e apparve nel suo campo visivo.

Una familiare vestaglia di velluto verde smeraldo bordata di broccato d'oro brillava alla luce del fuoco. I rubini alle pantofole scintillavano, mentre occhi scuri la osservavano da sotto lunghe ciglia folte.

Capitolo 5

"**L**ord Adair!" gemette stupita Lucy.

"Mi conoscete?" chiese sorpreso l'uomo.

"Vi ho visto arrivare in mongolfiera."

Lord Adair sussultò.

"Il viaggio non è stato di vostro gradimento?"

"Al contrario. È stato delizioso."

"Mi è sembrato che aveste molto freddo al momento dell'atterraggio."

"In questo istante, signorina Trotter, siete voi quella che sta tremando." Lord Adair le offrì il braccio. "Venite a sedervi vicino al fuoco."

Le ciglia di Lucy palpitarono. Lord Adair la stava trattando come una signora. Era un'esperienza nuova, dopo che la famiglia Sedley le aveva riservato poco più che un trattamento da sguattera.

Lucy guardò con sospetto l'uomo, ma l'espressione blanda di lui la disorientò.

Si sollevò con un certo disagio il vestito sulle spalle, improvvisamente consapevole del suo aspetto disordinato e dello spettacolo indecoroso che aveva dato pochi istanti prima.

L'uomo ignorò il suo disagio e le afferrò il braccio, sospingendola verso una sedia. La spinse delicatamente all'indietro fino a quando lei non cadde sulla poltroncina.

Le gambe di Lucy presero il volo, la sottogonna umida le sferzò le caviglie e la sua schiena affondò nel grosso sedile della sedia in luogo del suo posteriore.

Lucy si raddrizzò frettolosamente e la rabbia che infuriava nel suo petto venne sostituita dall'imbarazzo. Distolse lo sguardo dal volto dell'uomo, fingendo di scaldarsi la faccia congelata al calore del fuoco.

"Lady Sedley, potreste chiedere di far portare del caffè alla signorina Trotter?" chiese lord Adair.

Elizabeth pizzicò con discrezione il braccio della madre.

Lady Sedley suonò con riluttanza il campanello.

Mentre attendevano l'arrivo del caffè, lord Adair diede inizio a una conversazione cordiale e gentile riguardo al tempo, alla salute mentale del re e agli ultimi tagli e stili di moda giunti dalla Francia.

Incoraggiato dal ritmo della voce calma e raffinata dell'uomo, il decoro osò rientrare in punta di piedi nella stanza.

I discorsi a base di pizzi, disegni e colori placarono gli annaspanti petti femminili. Ulteriori menzioni di scarpe e borsette furono come un balsamo sulle ferite aperte.

Presto le gonne vennero lisciate, il tabacco ripulito dai labbri e le ciocche avventurose ricondotte nei loro chignon.

Lucy serrò le mani. Un grande nodo di disagio aveva cominciato a formarsi nel suo stomaco. Le capitava spesso di infuriarsi e fare cose di cui si pentiva un istante dopo.

In quel momento, si stava pentendo del suo scatto d'ira.

Se lady Sedley l'avesse davvero cacciata via, lei non avrebbe saputo dove andare. L'orfanotrofio aveva fatto tutto il possibile … Tornare da fallita… Il suo cuore si fece di piombo.

Arrivò il caffè e Lucy afferrò con gratitudine la tazza calda. Dopo qualche sorso della bevanda amara, la tensione nelle sue spalle si allentò leggermente.

"È stata lei a rubarli," dichiarò all'improvviso lady Sedley. "Dove sono i gioielli, ragazza?"

"Deve essere stata lei, lord Adair. È stata l'unica a uscire di casa e ad aver avuto il tempo di liberarsene," aggiunse Elizabeth.

"Anche Ian era al villaggio," osservò lord Adair.

Lady Sedley impallidì. Il suo sguardo corse a Elizabeth.

"Non è stato Ian," disse Elizabeth in tono sicuro. "Non sarebbe mai così stolto da rubare i gioielli per poi chiedervi di scoprire il ladro. E poi," aggiunse in un secondo momento, "perché avrebbe dovuto derubare la sua famiglia? Avrebbe potuto semplicemente chiederli."

Lucy sbuffò incredula, ancora una volta sopraffatta dal suo caratteraccio. "Li ha chiesti, proprio come avete fatto tutti voi. Lord Sedley si è rifiutato di separarsene. Li definisce 'i suoi preziosi tesori.'"

"Vi avevo detto che ascolta sempre," sbottò rabbiosamente lady Sedley.

"Peter, voi che ne pensate?" chiese con calma lord Adair.

La tabacchiera cadde dalla mano di Peter, che fissò stupito lord Adair. Il suo animale domestico, un grasso babbuino appollaiato sullo schienale della sua poltrona, si grattò in maniera comica la testa, a riflettere la confusione di Peter.

"Non saprei… Beh, potrebbe essere stato chiunque."

Elizabeth esclamò impaziente: "Oh, non avrete una risposta da lui. Non vede altro che i suoi rospi e i suoi ratti. Deve essere stata Lucy. È l'unica a essere andata al villaggio dopo il furto. Nessun membro della servitù ha lasciato la casa dopo quel momento."

"Come fate a sapere a che ora si è verificato il furto?" chiese lord Adair, tastandosi le tasche.

"Abbiamo controllato alle sei e mezza. I gioielli erano scomparsi e lo stesso valeva per Lucy," disse lady Sedley. Un attimo dopo, chiese con impazienza: "Milord, mi avete sentita?"

"Mmm," rispose distrattamente l'uomo.

"State cercando qualcosa?" chiese Elizabeth.

"Deve essere qui," borbottò lord Adair fra sé.

A Lucy tornarono in mente le parole del fabbro del villaggio. "Io ve lo dico: questo è pazzo."

Peter offrì del tabacco da fiuto a lord Adair.

L'uomo scosse la testa, continuando a infilare le mani nelle numerose tasche nascoste della spessa vestaglia di velluto. Chiese con scarso interesse: "E prima di allora, quando è stata l'ultima volta in cui avete posato lo sguardo sui gioielli?"

Lady Sedley si acciglò. "Il portagioie era in una cassaforte in biblioteca. L'ho visto ieri alle otto."

La mano di lord Adair si fermò nell'atto di rivoltare un calzino di seta color lavanda. Sollevò lentamente la testa e fissò uno sguardo penetrante su lady Sedley. "Di conseguenza, chiunque potrebbe averlo rubato dopo ieri sera alle otto. E sono certo che molte altre persone abbiano lasciato la casa nelle ultime ventiquattro ore."

"Ma deve essere stata lei... Chi altri–?"

Lord Adair la interruppe cordialmente, ma con fermezza. "Quello che non riesco a capire è perché siete tutti così preoccupati per i gioielli."

"Valevano una fortuna," protestò lady Sedley.

Lord Adair si appoggiò allo schienale della sua sedia. Aveva finalmente trovato quello che stava cercando e lo estrasse con aria trionfante dalla tasca anteriore.

Era un monocolo in argento scintillante, appeso a una lunga catena d'argento.

L'uomo si portò il monocolo all'occhio sinistro e osservò ciascun volto presente nella stanza. "Sì, ma di certo la morte di lord Sedley è più importante. È stato assassinato questa sera alle cinque, giusto, lady Sedley?"

Capitolo 6

Il silenzio prese possesso della stanza dopo l'annuncio di lord Adair.

Elizabeth aveva le labbra contratte, come se stesse succhiando un limone; lady Sedley sembrava intenta a fare dei calcoli mentali; mentre Peter era seduto placidamente come una tranquilla tazza di tè tiepido.

Lord Adair si rigirò il monocolo in mano, il volto privo di espressione, mentre il suo sguardo osservava ogni singolo guizzo, movimento e tremito nervoso. Il suo sguardo onniveggente e il potente magnetismo che trasudava da ogni poro incrementarono ulteriormente la tensione.

Lo sguardo di Lucy si spostò dal volto di lord Adair e atterrò sul monocolo scintillante che orbitava attorno alle sue lunghe dita.

Innumerevoli donne erano salite su tetti con la minaccia di tuffarsi e precipitare verso la morte, tutto per chiedere un bacio da lord Adair.

Un esercito di cento uomini aveva dato forfait, una volta, solo perché lord Adair era comparso per puro caso sulla scena.

Lucy non credeva che i suoi popolari occhi meritassero di posare lo sguardo su una perfezione del genere. Di conseguenza, tenne lo sguardo fisso sul monocolo che ruotava.

Voleva dimenticare l'ambiente circostante.

Voleva fingere che quello fosse solo un sogno e che nel giro di un attimo si sarebbe svegliata nel suo letto all'orfanotrofio, circondata da una dozzina di ragazzine ciarliere.

Un uomo necessita di diversi anni di meditazione su una

vetta nevosa e in stato di nudità per raggiungere il genere di concentrazione che Lucy stava cercando di conseguire nel giro di pochi istanti.

Inutile a dirsi, non ci volle molto prima che lei fallisse ignominiosamente.

Fallì nell'ignorare la luce del sospetto che continuava a brillare su di lei. Fallì nell'ignorare il fascino che essudava lord Adair, seduto a una trentina di centimetri da lei.

Ma soprattutto, fallì nel tentativo di ignorare gli animali.

Animali che erano proprietà di Peter, che idealmente sarebbero dovuti restare vicino a Peter, annusare Peter e, soprattutto, farsi coccolare solo da Peter.

Ma il mondo non è ideale. Al mondo piace affibbiare alle persone cose che sono l'esatto opposto dell'ideale. E per via di quella sfortunata verità, gli animali non fecero quello che avrebbero dovuto fare, recandosi invece dalla povera, spaventata Lucy.

A Lucy gli animali piacevano. Apprezzava la vista dei gabbiani che solcavano il cielo, delle coccinelle che si arrampicavano sui gradini o del naso di un coniglietto tremante in un cespuglio. Ma la situazione si faceva più incerta quando quegli animali il cui posto era nelle terre selvagge con Peter decidevano di venire a trattarla come parte del mobilio.

Per esempio, mentre tutti si chiedevano come facesse lord Adair a sapere che lord Sedley era stato accoltellato sei volte al petto verso le cinque, Lucy era immobilizzata dal pensiero del corvo domestico di Peter, Spinoza, appollaiato in cima al suo cappello.

Nel corso circa dell'ultimo mese, Spinoza aveva scelto sempre più spesso il cappello di Lucy come suo luogo preferito dove dormire di giorno. Lei attribuiva la cosa al fatto che il suo cappello marrone, che un tempo era stato gradevole, era ora simile al nido di un uccello, con rametti secchi, fiori e foglie.

Ma non era solo il becco affilato di Spinoza a pochi centimetri dal naso a turbarla. Era preoccupata anche da Palmer.

Palmer era l'animale preferito di Peter. Inoltre, Palmer era un babbuino delle dimensioni di un bambino robusto, con un lungo muso marrone scuro, una bizzarra coda corta e, soprattutto, il posteriore rosso, quasi color malva, la cui vista la faceva sempre arrossire violentemente.

Palmer, il babbuino dal fondoschiena rosso, era noto per avvicinare le persone a lui gradite e schiaffeggiarle. Lo aveva fatto anche al maggiordomo. Lucy era stata testimone dell'intera scena. Da lì la sua titubanza nei confronti dell'animale che al momento aveva abbandonato il collo di Peter per venire a sfregarsi contro il suo.

Ma non tutti gli animali apparsi al suo fianco erano spaventosi. I due minuscoli carlini addormentati sul suo grembo erano dolci, così come il buon vecchio meticcio che la stava aiutando a scongelarsi le dita dei piedi stendendovi sopra il corpo caldo.

Lucy infilò le mani sotto le pance dei carlini e, ora piacevolmente scaldata da capo a piedi, rivolse l'attenzione verso il vassoio di sandwich asciutti posato sul tavolo.

"Come fate a sapere di mio padre?" chiese infine Elizabeth.

Lucy percepì la tristezza nelle lacrime di Elizabeth. Si chiese se fossero genuine. Lord Sedley non era amato da nessuno in famiglia e, per quanto ne sapesse lei, la sua morte avrebbe beneficato i suoi famigliari più della sua vita.

Ma lord Sedley era pur sempre il padre di Elizabeth e per quanto Elizabeth somigliasse a un ghiacciolo tanto nell'aspetto quanto nella personalità, in prossimità del suo cuore gelido doveva pur esistere una scintilla di calore.

"Come fate a sapere dell'omicidio?" Lady Sedley ripeté la domanda della figlia con una nota di stupore nella voce.

"Ve lo ha detto Ian," disse immediatamente Peter.

Lord Adair picchiettò il sigaro. La cenere grigia cadde sul tappeto marrone chiaro. "Aveva menzionato il furto da cui tutti sono così preoccupati, ma non l'omicidio."

"Conoscevate persino l'orario approssimativo della morte," mormorò lady Sedley con voce sommessa.

"Com'è possibile?" si chiese ad alta voce Elizabeth. "Vi sono venuta incontro sulla porta assieme al maggiordomo. Non avete avuto occasione di parlare con nessun altro a parte noi tre e noi non abbiamo mai citato il fatto." Cadde in silenzio. Un'ombra di paura le attraversò il viso.

Lady Sedley strinse il bracciolo della poltrona. "Non sono passate nemmeno tre ore." Diede una lunga annusata alla sua vinaigrette. "Voi siete un mago. Non c'è da stupirsi che l'Inghilterra canti le vostre lodi. Ho capito sin dal momento in cui siete entrato che c'era qualcosa di soprannaturale in voi. Tutte le storie delle vostre imprese in cui uccidevate cento pirati e di tutti quei corsetti che slacciavate con una singola occhiata penetrante. Confesso di aver dubitato, ma ora... Mi sento svenire. È troppo... troppo..."

"Nulla del genere. Ho incontrato il medico al villaggio. Me lo ha detto lui," disse lord Adair, smuovendo il fuoco con un pezzo di legno.

Una risata nervosa sfuggì a lady Sedley.

"Ve lo ha detto il dottore?" chiese Elizabeth, con una nota incredula nella voce.

"Mi ha invitato a casa sua. Ho notato lo stemma della famiglia Sedley sul fondo di una bella teiera d'argento da cui sua moglie mi ha versato il tè. L'ho osservato e lui si è lasciato sfuggire la verità. Sembra che anche lui creda nelle mie cosiddette doti magiche. Di conseguenza, ho appreso dell'omicidio e del servizio da tè d'argento che gli è stato offerto per far passare la notizia sotto silenzio."

Dopo quelle dichiarazioni cadde un silenzio scomodo. Lady Sedley si diede da fare con il cucito, mentre Elizabeth scelse di fissare il fuoco crepitante.

Lucy sorseggiò con attenzione il caffè, cercando di non disturbare Spinoza, che si era addormentato sul suo cappello. Era rimasta sconvolta dalla notizia della morte improvvisa e violenta di lord Sedley, ma aveva visto tanti amici morire di stenti e malattie, crescendo all'orfanotrofio, da far sì che sotto un certo punto di vista il suo cuore fosse ben protetto e preparato a cose del genere.

Sbirciò lady Sedley. A turbarla più di tutto era la calma con cui la famiglia stava affrontando la situazione. Perdere un marito o un padre... Si morse il labbro e bevve un lungo sorso dalla tazza.

Per poco non si strozzò con il caffè quando Elizabeth balzò improvvisamente in piedi e le puntò il dito contro. "Lo ha ucciso lei. Lo ha ucciso per i gioielli. Mio padre teneva la chiave della cassaforte appesa al collo e l'unico modo per cui chiunque può avergliela presa è ucciderlo. Lei lo ha ucciso, ha preso i gioielli e li ha consegnati al suo complice al villaggio."

"Non ho fatto nulla del genere," ruggì Lucy, spaventando Spinoza, che starnazzò e volò via.

"Perché avete impiegato ore a tornare alla casa quando il villaggio dista appena dieci minuti a piedi?" scattò lady Sedley.

Lucy sollevò il mento. "Sono andata alla locanda e in seguito ho guardato la discesa della mongolfiera. Quando sono stata pronta ad andarmene, era troppo buio per tornare senza una lampada e ho impiegato del tempo a convincere il locandiere ad accompagnarmi qui con il carro del fieno."

Elizabeth sbuffò.

"Sto dicendo la verità," disse Lucy. "E poi, se avessi ucciso lord Sedley e rubato i gioielli, di grazia, cosa ci farei qui come un'imbecille? Dovrei essere già dall'altra parte del Paese."

"Quello che vorrei sapere," interruppe lord Adair, "e perché nessuno mi ha detto dell'omicidio."

Elizabeth rispose subito. "È una faccenda di famiglia. Non vogliamo che tutto il villaggio sappia dell'omicidio e che cerchi di rubare dei souvenir dalla casa. Sapete che ormai è una moda rubare e vendere oggetti appartenuti alla vittima. Quando lady Herrington è stata assassinata, qualche chilometro più a nord, la gente vendeva le unghie dei suoi piedi nel nostro villaggio. Lord Herrington si è ritrovato i ladri in casa fino al giorno del funerale. Hanno rubato tutto ciò che apparteneva a sua moglie, dalla scodella per la zuppa ai peli del naso. L'hanno sepolta con addosso la giacca migliore di lord Herrington e la sottogonna della sorella."

"Volevamo celebrare il funerale in pace e poi dare l'annuncio," aggiunse lady Sedley.

"È improbabile che il sottoscritto rubi le ciglia di lord Sedley," osservò lord Adair.

La tazza di Elizabeth sferragliò rumorosamente sul piattino e lady Sedley torse le nappe del cuscino.

Un attimo dopo, lady Sedley disse: "Siamo in lutto. È accaduto tutto così presto…"

Lord Adair tacque, scrutando i volti che aveva di fronte.

"Le lacrime stanno arrivando, giusto?" chiese, inarcando un sopracciglio. "Sono salite a bordo della carrozza con tutti i bagagli."

"Eh?" chiese stolidamente lady Sedley.

"Non mi sembrate disperata," precisò l'uomo.

Lady Sedley si accarezzò il vestito verde con un certo disagio. "Intendo vestirmi di nero… La cameriera sta stirando il mio vestito in questo momento." Si rivolse immediatamente a Lucy. "Voi, fate i bagagli e andatevene subito da casa mia."

Lucy strinse gli occhi, ma prima che potesse parlare, lord Adair la interruppe. "La signorina Trotter non va da nessuna parte." Attenuò il tono della voce. "Fino a quando non scopriremo chi è l'assassino, non possiamo permetterle di andarsene… né permettere che chiunque altro lo faccia."

"Davvero, lord Adair, questa è una faccenda personale," fece per dire Elizabeth.

Lord Adair inarcò un sopracciglio. "Non volete fare giustizia per vostro padre?"

Elizabeth strinse le labbra. "Rimarrete fino a quando l'omicida non verrà trovato?" chiese all'improvviso Peter.

"Sono sicura che lord Adair preferirebbe–"

"Mi piacerebbe," disse lord Adair, interrompendo Elizabeth. "Vi ringrazio. Renderebbe più facili le indagini."

Dopo quelle parole, un silenzio sgradevole si esibì in un breve numero di danza attraverso la stanza.

Palmer, il babbuino, cominciò a malmenare una sedia con un cuscino.

Tump, tump, tump, risuonò nell'aria.

Nessuno si prese la briga di interrompere il gioco dell'animale.

Presto, persino il babbuino si arrese e andò ad acciambellarsi sulla spalla di Peter. Sembrava annoiato. Il babbuino, s'intende; Peter pareva addormentato.

"Bene," disse lady Sedley, cercando di calarsi nel ruolo della buona padrona di casa. "Bene, bene."

"Sì, bene," aggiunse Elizabeth altrettanto energicamente.

"Fa stranamente freddo," contribuì lord Adair. "Non credete?"

"Spaventosamente freddo," disse annuendo lady Sedley.

"Un gelo penetrante," disse contemporaneamente Elizabeth.

"Devo andare a sfamare gli animali," annunciò Peter al vassoio di sandwich asciutti.

"Dovresti." Lady Sedley colse la palla al balzo. "Ha molti animali; un'aranciera intera."

Lord Adair scenerò su un vaso costoso. "A proposito: spero che il mio arrivo improvviso non abbia disturbato la vostra cena."

"Certo che no. Con tutta questa agitazione, la cena è stata posticipata," osservò lady Sedley.

Lo stomaco di qualcuno brontolò rumorosamente. Lucy temeva che fosse il suo.

Lord Adair attese con cortesia.

"Gradireste unirvi a noi per una cena tardiva?" disse Elizabeth in luogo della madre.

"Vi ringrazio. Ho fatto un lungo viaggio. A proposito, devo proprio parlarvi della mongolfiera che il mio buon amico, il professor Bagwit, mi ha prestato." All'improvviso, lord Adair si interruppe e guardò direttamente Lucy. "Vi unirete a noi, vero, signorina Trotter?"

"Preferisce mangiare nella sua stanza," gli disse lady Sedley.

"Io non preferisco nulla del genere," ringhiò Lucy. "Siete voi che avete scelto di crederlo sin dal mio arrivo. Mi mandate un vassoio miserevole–"

"Basta," scattò lady Sedley. "Lord Adair, non credete a una sola parola di questa derelitta ingrata. Mi gira la testa di fronte alle spudorate menzogne che escono dalla bocca di questa ragazza."

"Non sto mentendo," esclamò Lucy.

"Vi prego di unirvi a noi per cena, signorina Trotter," disse lord

Adair. "Vi prego di non pensare di lasciare questa casa fino a quando non lo dirò io."

Lucy annuì, cercando di non mostrarsi troppo grata per il fatto che non sarebbe stata cacciata quella notte. Osservò lady Sedley avvicinarsi a lord Adair e afferrargli il braccio destro. Elizabeth la seguì a un ritmo più pacato e piazzò gli artigli poco sopra il gomito sinistro dell'uomo, accarezzando con discrezione con un dito la vestaglia di seta.

Lord Adair, come se non si fosse accorto delle due femmine adoranti che lo fissavano, disse con voce annoiata: "Devo convocare il mio valletto. Non sopporto più questa vestaglia."

"Le vestaglie di Ian potrebbero calzarvi, milord. Siete più alto di lui, ma se non vi dispiace avere le caviglie scoperte...?" suggerì Elizabeth.

Lord Adair sospirò. "Signorina Sedley, indosserei un lenzuolo legato a mo' di toga se me lo permetteste. Tutto, tranne questa vestaglia. La indosso da due giorni."

Lucy lo sorprese nell'atto di arricciare il naso guardando la seta smeraldina, un attimo prima che i tre svanissero lungo il corridoio.

Si avvicinò furtiva al fuoco. Non aveva notato Peter lasciare la stanza assieme agli animali e non si stupì di trovarsi all'improvviso da sola.

I sandwich giacevano dimenticati sul tavolo. E il fuoco, che in presenza di lord Adair ruggiva, ora scoppiettava svogliatamente.

Il pieno impatto di ciò che era accaduto la travolse all'improvviso.

Lord Sedley era stato ucciso.

Lucy provava compassione, ma non dolore. Per quanto riguardava il comportamento della famiglia nei suoi confronti, il vetriolo non la stupiva. Lady Sedley avrebbe voluto cacciarla di casa il giorno dopo il suo arrivo, ma lord Sedley e Ian avevano insistito affinché rimanesse. Loro Sedley aveva detto che lei era una consolazione per i suoi occhi stanchi e Ian aveva osservato che non avrebbero potuto permettersi nessun'altra insegnante per i bambini.

Il maggiordomo entrò nella stanza, distraendola dai suoi pensieri cupi.

Hogdson, il maggiordomo, era un uomo anziano che aveva trascorso più tempo con la famiglia del resto della servitù. Era un vecchio gentile, che amava bere e spettegolare un po'. Il suo volto rotondo, di un rosso simile al granata, era espressivo, e i suoi occhi erano piccoli e rugosi agli angoli. Si trastullò nella stanza, raddrizzando cose che non avevano bisogno di essere raddrizzate, nella speranza di spingere Lucy a chiacchierare.

Lucy fu fin troppo felice di accontentarlo. Troppe domande le gorgogliavano dentro e Hogdson era un'ottima fonte di informazioni.

"Lord Adair è un uomo notevole, vero?" chiese Lucy.

"Amato dal re e dal reggente," esclamò Hogdson.

"Anche dalle donne, o così dicono," aggiunse Lucy.

"Dote rara e pericolosa, quella," disse Hogdson, rimuovendo pelucchi invisibili dai cuscini.

"È vero che potrebbe uccidere chiunque senza essere impiccato?"

Hogdson sorrise con indulgenza. "Non chiunque, signorina: solo coloro che minacciano l'incolumità del reggente."

"L'incolumità del reggente," rifletté Lucy. "Beh, potrebbe uccidere chiunque gradisca, o meglio non gradisca, e poi dichiararlo un pericolo per il re o il reggente. E chi potrebbe mettere in dubbio la sua parola? È improbabile che la povera vittima risorga dalla tomba per difendersi."

"È un brav'uomo, signorina," blandì il maggiordomo. "Durante la guerra è stato una spia eccezionale. Ha contribuito alla sconfitta dei francesi. Se non fosse stato per lui–"

"Avremmo vinto comunque," concluse Lucy.

Hogdson strinse le labbra e tacque. Passò a spolverare la lampada dove non c'era polvere.

Lucy pescò un sandwich dal vassoio e ne mordicchiò un angolo.

"Forse non troverà l'assassino," la confortò Hogdson.

"Avete origliato?"

"Naturalmente. Ho preso il vostro posto non appena voi l'avete lasciato vacante."

Lucy annuì. "Come è giusto che sia."

"È mio dovere sapere tutto quello che succede." Dalla porta, il maggiordomo riportò lo sguardo su di lei. "Signorina, non dovrei dirlo, ma avete fatto bene a uccidere quel vecchio fermentato."

"Non l'ho ucciso io," protestò Lucy.

Il maggiordomo ammiccò. "Certo che no, signorina Trotter, certo che no."

Capitolo 7

Lucy si illuminò in maniera percepibile mentre passava lo sguardo sul lungo tavolo di legno. Adocchiò gli innumerevoli piatti dolci e salati che punteggiavano la superficie lucida e si affondò le unghie nei palmi per trattenersi dal catapultarsi sul tavolo e affondare i denti in un pasticcio caldo di piccione.

All'orfanotrofio era cresciuta mangiando cibo semplice e da quando era arrivata a Rudhall, il vassoio della cena mandatole dal cuoco era interessante, ma riconoscibile.

Ma laggiù, tutto sembrava esotico e colorato.

Vicino al suo piatto si trovava una scodella di qualcosa di simile alle uova, ma con una polpa gialla e cremosa, con tanti piccoli puntini marroni. Lucy annusò titubante un grumo bianco che si rivelò pesce bollito e allontanò con discrezione uno strano piatto brodoso con delle cose verdi che galleggiavano.

Finalmente, il suo sguardo si posò sull'unico altro piatto alla sua portata. Arricciò il naso in preda alla confusione e infilò la lingua nel varco fra i denti davanti. Sembrava una specie di carne. Forse agnello coperto di sugo?

"Cervella di pecora in salsa matelot," bisbigliò Hogdson, accennando al piatto.

Lucy posò la forchetta e si allontanò il più possibile dal tavolo.

Lady Sedley, Elizabeth, Peter e lord Adair, notò, erano seduti all'altro capo della tavola. Erano circondati da mucchi di frutta fresca, pane affettato, pasticci dall'aria appetitosa, belle gelatine, pollo, prosciutto e formaggi.

Lucy si accigliò annoiata. Sembrava che la disposizione fosse intenzionale. L'avevano circondata di proposito con cibi strani e insapori. Lo stomaco le brontolò dalla fame e il suo cuore gorgogliò per la rabbia.

"Vi prego di ignorare il mio pallore, milord," disse la voce di lady Sedley, che galleggiò nella direzione di Lucy. "Temo di avere un principio di infezione alle tonsille."

Lucy levò gli occhi al cielo. Lady Sedley aveva sempre un principio di qualcosa. La settimana prima si lamentava continuamente della consunzione.

La settimana prima ancora, si trattava di idropisia. In entrambe le occasioni, il medico le aveva dato un colpetto sulla mano e le aveva detto che non aveva nulla.

Sarebbero bastati una lunga passeggiata e un goccio di brandy.

Spinoza svolazzò nella stanza, spaventando Lucy e facendole cadere il cucchiaio. Volò in cerchio sopra la sua testa, sbattendo le ali. Sembrava alla ricerca di un buon punto dove atterrare.

Lord Adair, per nulla turbato dall'arrivo del volatile, infilzò una fetta di formaggio. Si rivolse a lady Sedley e disse: "Questo è un inverno innaturalmente freddo. È normale che le persone di costituzione delicata soffrano. Che sventura."

Lucy si chinò a raccogliere il cucchiaio, l'attenzione concentrata solo in parte sulla conversazione. Le sue dita sfiorarono il cucchiaio mentre i suoi occhi guardavano lungo il tavolo. Rimase a bocca aperta.

Peter aveva le caviglie dignitosamente incrociate, ma indossava stivali di due disegni diversi, entrambi di un ricco marrone scuro.

Ma c'era da aspettarselo. Peter faceva spesso cose del genere.

A essere inaspettato era che, più in là lungo il tavolo, la scarpa appuntita di cuoio giallo di lady Sedley, bordata di seta verde e ricamata di rosa pallido, si era spostata ad accarezzare la coscia destra di lord Adair, che pareva decisamente a disagio.

Lucy incrociò e rimise a posto gli occhi e lanciò un'occhiata insospettita a Elizabeth, seduta di fronte a lord Adair.

Trovò Elizabeth in una posizione molto bizzarra. La donna

non era seduta, ma mezzo sdraiata sulla sedia. La sua schiena era scomodamente arcuata, il posteriore appollaiato sul bordo della sedia e le dita di un piede, avvolte da una calza a righe blu e panna, si erano allungate per tracciare minuscoli cerchi concentrici sul preoccupato ginocchio sinistro di lord Adair.

Al di sopra del tavolo, lady Sedley stava dicendo con voce perfettamente normale: "Credo che in mattinata scriverò al mio medico. La morte di mio marito," disse con un'artistica tirata di naso, "e il furto mi hanno lasciato molto scossa."

La gamba destra di lord Adair stava ora cercando di sfuggire alla scarpa di lady Sedley e contemporaneamente di allontanare il ditone di Elizabeth. L'uomo rispose in tono altrettanto fermo: "Ho avuto il piacere di cenare a casa di un amico, una volta. L'anatra era gustosissima e morbida. Sua moglie mi disse più o meno la stessa cosa. Disse che avrebbe chiamato il medico in mattinata, perché si sentiva un po' strana. Morì quella sera."

"Non mi dite," gemette lady Sedley. La sua intera gamba risalì la coscia dell'uomo per stendersi sul suo grembo.

Lucy singhiozzò a quella vista e sbatté la testa sotto il tavolo. Le sue guance arrossirono e lei tornò a sedersi. Aveva dimenticato il cucchiaio sul pavimento. Singhiozzò di nuovo e si protese verso il vino.

Nel frattempo, lord Adair estrasse una specie di erba da una tasca interna della vestaglia e la offrì a lady Sedley. Ne stava elencando i benefici, ma Lucy non udì nulla. Stava stringendo lo stelo del bicchiere, il viso sempre più rosso fino a quando non fu quasi color granato per l'imbarazzo.

Un forte singhiozzo le sfuggì dalle labbra e gli sguardi di tutti si volsero nella sua direzione. Lucy si affrettò a bere un altro sorso del vino.

Lord Adair le lanciò un'occhiata penetrante prima di proseguire da dove si era interrotto. "Un'erba miracolosa salvò la vita di un uomo morso da un cobra, o così mi disse l'uomo che me la vendette. Non l'ho ancora provata. Mi piacerebbe conoscere tutti i vostri sintomi una volta che l'avrete consumata."

"Credo di sentirmi un po' meglio," disse frettolosamente lady Sedley. "Non credo sia necessario–"

Lucy si morse il labbro e si tuffò ancora una volta sotto il tavolo con il pretesto di raccogliere il cucchiaio.

Sembrava che ci fossero stati dei progressi. Le caviglie di Peter erano l'una accanto all'altra, la seconda gamba di lady Sedley aveva raggiunto la prima nel grembo di lord Adair ed Elizabeth aveva abbandonato il ginocchio nel tentativo di schiudere la vestaglia dell'uomo e raggiungere i suoi polpacci indifesi.

Nel frattempo, lord Adair aveva lasciato cadere una mano oltre le cosce di lady Sedley e fino alle proprie gambe, dove stringeva i bordi della vestaglia per tenerli chiusi e bloccare gli avventurosi piedi di Elizabeth.

Con un altro singhiozzo, Lucy emerse di nuovo. Si lisciò i capelli scandalizzati e si portò il freddo bicchiere di vino alle guance calde. Trascorsero alcuni istanti prima che riportasse l'attenzione sulla conversazione che si stava svolgendo sopra il tavolo.

"Lord Adair, il formaggio all'uva spina è delizioso. Assaggiatelo," stava dicendo Elizabeth.

Un grosso cesto di frutta bloccava la visuale di lord Adair su Elizabeth. L'uomo si inclinò di lato nel tentativo di guardarla. "Vi ringrazio. Ho molto gradito lo stufato di mele."

Lucy piluccò un pezzo di pane duro e stantio. Elizabeth e sua madre non stavano lasciando nulla di intentato nel tentativo di ammaliare lord Adair. Senza dubbio, quel vitto così lussuoso era stato servito a beneficio dell'uomo.

Come Lucy si aspettava, lord Adair ed Elizabeth trascorsero un po' di tempo nel tentativo di conversare l'uno con l'altra sollevandosi al di sopra del cesto o piegandosi per guardarsi.

Dopo qualche altro istante di manovre, Elizabeth esclamò: "Oh, è impossibile. Chiederò a Hogdson di rimuovere il cesto–"

Lord Adair si alzò prima che Elizabeth finisse la frase. "Permettetemi," disse. Prese il cesto, percorse il tavolo e posò il cesto proprio di fronte alla faccia di Lucy.

Lucy fremette da capo a piedi. Se avesse avuto la coda,

si sarebbe messa a scodinzolare. Aveva sperato che accadesse qualcosa di simile, aveva provato a esprimere il desiderio con forza, ma che succedesse davvero... Un intero cesto di frutta alla sua portata... Le prudevano le dita per l'emozione soppressa e una lacrima quasi si formò in uno dei suoi occhi.

Le era capitato, in alcune rare occasioni, di mangiare un'arancia, e qualche volta aveva rubato una mela, ma ora aveva di fronte a sé tanti frutti diversi che aveva visto solo negli acquerelli. Il suo stomaco ruggì, i suoi occhi banchettarono e, con dita tremanti, lei si riempì il piatto con dell'uva, una pesca, una mela e qualche piccola prugna.

Morse la polpa dolce e croccante della pesca e cercò di non gemere ad alta voce.

Una volta che ebbe lo stomaco pieno, riportò l'attenzione sulla situazione sotto il tavolo.

Questa volta, fece cadere un coltello prima di infilarsi sotto.

Un cagnolino era sdraiato sui noiosi stivali di Peter. Lei lo ignorò e rivolse rapidamente l'attenzione verso la zona più entusiasmante del tavolo.

In qualche modo, mentre lei si rinfrescava le guance ardenti di sopra, la situazione di sotto si era complicata.

Qualche misterioso processo aveva confuso i piedi delle due signore presenti, che invece di scivolare lungo le gambe di lord Adair, stavano duellando fra di loro.

Il piede di lady Sedley stava accarezzando il polpaccio di Elizabeth nell'erronea convinzione che quella fosse una parte dell'anatomia di lord Adair ed Elizabeth ricambiò con entusiasmo, a sua volta convinta che quelli fossero i piedi infoiati di lord Adair.

Per quanto riguardava lord Adair, era seduto con le gambe incrociate sopra la sedia, la vestaglia ben chiusa senza che un filo pendesse oltre il bordo della sedia.

Lucy raccolse il cucchiaio e il coltello e ancora una volta tornò a sedere composta.

"... morto. Come?" stava dicendo Elizabeth.

Lucy ascoltò per un momento, cercando di dedurre

l'argomento.

La conversazione aveva proseguito al galoppo. Ora, si stava discutendo dell'omicidio di lord Sedley.

Si spinse lontano dal piatto e si sporse in avanti sul sedile. Gli avvenimenti sotto il tavolo vennero dimenticati, perché la situazione di sopra era diventata altrettanto interessante.

Capitolo 8

"**B**izzarro," stava dicendo lord Adair.

Elizabeth si sporse in avanti con uno sguardo intenso negli occhi. "L'omicidio potrebbe essere stato commesso dalla mia vecchia zia Sedley. Credetemi, milord: nessun altro avrebbe potuto salire quelle scale all'insaputa di mia madre o di Peter."

"Capisco," disse lord Adair, mangiando un boccone di cibo. Masticò pensieroso per un momento. "Signorina Sedley, non credo che vostra zia possa aver commesso il crimine."

"Perché no?" intervenne lady Sedley. "Era una vecchiaccia orribile. Aveva il cuore avvelenato e non sopportava la vista delle persone felici."

"*Era* una vecchiaccia orribile," le fece eco lord Adair. "Dato che era e non è più, non può essere stata lei."

"Il suo fantasma infesta questa villa, milord," obiettò lady Sedley.

"Madre," disse Elizabeth, sollevando il palmo di una mano, "lord Adair è un uomo razionale. Dopo aver appreso i fatti, sarà costretto ad ammettere che solo un fantasma può aver commesso il crimine."

Lucy si illuminò. Un fantasma. Ah! Fantastico. Purché lei non fosse più fra i sospettati, era disposta a credere con tutto il cuore a qualunque storia di fantasmi.

Lady Sedley si tamponò gli angoli della bocca. "La camera di lord Sedley, dove è stato trovato il corpo, si trova a due piani sopra il livello del suolo. I gioielli erano tenuti nello studio, conservati nel loro nascondiglio. Lord Sedley portava sempre la chiave al collo, appesa a una sottile catena dorata."

"Lo studio e la stanza di mio padre sono adiacenti," proseguì Elizabeth. "Solo una rampa di scale conduce alla sua stanza e allo studio. Nemmeno la servitù ha un accesso privato a quelle stanze."

Lady Sedley si sporse in avanti. "Ora, alla base delle scale che portano alla stanza di mio marito c'è un cancelletto di legno. È una struttura unica, creata per tenere lontani gli animali di Peter. Cominciavamo a stancarci di svegliarci la mattina e trovare cani e gatti di ogni specie seduti sui nostri letti che ci fissavano. È inquietante. Una mattina, sono stata svegliata da un pappagallo che mi gracchiava 'buongiorno' nell'orecchio e lord Sedley si è ritrovato una palla di pelo di gatto in bocca–"

"Madre," rimproverò impaziente Elizabeth.

"Giusto… Dov'ero rimasta?"

"L'omicidio," la aiutò Lucy, ora completamente affascinata dalla conversazione.

"Ah, sì," riferì lady Sedley, "l'omicidio. Abbiamo consumato un pasto frugale alle tre. Ho visto mio marito alle quattro e mezza che discuteva con la signorina Trotter in giardino. Poco dopo, lui è corso nella sua stanza e quella… e quella è l'ultima volta in cui ho posato lo sguardo su di lui."

Lord Adair lanciò un'occhiata diretta a Lucy. "A cosa era dovuta la discussione?"

Lucy abbassò le palpebre e distolse lo sguardo. "Lord Sedley voleva…" Si interruppe per bere un sorso di vino, paonazza per l'imbarazzo. "… mordicchiarmi le dita dei piedi."

Dopo un attimo di silenzio, lord Adair si sporse e chiese: "E voi avete risposto…?"

"Ho detto che ho le dita grosse con le unghie affilate e che gliele avrei ficcate nelle narici se lui non avesse badato a come parlava."

"E attraverso quella sua testaccia dura," aggiunse lady Sedley con riluttante ammirazione. "Avete concluso così. Ho sentito tutto."

"Capisco." Lord Adair tornò a sedere composto e si accarezzò pensieroso il mento. Gesticolò verso lady Sedley. "Proseguite," ordinò.

Lady Sedley annuì e riprese da dove si era interrotta. "Aveva l'abitudine di prendere la medicina per la gotta tutti i pomeriggi. Il farmaco lo rendeva sonnolento e lui dormiva indisturbato fino a quando il valletto non lo svegliava, per il pranzo alle sei."

"Viviamo in campagna, milord, ma ci piace seguire orari londinesi," chiarì Elizabeth.

"Sì, non è forse elegante consumare il pranzo dopo le cinque?" osservò lady Sedley. "Ho impiegato del tempo ad abituarmi, ma dopotutto, bisogna adeguarsi alla moda. Ora, mi assicuro che non si pranzi prima delle sette–"

"Madre, permettimi di concludere la storia," disse con impazienza Elizabeth. "Mio padre si è recato al suo pisolino pomeridiano e Peter e mia madre si sono ritirati in salotto. Qui comincia la parte interessante. La porta del salotto era aperta e mia madre e Peter potevano vedere il cancelletto in fondo alle scale, che impedisce agli animali di avventurarsi di sopra. Il cancelletto era chiuso. Aveva persino un campanello attaccato, in modo da avvertire lord Sedley nel caso qualcuno salisse le scale."

La voce di lady Sedley tremava. "Milord, il cancello non si è aperto. Il campanello non ha suonato. Peter e io non abbiamo udito nulla, né visto nessuno salire quelle scale dopo mio marito."

Lucy sentì la pelle che si accapponava a quella dichiarazione.

Elizabeth accarezzò con fare confortante la mano della madre. "Fino a quando il valletto non lo ha trovato morto alle sei di sera. È corso subito ad avvisarci."

"Avreste potuto non notare un servitore che saliva le scale. Capita spesso che nessuno li noti," suggerì lord Adair.

Elizabeth si schiarì la voce. "Attraversiamo un periodo di difficoltà finanziarie. Non abbiamo molti servitori e costoro erano tutti rintracciabili al piano di sotto."

"Potrebbe essere stato il valletto a ucciderlo," dichiarò Lucy, guadagnandosi un'occhiata nefasta da lady Sedley e da

Elizabeth.

"Il medico ha detto che, quando il valletto lo ha trovato, mio padre era morto da più di un'ora," disse all'improvviso Peter.

"Il che significa che è stato accoltellato quasi subito dopo essersi sdraiato per il suo riposo quotidiano," concluse Lucy.

"Non è stato un fantasma," disse con fermezza lord Adair.

"Come può una persona averlo ucciso? Com'è possibile, quando nessuno ha salito le scale che conducono alle sue stanze?" chiese con trasporto lady Sedley.

"Una scala alla finestra? Chiunque potrebbe essersi introdotto e averlo ucciso," contribuì coraggiosamente Lucy.

"Sotto la finestra di mio marito si trova un cespuglio. Il terreno è abbastanza umido da lasciare impronte visibili. Il suolo, il cespuglio e l'erba sotto la finestra erano intatti. Se ci fosse stata una scala, qualcuno l'avrebbe notata. La stanza di mio marito si affaccia sulla facciata della casa e i bambini stavano giocando in giardino. Non hanno visto nulla," rispose pensierosa Elizabeth, per una volta rivolgendosi a Lucy senza cattiveria.

"Qualcuno potrebbe essersi nascosto vicino alla stanza e aver atteso fino alla scoperta del misfatto, per poi svanire," aggiunse Lucy.

"Ci state raccontando il modo in cui avete ucciso mio marito? Sembrate abile nel trovare soluzioni per uccidere la gente," disse accigliata lady Sedley.

Lucy chiuse la bocca e decise di rimanere invisibile il più a lungo possibile.

"Quello che Lucy suggerisce è una possibilità. Nel caos successivo alla scoperta dell'omicidio, il colpevole potrebbe essersi dato alla fuga," disse lord Adair.

"Potrebbe trattarsi di un individuo venuto dall'esterno? Di un rapinatore?" chiese speranzosa lady Sedley.

Lord Adair scosse la testa. "Si tratta di una persona che conosce bene la casa. Una persona che ci vive."

Lady Sedley, Elizabeth, Peter e persino il babbuino si voltarono a guardare Lucy.

Lei impallidì sotto lo sguardo minaccioso di quattro paia

d'occhi sospettosi. Non potevano aver abbandonato così presto l'idea che il colpevole fosse un fantasma.

Inghiottì nervosamente una fetta di arancia munita di quattro scintillanti semi bianchi.

Capitolo 9

Lucy svuotò il bicchiere di vino e si appoggiò allo schienale della sedia.

Era interessante come avere lo stomaco pieno le avesse conferito una buona dose di coraggio. Aveva risollevato il suo umore e lei sperava che lo stesso genere di piacevole contentezza avesse invaso anche tutti gli altri.

All'orfanotrofio, i bambini si illuminavano dopo aver pasteggiato a pane e formaggio. Un piccolo bicchiere di latte annacquato strappava loro dei magnifici rutti, mentre una sottile fetta di torta li spingeva a baciare con gioia i loro arcinemici.

Lì, un intero pasto degno di un re impoverito non aveva ancora cominciato il processo di digestione negli aristocratici stomaci, e tuttavia le facce attorno a Lucy sembravano scontente.

Lucy scosse la testa, molto perplessa. I Sedley erano gente bizzarra. Tutti, con l'eccezione di lord Adair, sembravano inaciditi e amareggiati come prima dell'inizio del pasto.

"Vi unite a noi, signorina Trotter? Credo che la signorina Sedley abbia proposto una partita a loo," chiese lord Adair.

Lucy sollevò lo sguardo, sentendosi colpevole. Si era distratta cercando di ficcare un'arancia nella borsetta già gonfia di pezzi di torta, pane e formaggio.

Lady Sedley rispose per lei. "Credo che la signorina Trotter preferisca ritirarsi. I bambini si svegliano presto e la signorina Trotter è al loro fianco dal momento in cui aprono gli occhi."

Lucy sorrise fiaccamente. Erano i bambini a saltarle sul letto e cercare di sollevarle le palpebre tutte le mattine. Ma questa volta, scelse di accontentare lady Sedley e decise di coricarsi presto. Era molto soddisfatta dopo tutto il buon cibo che aveva mangiato.

"Venite a vedere i gattini domani mattina, signorina Trotter. Portate i bambini," disse sottovoce Peter mentre lei gli passava accanto.

Lucy finse di non sentire.

Peter aveva convertito una vecchia aranciera dietro la villa in un rifugio per animali. A Lucy gli animali non dispiacevano, ma le storie che i bambini le avevano raccontato riguardo al genere di creature che Peter aveva tenuto in passato le incutevano il terrore di entrare in quella che sembrava una giungla tropicale dove, in qualunque momento, qualcosa di grosso e spaventoso avrebbe potuto divorarla.

In risposta, borbottò qualcosa di incomprensibile e si allontanò rapidamente.

Nessun altro la notò mentre indirizzava un generico saluto al gruppo e usciva dalla stanza.

Una singola candela guizzante bruciava su un tavolino, proiettando una magra luce sulle scale che conducevano alla cucina.

Fu con umore pensoso che Lucy si fece strada lungo la tortuosa scala di legno. La sua ombra incombeva grande sulla parete e lei la tracciò con le dita mentre camminava. Si chiese cosa avrebbe fatto lady Sedley riguardo alla servitù, ora che lord Adair aveva deciso di soggiornare a Rudhall.

La servitù era scarsa per una villa così grande. Spesso, Lucy si ritrovava a portare candele, scaldaletto e acqua calda dalle cucine invece di chiedere a un servitore di farlo. Trasportava persino l'acqua per il catino e aiutava la sguattera a portare i secchi quando doveva lavarsi.

Sorrise. Povera lady Sedley. Lord Adair sembrava il genere d'uomo abituato ai lussi e che si aspettava di trovare un ottimo servizio ovunque si recasse.

Le tornò in mente lo spregio da lui mostrato per la bella vestaglia di seta verde che indossava.

Le sfuggì una risatina.

Se la vestaglia lo aveva infastidito, cosa avrebbe pensato del materasso ammuffito e pieno di pulci nell'unica stanza per gli ospiti funzionante? Lord Sedley aveva chiuso la maggior parte delle altre stanze anni prima, per risparmiare, e a causa della scarsa manutenzione, la maggior parte delle camere era inutilizzabile.

Come avrebbe fatto lady Sedley a far colpo sul suo stimato ospite?

Lucy era così persa nei suoi pensieri che si stupì di trovarsi di fronte alla porta della cucina.

Toccò affettuosamente il legno spesso.

Se al piano di sopra era stata trattata con freddezza, lì, almeno, era la benvenuta.

Tutte le sere, dopo che i bambini erano stati messi a letto la famiglia aveva terminato la cena, Lucy raggiungeva la servitù per una tazza di tè e qualche pettegolezzo. Era diventato una sorta di rito tranquillizzante e godibile.

Quella sera, avrebbero avuto molto di cui parlare: la mongolfiera, lord Adair, il furto e l'omicidio.

Con un brivido, Lucy aprì la porta della cucina.

La cuoca si fermò per un istante nell'atto di mescolare lo stufato. Era una donna robusta, con un volto severo e autoritario. Evitò lo sguardo di Lucy e si affrettò a prendere una candela e piazzarla sul tavolo. Poi riprese a scodellare stufato nelle fondine per la servitù.

Rose, la sguattera di cucina, sbatté una tazza di tè tiepido accanto alla candela. Non evitò lo sguardo di Lucy, ma la guardò male come un ciclope furioso.

Lucy rispose all'occhiataccia con un sorriso tranquillizzante.

Non funzionò. Anzi, sembrò rendere Rose ancora più furiosa.

Lucy si sedette frettolosamente sulla sedia traballante e attirò il tè verso di sé. Bevve un sorso, badando a mantenere un'espressione neutra. Si chiese se avesse interrotto un litigio.

"Povero lord Sedley," disse, sperando che un po' di pettegolezzi avrebbero disinnescato la tensione. "Che morte orribile."

Rose fece un passo verso di lei. La cuoca allungò di scatto una mano a fermarla. La cuoca scosse la testa in modo quasi impercettibile mentre la sguattera cominciava a sfregare il pavimento più vigorosamente.

L'aria era densa di sospetto.

"Lord Adair è sposato?" ritentò Lucy.

Il bel valletto che poltriva vicino alla porta sul retro rispose seccamente: "No, ma si mormora che sia stato innamorato. Qualcuno avvelenò la ragazza. Fu l'unica occasione in cui lord Adair non riuscì a trovare il colpevole."

La cameriera schioccò la lingua in tono compassionevole. Persino le mani della cuoca rallentarono lo svolgimento dei loro compiti mentre le sue orecchie si protendevano verso la conversazione.

Hogdson entrò nella stanza e raggiunse Lucy al tavolo. Fulminò con lo sguardo la cuoca e la sguattera di cucina. "Non è stata lei, e anche se fosse stata lei, il vecchio se lo meritava," annunciò. "Smettetela di guardarla come se foste dei conigli spaventati."

La cuoca si acciglò. "Voi avete motivo di stare allegro. Dal testamento vi arriverà un bel gruzzolo che vi permetterà di andare in pensione." Gli schiaffò una scodella di stufato di fronte, facendo traboccare il contenuto su tutto il tavolo. "Che ne sarà di noi? Lady Sedley venderà la casa e si trasferirà a Bath. Chi ci assumerà?"

"Non doveva ucciderlo," disse Rose, guardando Lucy con un misto di paura e sgradevolezza.

"Ma insomma. Non sappiamo chi sia stato. Ci vuole prudenza," disse lentamente il valletto.

Hogdson estrasse un sigaro pregiato e lo accese. "Di sopra dicono che il colpevole sia il fantasma di zia Sedley."

Il valletto si strozzò con la birra.

Hogdson ridacchiò e si rivolse a Lucy. "Vi ricordate quella volta in cui siete andata a chiamare lady Sedley per il tè e avete trovato–"

Il valletto aprì la porta. "Non intendo ascoltare," ringhiò prima di uscire bruscamente dalla stanza.

Lucy arrossì e annuì. Aveva trovato il valletto a letto con lady Sedley. Era accaduto il giorno in cui lady Sedley era giunta alla conclusione che detestava Lucy e a partire dal quale la padrona aveva fatto del suo meglio per sbatterla fuori.

Il maggiordomo sorrise da un orecchio all'altro. "Sì, beh, il fantasma di zia Sedley si è manifestato il giorno successivo all'assunzione del nostro affascinante amico valletto. Esso scoraggia la famiglia dal farsi troppo avventurosa e cercare di scoprire la fonte e di tutti quei misteriosi gemiti e grugniti."

Lucy si tinse di una sfumatura di rosso più brillante e affondò il pollice nella cera fredda della candela, lasciando piccole impronte. Si affrettò a cambiare argomento. "Non bisognerebbe riferirsi a lord Adair con l'appellativo di 'lord Lockwood,' dato che egli è ora il marchese di Lockwood?"

Gli occhi porcini di Hogdson quasi svanirono quando lui li strinse, cercando di riportare alla mente chissà quale memoria dimenticata da tempo. "Ricordo vagamente uno scandalo di qualche anno fa, correlato alla scomparsa di suo padre. Lord Adair ha scelto di credere che suo padre sia ancora vivo, mentre il resto d'Inghilterra è convinto che Lockwood padre sia morto. Lo trattano come tratterebbero un marchese, ma non osano chiamarlo 'lord Lockwood' per timore di offenderlo."

"Capisco," disse Lucy. "Insomma, non vuole assumere il titolo prima di essere certo che suo padre sia morto. Da quanti anni è scomparso suo padre?"

"Quasi dieci, signorina."

Lucy fischiò. "Insomma, è un matto."

"Non lo siamo forse tutti?" chiese Hogdson con filosofia.

Lucy si strinse nelle spalle. "Immagino di sì." Svuotò la tazza di tè e asciugò la goccia che le era colata sul mento. "Strano. Non avrei mai immaginato che il *ton* avrebbe tollerato un comportamento del genere. Voglio dire, come possono permettere a lord Adair il lusso di scegliere quando adottare il titolo? E se non dovesse mai farlo?"

Hogdson si strinse nelle spalle. "È l'unico uomo d'Inghilterra che non risponde al *ton*. Fa le proprie regole e, perlopiù, l'Inghilterra lo segue."

Lucy premette pensierosa un dito su un pezzetto di polvere sul tavolo e lo lanciò lontano. "Ho sentito dire che, in un'occasione, ha indossato una scarpa diversa su ciascun piede. Quella moda fece faville."

Hogdson sorrise. "Ricordo quell'estate. In tutta l'Inghilterra, gli uomini barcollavano con uno stivale col tacco a un piede e una scarpa piatta all'altra."

"E quando annunciò che gradiva il profumo delle rose... Ragazze inglesi, francesi e spagnole cominciarono a immergersi nell'olio di quei fiori. Ci fu scarsità di rose per due stagioni intere." Lucy sorrise. Non aggiunse che anche lei aveva cercato di realizzare l'olio di rose. Il suo tentativo era stato disastroso. I petali rubati al giardino della signora Bury erano marciti e avevano prodotto un olezzo spaventoso invece di un olio dal profumo gradevole.

Rose sbatté la parte bruciata del pane al centro del tavolo, ponendo fine alla conversazione piacevole.

Il maggiordomo si fece serio e disse a bassa voce: "È molto probabile che incolperanno voi, signorina Trotter." Accennò con il mento alla schiena della cuoca. "I servitori si discolperanno a vicenda e la famiglia farà fronte comune. Voi siete un'estranea e siete qui da soli tre mesi. Inoltre, siete inciampata in troppi segreti. È stato lord Sedley a insistere affinché rimaneste. Sosteneva che gli piaceva la vista di un bel visino, ma quando avete rifiutato le sue avances..." Il maggiordomo scosse la testa. "Posso solo raccomandarvi di stare attenta, mia cara."

"Lord Adair scoprirà la verità," disse debolmente Lucy.

Il maggiordomo la guardò in silenzio, troppo buono di cuore per sottrarle la speranza.

Lucy prese la candela e, senza aspettare lo scaldaletto, partì per la sua stanza.

Si infilò nel letto freddo e tirò fuori un pezzetto di torta dalla borsetta. Era in condizioni pietose, ma comunque deliziosa.

La morse e masticò pensosamente. Quella mattina si era svegliata con una canzone sulle labbra e il passo energico.

Prima di allora, la sua vita era spenta, trascinata come una vecchia vacca, ma allegra e felice.

Aveva pregato per qualcosa di elettrizzante. Aveva voluto che succedessero delle cose: che il mondo girasse e che lei galleggiasse lungo la corrente impetuosa della vita.

"Sono una sciocca, un'idiota, una stramaledetta imbecille," ringhiò Lucy, percuotendosi la testa con un cuscino. "Volevo qualcosa di elettrizzante, che il mondo girasse... Stupida, stupida, stupida."

Galleggiava lungo una corrente impetuosa, proprio come aveva desiderato, ma invece di scivolare sulla schiena mentre osservava pigramente gli alberi gli uccelli, era fradicia, infreddolita e annaspante.

Il fiume la sbatteva da tutte le parti, l'acqua le entrava nelle orecchie, faticava a restare a galla. Un pesce di passaggio le colpiva allegramente le braccia stanche con la coda...

Tornò al presente.

"Cretina, cretina, cretina." Riprese a picchiare la testa contro il cuscino.

Tutti, in casa, la accusavano di crimini che non aveva commesso. Lord Adair avrebbe preso le parti dei suoi pari, la servitù avrebbe fatto quadrato e lei sarebbe rimasta da sola in un angolo a cercare di fondersi con la carta da parati.

Gli altri si sarebbero ricordati della sua presenza solo al momento di puntare il dito.

Chiuse la borsetta e la mise via. Sistemò la testa sul cuscino e fissò l'arancia che aveva lasciato per la sguattera vicino al caminetto freddo e vuoto.

Era sola, estranea e sacrificabile. Di conseguenza, era naturale che venisse incolpata dell'omicidio e del furto.

Un'ombra di panico si dispiegò nel suo stomaco.

Doveva fare qualcosa per salvarsi la pelle. Non si sarebbe lasciata condurre passivamente alla forca.

Avrebbe lottato, si disse con fierezza.

Un attimo dopo, si sgonfiò. Il suo impiego aveva i giorni contati e le dovevano ancora tre mesi di stipendio arretrato. Se per qualche miracolo fosse sfuggita alla forca, cosa ne sarebbe stato di lei? Dove sarebbe andata?

Sospirò e si girò sul fianco, cercando di scaldarsi.

Il dorso della sua mano ricadde su una superficie liscia e dura.

Si mise seduta e si protese verso l'acciarino. Gli schiocchi prodotti quando qualcuno usava l'acciarino la mettevano sempre un po' a disagio. Ma lei aveva imparato a ignorare il disagio.

Accese la candela dopo solo una breve esitazione.

Un pacchetto era posato sul suo letto, avvolto da un pezzo di spago.

Lucy lo disfece e al suo interno trovò un oggetto informe di legno, vagamente tondeggiante e dipinto in malo modo. Lo accompagnava un bigliettino.

Cara signorina Trotter,

Spero che gradite la spilla che Pat e io abbiamo fatto per voi. Spero che avete passato bene il compleanno. Spero che domani potremo festeggiare, perché oggi avete bevuto tanto vino e avrete mal di testa quando vi sveglierete.

Con amore,

Signorina Hepsy Gardiner,

Nursey

Secondo piano,

Rudhall Manor,

Blackwell.

Lucy si strinse la spilla di legno al cuore. Aveva dimenticato che era il suo compleanno. Chiuse gli occhi e si tuffò a testa bassa in uno stagno trascurato e profondo di autocommiserazione.

"Che situazione patetica," borbottò mentre si addormentava, "davvero patetica."

Capitolo 10

Prima di addormentarsi, Lucy si era levata tutte le ansie dal petto e le aveva appoggiate sul comodino.

Russava delicatamente e sommessamente mentre la sua testa scivolava giù dal cuscino e le sue gambe snelle si avvolgevano attorno alla trapunta calda in maniera più comoda. Aveva il palmo infilato sotto una guancia arrossata, e le sue labbra piene avevano formato una dolce e piccola smorfia.

Il letto era più grande della minuscola branda che aveva all'orfanotrofio. Di conseguenza, negli ultimi tre mesi, Lucy aveva sviluppato una ammirevole maniera di sfruttare lo spazio aggiuntivo emulando un gatto avido e flessibile che prendeva il sole su un tetto.

Cominciava stendendosi supina, muovendo i piedi a un angolo di trenta gradi verso destra e inclinando la testa di circa dieci gradi, allungando tutte le membra il più possibile.

Ma mentre la luna risaliva nel cielo, le membra si rilassavano e le si contraevano attorno proprio come avevano fatto ora.

Dormiva profondamente e in diagonale, certa che, dopo un giorno così pieno di eventi, la notte scura avesse portato una pace momentanea.

Di sicuro, nulla poteva andare storto.

Il rosa nelle guance di Lucy svanì piano, trasformandosi in bianco sfumato di blu. La trapunta calda che le copriva le spalle si fece gelida, facendola rabbrividire nel sonno e raggomitolare in posizione fetale.

Poi, una brezza penetrò nella stanza. Una brezza leggera,

delicata e sinistra che agitò le tende appese alla finestra.

Il legno spento nel caminetto si fece ancora più freddo.

Presto, la trapunta cominciò a scivolarle via dalle spalle.

Lucy la riprese brontolando e si girò.

Ancora una volta, la trapunta sfuggì alla sua presa, le scivolò lungo il corpo e si ammucchiò ai suoi piedi, dove rimase senza fare un bel niente alla stregua dell'attuale re di Inghilterra.

Poi fu il turno del cuscino di comportarsi in maniera bizzarra: si mosse... e poi... si mosse di nuovo.

Il cuscino semovente assunse il ruolo della fiamma e la brezza fredda e sinistra divenne la falena mentre abbandonava le tende. La brezza corse verso il cuscino e il cuscino si mosse ancora più energicamente.

Le due cose si incontrarono al centro del grande letto e balzarono l'una fra le braccia dell'altra come due amanti perduti che si ritrovavano per la prima volta.

La brezza fu travolta dall'amore, al punto da decidere di infilarsi nella federa per essere il più vicino possibile alle piume d'oca.

Il cuscino fremette e arrossì e la brezza ridacchiò mentre cominciava giocosamente a espandersi e contrarsi all'interno della federa.

La parte piumata del cuscino guizzò appassionatamente mentre la federa si alzava e si abbassava, si alzava e si abbassava, si alzava e si abbassava...

"Svegliatevi, signorina Trotter. Questo gioco sta diventando noioso."

La voce penetrò nelle orecchie sonnolente di Lucy e lei si svegliò. Subito, ebbe freddo. Rabbrividì e si protese verso la trapunta.

"Ah, siete sveglia."

Lucy si immobilizzò.

"Ora, il vostro cuore comincerà a battere più in fretta, i vostri capelli si rizzeranno e sicuramente sentite già il gelo."

Lucy si voltò verso la voce. La sua bocca si spalancò per l'orrore e i suoi capelli si raddrizzarono sul serio.

Ogni singolo pelo del suo corpo era ora rivolto verso il soffitto.

Di fronte a lei si trovava una donna alta e di mezza età, illuminata da un grande raggio di luna che penetrava dalla finestra. Un abito da ballo vecchio stile, color panna e oro, pendeva largo dalle sue spalle ossute mentre una torreggiante parrucca incipriata svettava maestosa sulla sua piccola testa a punta. Farfalle, nastri e perle ornavano la parrucca e una spilla d'oro scintillava sul corsetto.

Lucy deglutì. Il fatto che nella sua stanza c'era una donna bizzarra era strano, ma a essere ancora più strano era che quella donna luccicava e si muoveva come un riflesso sulla superficie di un fiume che scorreva lento. I suoi lineamenti affilati e stretti erano spaventosamente difficili da mettere a fuoco.

Inoltre, galleggiava a circa un metro e venti dal pavimento.

"Non riuscirete a urlare," disse la donna, sedendosi a mezz'aria e incrociando pudicamente le caviglie, "perché avete troppa paura. Vedete, quelli che provate sono i classici sintomi di un essere umano in prossimità di un fantasma."

"Chi s-s-siete?" balbettò Lucy. Era giunta alla conclusione che stava sognando. Solo un sogno poteva spiegare cose del genere.

"Ah, mi sentite, dunque. Meraviglioso. Per quanto riguarda la mia identità, non ho forse appena detto che state sperimentando ciò che si verifica in presenza di un fantasma? A volte le ragazze sono proprio lente di comprendonio," disse l'apparizione, guardando Lucy come se fosse un limone marcio.

"Siete un fantasma?" Lucy cominciava a sentirsi leggermente più spavalda. Quello era un sogno piuttosto bizzarro.

"Sì, sono uno spirito, un fantasma, un tempo essere umano e ora decisamente defunta," rispose la donna, come se l'intera conversazione fosse piuttosto noiosa e ogni momento la rendesse sempre più impaziente. "Anche se, nel mondo spettrale, è in corso un dibattito nel quale le donne esigono che i fantasmi di genere femminile vengano onorevolmente chiamati fantasme, phantasme o pfantasme... La pronuncia è la stessa, ma la grafia è diversa. Vedete, le femmine del reame umano vengono spesso definite ragazze, signore, donne... Cogliete il senso?"

Lucy annuì.

"Di conseguenza, perché i fantasmi sono definiti genericamente fantasmi e tutti gli spiriti sono noti semplicemente come spiriti e non esistono spirite, spiritesse e cose del genere? Alcuni fantasmi femmine sono compiaciuti dal fatto che, nell'aldilà, tutti sono trattati alla stessa maniera, ma alcune sono a disagio per via del cambiamento improvviso."

Lucy annuì nuovamente. "Com'è essere morte?" chiese, sollevandosi la coperta sulle spalle.

La coperta scivolò.

Lucy la sollevò di nuovo.

La trapunta le scivolò fra le dita e cominciò ad allontanarsi dalle sue spalle.

Lei afferrò con fermezza il bordo e lo tenne vicino al collo.

La coperta sregolata decise questa volta di abbandonarle i piedi. Salì sempre più in alto, fino a quando Lucy non si ritrovò con le gambe nude e infreddolite.

Infastidita, lei si infilò a forza la trapunta sotto le caviglie e afferrò la parte superiore con le dita, tenendo fermo lo spesso panno giallo fino a quando esso non si stancò e non giacque afflosciato come qualunque coperta di buona creanza avrebbe dovuto fare.

"È come essere vive, tranne che non si respira e non si mangia," rispose il fantasma, togliendosi la parrucca e grattandosi la testa.

"Perché siete qui?"

"Perché lo voglio."

"No, intendo qui nella mia stanza."

"Oh." Il fantasma si avvicinò fluttuando. Lucy si fece piccola. "Grazie per avermelo ricordato. Vedete, mi sento offesa... I miei sentimenti sono stati feriti: mi hanno accusata ingiustamente di aver ucciso Roo Roo. Perché mai avrei dovuto uccidere il mio amato fratello? Ho bisogno che voi troviate l'assassino e dimostriate la mia innocenza–"

"Un momento," disse Lucy. "Chi è Roo Roo?"

"Ma come: è Robert. Mio fratello." Il fantasma emise un verso impaziente. "Lord Robert Archibald Cuthbert Sedley, morto qualche ora fa. L'ho implorato di infestare il castello con me, ma è sempre stato un tipo avventuroso." Ridacchiò affettuosamente. "Voleva vedere cos'altro ci fosse di disponibile. Che sciocco."

"Voi siete zia Sedley?" chiese Lucy, spalancando gli occhi. "Esistete davvero? Davvero gemete e grugnite a ogni ora della notte? Non era solo una storia inventata dopo l'arrivo del valletto?"

"Non siate sciocca. Vago per queste sale dal giorno della mia tragica e violenta morte, dieci anni fa. All'inizio non sentivo il bisogno di spaventare nessuno, ma quando quell'orribile Margaret ha cominciato a fare cose sconce con quel bel valletto, ho ritenuto che fosse giunto il momento di manifestarmi e fare quello che potevo per tenerli separati."

Lucy appiattì i capelli terrorizzati sulla testa e chiese coraggiosamente: "Non lo avete ucciso voi, vero?"

"Chi, Roo Roo? Preferirei rimuovere sua moglie," disse contrariata zia Sedley. Si allungò e pungolò Lucy alla spalla. Il gesto la terrorizzò, ma non le provocò dolore, perché il dito le attraversò di netto la spalla. "Come potrei uccidere chiunque quando non posso toccare un singolo essere umano?"

Lucy si spostò ancora più lontano dal fantasma svolazzante. "Avete mosso la trapunta."

"Non ho mosso la trapunta. La trapunta e il cuscino si sono mossi da soli. La natura stessa degli spiriti impedisce loro di recare danno a un essere umano, ma ci è consentito spaventare a piacimento."

"Capisco," disse Lucy con aria confusa.

"Dopo la morte, per compensare il fatto che non possiamo mangiare o bere, riceviamo dei doni particolari. La nostra presenza induce fenomeni terrificanti di ogni genere. Quando entro in una stanza, le tende si smuovono, trapunte e cuscini agiscono in modo bizzarro e a volte il vento ulula."

"Oh."

"Ora, un uomo che ama il rhum ed è costretto a rinunciarvi perché, disgraziatamente, è morto... Beh, per lui il bisogno di bere rimane forte anche dopo la morte e questo crea difficoltà. Grandi difficoltà. Per compensare questi disagi, egli riceve dei benefici aggiuntivi. Può generare sfere di luce per distrarsi dai sogni di gin e rhum, o creare scie di sangue. Le immagini che alcuni di quei fantasmi sono in grado di realizzare con il sangue… Pura genialità.”

“Insomma, tutti i fantasmi sono diversi,” interruppe Lucy. Le sue palpebre avevano cominciato a calare. Coprì uno sbadiglio.

Zia Sedley strinse gli occhi allo sbadiglio. “Tornerò un'altra volta per il rapporto.”

“Rapporto?”

“Sui vostri progressi. Ricordate che vi ho chiesto di indagare sull'omicidio per conto mio… vero?”

“Ah, sì.” Lucy trattenne un altro sbadiglio.

“Ora vado.”

“Aspettate. Perché io?” chiese Lucy.

“Perché voi cosa?”

“Perché avete scelto me per indagare?”

“Perché siete l'unica che può sentirmi.”

“Come facevate a sapere che avrei potuto sentirvi?”

“Non lo sapevo. Ho molestato tutti gli abitanti della villa, tranne lord Adair, che era troppo attraente perché io lo svegliassi, e ho atteso di vedere chi avrebbe udito la mia voce. Voi lo avete fatto. Siete stata l'unica… per cui, eccoci qui.”

“Capisco,” disse Lucy. Un attimo dopo, notò che la stanza aveva ricominciato a scaldarsi e che la trapunta si era fatta calda sotto le sue mani. Nel calore improvviso, le sue palpebre si fecero immediatamente più pesanti e lei faticò a tenerle aperte.

La visione di zia Sedley ondeggiò e cominciò a svanire.

Quando tre quarti di fantasma furono spariti, Lucy sbadigliò e fece ciao ciao con la mano.

“Tornerò… rò… rò…” La voce di zia Sedley svanì lentamente riecheggiando.

“Che strano sogno,” mormorò Lucy, lasciando ricadere la testa sul cuscino, che aveva riassunto la sua forma naturale. La sua piccola mano tornò a infilarsi sotto la guancia, il rosa si diffuse nuovamente sulla pelle e gli occhi le si chiusero in un benedetto sonno.

Capitolo 11

Il sole mattutino si riversava dalla finestra.

Lucy si svegliò e si stiracchiò pigramente braccia, collo e mani.

Le parole "È stata l'istitutrice" balzarono nella sua mente e lei si fermò a metà dello stiracchiarsi mentre il ricordo degli eventi del giorno prima la travolgeva.

Il sorriso che era sbocciato sul suo volto avvizzito crollò dalle sue labbra e il suo stomaco si contorse in mille nodi colorati.

Come per godersi la sua mestizia, la luce del sole si fece più splendente e corse nella stanza, procedendo ad attaccare il piccolo specchio steso sul mobile da toeletta.

La superficie riflettente fece rimbalzare gioiosamente la luce e un raggio particolarmente brusco colpì Lucy in un occhio e la trascinò fuori dai suoi uggiosi pensieri.

Lucy allontanò le lenzuola e si accigliò. La luce che penetrava dalla finestra sembrava diversa. Era più luminosa?

Le dita dei suoi piedi si arricciarono protestando mentre camminava scalza sul freddo pavimento di pietra, verso la finestra, e guardava fuori. Era come se un tappeto bianco si fosse srotolato mentre lei dormiva e ora coprisse tutto Blackwell.

Lucy inalò di scatto e spalancò la finestra. Nevicava ancora e, con gioia infantile, lei allungò il braccio, lasciando che i minuscoli fiocchi di neve le si sciogliessero sulla pelle. La gioia esplose in lei.

Se Blackwell poteva avere un bell'aspetto, tutto al mondo era possibile.

Ebbe la sensazione che la neve che le si scioglieva sul braccio le penetrasse nelle vene, ripristinando il suo buonumore.

Sollevò il mento, ripromettendosi di combattere con tutta la sua forza.

E così pensavano che avesse ucciso il vecchio, eh? Lucy avrebbe dato loro torto. Zia Sedley, in quel sogno stranamente intenso, aveva detto il vero. Lucy doveva indagare…

"Te l'avevo detto che si era ammattita."

Ritrasse la mano e si voltò verso chi aveva parlato.

Un ragazzino di dieci anni, con una zazzera di capelli spaventosamente rossi, la osservava sospettoso dalla porta. Una angelica bambina di nove anni con gli stessi capelli rossi era al suo fianco.

"Pat, Hepsy," salutò sorpresa Lucy.

I due bambini si affrettarono a fare un passo indietro, le espressioni simili a quelle di un paio d'oche spaventate.

"Solo una matta potrebbe averlo ucciso," mormorò Pat nell'orecchio di Hepsy.

Hepsy inclinò la testa e osservò Lucy. "Mi sa che è proprio balorda," concordò infine. "Aveva la testa infilata fuori dalla finestra con questo clima."

"Vuole prendere un malanno," rispose cupamente Pat.

Lucy chiuse la finestra sbattendola e si voltò nuovamente verso i bambini. "Miei cari, vi sento. Sarò anche balorda, ma di sicuro non sono sorda."

Hepsy indietreggiò di scatto con uno squittio. Pat mantenne coraggiosamente la posizione.

Entrambi guardavano Lucy come se fosse una curiosità esposta al British Museum.

Fu Pat a rompere finalmente il silenzio. "Vi porteranno via, signorina Trotter?"

Quando Lucy inarcò un sopracciglio, il bambino chiarì. "Quelli che puniscono gli assassini."

Lucy attraversò con prudenza la stanza per non spaventare i bambini e si sedette sul letto. "Non l'ho ucciso io," disse, rivolgendo ai due uno sguardo molto aperto.

"Ma se vi portano via," insistette Pat, "vi imprigioneranno in un posto buio e freddo, vero?"

Lucy annuì con un certo disagio. "Non dovrebbero, ma potrebbero."

"Un posto buio con dei ratti che mordono," bisbigliò Hepsy.

Lucy si strattonò la scollatura alta della camicia da notte. "Topi e ratti," concordò. Sentì la sua luce interiore smorzarsi un poco.

"Poi vi porteranno in un posto come la piazza, vi metteranno una corda al collo e la stringeranno," proseguì Pat.

Una goccia di sudore si formò sulla fronte di Lucy.

"Farà male?" chiese Hepsy.

Lucy deglutì, chiedendosi come cambiare argomento. I due bambini sembravano compiacersi di quel discorso inquietante. La stavano guardando affascinati. "Gradireste un regalo?" disse disperata.

Subito, piedi minuscoli corsero nella stanza. La prospettiva di un regalo, osservò Lucy, era un ottimo modo per scacciare le paure.

Due volti speranzosi la guardarono.

"Un regalo a testa, in cambio della bellissima spilla che mi avete dato ieri sera." Lucy tese le mani e i due spiccarono un balzo all'indietro. Lei abbassò le mani, ma mantenne il sorriso. "Volevo ringraziarvi. Il vostro dono mi è piaciuto moltissimo. Era ragionato." Fece una pausa, gli occhi ridotti a fessure. "Lady Sedley sa che siete qui?"

"No, dorme ancora," disse Pat, sedendosi in fondo al letto.

Lucy si accigliò. Di certo, lady Sedley non avrebbe permesso ai bambini di farle visita, non se pensava che Lucy avesse ucciso suo marito. Si voltò verso Hepsy, ancora in piedi a qualche passo da lei che la guardava fisso con gli occhi spalancati. "Perché mi fissate, signorina Gardiner?"

"Ucciderete anche noi, signorina Trotter?" chiese Hepsy, più incuriosita che spaventata.

"Può darsi, signorina Gardiner," disse severamente Lucy.

Pat si affrettò a scendere dal letto.

Hepsy inclinò la testa e la guardò come un uccello. "Io non

volevo venire, ma Pat ha insistito. Diceva che voleva vedere bene l'assassina. Forse non ne rivedremo mai più una."

Lucy si sentì leggermente offesa. Qualche membro della servitù doveva aver messo in guardia i bambini, quella mattina. Mantenne un'espressione neutra e disse: "Gradireste un souvenir da un'assassina? Potrete mostrarlo ai vostri figli quando sarete più grandi."

Pat sorrise e afferrò il vecchio nastro blu che pendeva dalle dita di Lucy. "Io non voglio avere figli."

Hepsy prese il nastro rosso dall'altra mano. "Io ne avrò dieci. Taglierò questo nastro in pezzi piccolissimi e li metterò ciascuno in una scatolina decorata."

"Volete che li firmi?" chiese Lucy.

Hepsy si illuminò. "Oooh, così potrò farlo vedere a Rosy. Suo padre le ha regalato una bambola nuova, la settimana scorsa, ma scommetto che non ha nulla che apparteneva a un assassino."

Lucy avvertì un'altra fitta al cuore. Non era particolarmente affezionata a quei piccoli mostri, ma momenti come quello le ricordavano che erano orfani proprio come lei. In un lampo di abbandono, tirò fuori un secondo nastro verde e lo allungò verso Hepsy. "Tieni, prendi anche questo. Vedilo come un regalo… da parte della tua istitutrice, questa volta."

Hepsy si strinse il nastro al petto, con gli occhi spalancati. "Non vi rivedremo più, signorina Trotter."

"Ma verremo qui di nascosto," obiettò Pat," e la vedremo un sacco."

"Presto la impiccheranno," disse Hepsy, scuotendo la testa.

Gli occhi di Pat si inumidirono, ma prima che le lacrime potessero scorrere, Lucy gli saltò addosso e cominciò a fargli il solletico.

Hepsy dimenticò la paura e corse a unirsi al divertimento.

∞ ∞ ∞

Un po' di tempo dopo, una volta che i bambini se ne furono

andati, Lucy appoggiò la schiena alla singola, rigida sedia della stanza e chiuse gli occhi. Il suo cuore batteva ancora all'impazzata dopo che lei aveva giocato ad acchiapparello con i bambini. Le ci volle qualche istante di respiro lento per calmarsi e tuffarsi ancora una volta nel mondo degli adulti.

La situazione era grama.

Lanciò un'occhiata all'arancia che aveva lasciato vicino al caminetto per la sguattera. Era ancora intatta e, dopo la sera prima, lei non era sorpresa.

La servitù si era unita a formare un gomitolo serrato. Oh, il maggiordomo poteva anche rivolgerle qualche parola affettuosa di tanto in tanto, grato per il fatto che lei aveva apparentemente accoltellato il vecchio, ma non era stupido. Non si sarebbe mai sbilanciato per aiutarla. Sarebbe rimasto fedele alla servitù.

Lucy scosse la testa disgustata.

Era inutile cercare di dipanare l'associazione a delinquere del piano di sotto.

Il piano di sopra era una faccenda diversa. La famiglia Sedley era composta da creature molto indipendenti, indifferenti le une nei confronti delle altre come un gallo nei confronti di uno scoiattolo; a meno che, naturalmente, il gallo non decidesse di rubare le ghiande allo scoiattolo o lo scoiattolo il grano del gallo.

Ghiande, grano e galli, pensò distrattamente Lucy.

Aveva fame.

Rimandando a un secondo momento le riflessioni, Lucy decise di procurarsi qualcosa da mangiare. In seguito, si ripromise, si sarebbe seduta in biblioteca e avrebbe formulato un piano decisivo.

Per colazione le furono messe di fronte due uova afflosciate, una scodella di porridge triste e niente tè. Lucy raddrizzò le spalle, prese la forchetta e, come un soldato pronto alla battaglia, consapevole della necessità di nutrirsi ove possibile, attaccò il cibo.

Fu un pasto solitario e lei non ebbe motivo di meditare sul suo sapore. I vermi probabilmente avrebbero avuto un gusto migliore. Con un brivido, si alzò da tavola e riportò il piatto in cucina.

Si ritirò rapidamente da lì. Il modo in cui la servitù l'aveva guardata le aveva improvvisamente fatto capire come dovevano essersi sentiti i francesi di fronte a un grande esercito inglese a Waterloo.

Si soffermò nel corridoio umido, indecisa su dove dirigersi. Di solito, a quell'ora avrebbe dato lezione ai bambini nella nursery, ma ora, con tutto il tempo libero che aveva, si sentiva un po' persa.

La biblioteca, decise. In qualche modo, le sembrava il posto giusto per pianificare la mossa successiva. Di conseguenza, si diresse lungo il corridoio.

Un armadietto di vetro che metteva in mostra una varietà di animali impagliati la distrasse per un attimo. Lucy si soffermò a ispezionare quello che sembrava un castoro con un cappello da donna quando qualcuno la urtò.

"Chiedo scusa," disse Peter. "Non vi avevo vista."

"Palesemente," scattò Lucy, per poi ammorbidire il tono della voce. "Mi dispiace, sono stati–"

"Due giorni difficili," concluse Peter per lei.

Lucy sorrise beffarda.

L'uomo non ricambiò il sorriso. Invece, si abbassò per giocare con i due carlini che lo avevano seguito. Un leggero rossore gli tingeva le guance. Prima che potesse raddrizzarsi, Lucy si unì a lui.

"Dovreste dar loro un nome," disse, ridacchiando quando uno dei carlini le prese la manica fra i denti e tirò con tutta la sua forza.

Peter sorrise con riluttanza e annuì mentre separava con delicatezza il carlino dal tessuto. "Temo che abbiate uno strappo nella manica."

"Uno di tanti," iniziò a dire Lucy, ma uno strillo la fece sobbalzare per la sorpresa.

Anche Peter balzò in piedi, il corpo sottile che si tese quando lui individuò la fonte delle strida.

Lucy seguì il suo sguardo terrorizzato…

Una visione orripilante si era manifestata in cima alle scale. Sembrava una creatura dall'animo profondamente sconvolto.

Una creatura infelice avvolta in una brillante veste bianca che vorticava attorno ai suoi piedi.

La creatura abbassò lo sguardo su di loro come un demone supremo che fissava la sua cena di due biscotti e una teiera minuscola.

Aveva capelli – capelli in abbondanza, che spuntavano in grandi masse dalla testa a forma di cono.

E gli occhi… Oh, l'orrore. Gli occhi erano splendenti, rossi e dall'aria umida. Le ombre scure sotto quelle sfere spaventose erano profonde e cupe come una notte senza luna.

"Il fantasma di zia Sedley," gemette Peter.

"Vostra madre," lo corresse incredula Lucy. Dopo un momento di perplessità, chiese: "Ha bevuto troppo ieri sera?"

"Sembrerebbe che si sia tuffata in una vasca colma di brandy," bisbigliò in risposta Peter.

"Senza dubbio," rispose sconvolta Lucy.

Lady Sedley scese di un passo verso di loro. "Fai uscire quelle bestie da questa casa," gridò.

Peter e Lucy fecero entrambi un discreto salto e indietreggiarono a gran velocità. Un attimo dopo, Peter disse, nel tono di voce che si usa con i bambini o con le persone molto, molto anziane: "Fuori fa freddo, madre."

"Non mi interessa se si gela. Falli uscire immediatamente. Non voglio rivederli mai più."

"Ma si gela," ripeté Peter.

"Non me ne importa un fico secco, aborto mancato che non sei altro," ruggì lady Sedley.

Le sopracciglia di Lucy balzarono fino a toccare il soffitto. Non aveva mai considerato lady Sedley una persona irragionevole. Anzi, a volte l'aveva sorpresa ad allungare bocconi ai carlini sotto il tavolo da tè.

Peter avvizzì, l'espressione impotente.

"Forse è meglio che facciate come dice lei. La morte di suo marito l'ha gettata in un abisso di disperazione. Parrebbe che lady Sedley abbia perso il senno," bisbigliò Lucy, guardando lady Sedley scendere di corsa le scale con gli occhi sbarrati.

"Il senno? E dove può averlo lasciato?"

"Presso di voi no di certo," sbottò Lucy. "Sbrigatevi," lo incoraggiò.

Peter afferrò i cagnolini e corse verso l'ingresso principale. Lucy, a sua volta, si infilò nella biblioteca e chiuse la porta.

Strinse gli occhi e appoggiò la schiena alla porta.

Le sue orecchie fremettero mentre lei attendeva col fiato sospeso che i passi di lady Sedley si allontanassero rapidi.

Trasse un sospiro di sollievo e aprì gli occhi.

Nel caminetto crepitavano le fiamme.

Lanciò un'occhiata in giro. Un sorriso le sollevò gli angoli della bocca.

Era sola in una grande stanza calda colma del profumo di centinaia di libri, inchiostro e cuoio.

Era perfetto. Ora, poteva formulare in pace il piano per intrappolare l'assassino.

Si sedette di fronte allo scrittoio di bosso scuro e attirò a sé un foglio di carta chiaro e pulito. Intinta una penna nell'inchiostro, cominciò a scrivere…

Capitolo 12

Lord Robert Archibald Sedley, nei ricordi di Lucy, era sempre stato un uomo bellicoso. Una creatura insopportabile con la passione per la bottiglia, estremamente frivolo e in possesso di una voce che sembrava emergere dalle profondità dei suoi intestini per fuoriuscire dalle labbra crudeli con un suono tonante e riecheggiante.

Un suono che scuoteva l'aria stessa attorno a lui e possedeva un potere sufficiente a proiettare in aria una creatura dalla volontà debole in preda a un terrore assoluto.

Oltre alla voce autoritaria, l'uomo possedeva anche un temperamento lussurioso, un lignaggio centenario e un sangue così blu da far sembrare incredibile la vista delle sue guance rubizze.

Inoltre, era alto un metro e mezzo.

Lucy mordicchiò il fondo della penna, tamburellando con le dita sul nome dell'uomo scritto sul foglio. L'inchiostro era ancora umido e una macchia si formò sopra "Archi." Lei non se ne accorse, ma continuò a tamburellare con le dita.

Lord Sedley, grazie alla sua passione per la bottiglia, aveva sperperato buona parte della fortuna di famiglia in quelli che aveva definito "buoni investimenti" e che si erano rivelati investimenti terribili.

Il suo denaro sarebbe stato meglio speso nell'acquisto di fango o uova marce.

Forse era stata la sua bassa statura, rifletté Lucy, a trasformarlo in uno spiritello malefico.

Si era comportato come un piccolo scoiattolo avido che accumulava le sue ghiande, rifiutando di lasciare che anche solo una di esse passasse in mani altrui, anche quando la mano era quella di un membro della sua famiglia.

Lucy scosse tristemente la testa. Ormai, lord Sedley non aveva più bisogno di quelle ghiande…

Buttò la penna sul tavolo e cominciò a camminare in cerchio. La sua mano sfiorò distrattamente i libri polverosi sugli scaffali. Uno spesso strato di polvere grigia si posò sulle sue dita.

Lucy starnutì.

Lady Sedley era una moglie terribile. Era come quell'uccello di cui Lucy aveva letto in un libro: il bel volatile che inseriva di nascosto le proprie uova nel nido di un altro o abbandonava i suoi pulcini non ancora nati alla sorte.

Lady Sedley, con la sua ipocondria, era anche una donna svenevole, ma selettiva: sveniva solo in presenza di uomini attraenti, indipendentemente dalla loro condizione coniugale. Il suo corpo snello collassava a comando in maniera molto dignitosa e si drappeggiava sul divano o sulla sedia più vicina, ma mai sul pavimento.

La donna era di dieci anni più giovane di lord Sedley quando i due si erano sposati. Si diceva che fosse stata bella – probabilmente lo era ancora – di una bellezza evanescente, incompetente e lamentevole.

Lucy tornò allo scrittoio e cerchiò il nome di lady Sedley.

La colpevole poteva essere lei. Dopotutto, aveva motivi in abbondanza per eliminare il vecchio gamberetto avvizzito. Detestava il marito avaro, impostato, untuoso, e aveva una relazione clandestina con il valletto. La morte dell'uomo le avrebbe permesso di vendere quella brutta villa, ritirarsi nella più vivace Bath e vivere il resto dei suoi giorni nel lusso.

Lucy aggrottò la fronte nel ricordare che la cuoca le aveva raccontato una volta che, alcuni anni prima, Ian era finito in prigione per debiti. Lord Sedley si era rifiutato di aiutare il figlio e, da quel momento in poi, lady Sedley aveva guardato a suo marito con un odio sobbollente e malcelato.

Lucy infilò la lista in una tasca della gonna e andò a mettersi di fronte al fuoco. Tese le mani, lasciando che il calore le impregnasse la pelle. Avrebbe voluto poter conservare quel calore da qualche parte e usarlo quando ne avrebbe avuto di nuovo bisogno.

Con un sospiro, infilò ancora una volta le dita nelle tasche della gonna e tirò fuori una fiaschetta di brandy. Dopo una rapida occhiata a destra e a sinistra per assicurarsi che nella stanza non ci fosse nessun altro, bevve un sorso del contenuto.

L'effetto fu immediato.

Il calore si diffuse nelle sue membra mentre il brandy le scivolava lungo la gola.

"Sia maledetta la famiglia Sedley," borbottò fra sé. "Possano le larve riempire i loro cervelli e l'edera velenosa aderire per sempre ai loro posteriori."

La famiglia… Il suo cuore si strinse per il dolore e lei allontanò da sé l'improvviso rimpianto, come aveva fatto innumerevoli volte in passato, sbattendo rapidamente le palpebre.

Non andava bene. Quell'improvviso umore triste, si convinse, era colpa della biblioteca. Era una stanza piuttosto deprimente e qualunque creatura mentalmente stabile non poteva non essere afflitta dalle sue tristi mura piangenti.

Agitando per un'ultima volta il dito verso le fiamme scoppiettanti, Lucy girò sui tacchi e si diresse verso la porta. Si fermò quanto bastava per afferrare il sottile cappotto di lana e uscì nel bianco paesaggio invernale.

Inalò l'aria frizzante, profumata di sterco bovino ed equino, con piacere.

Nuvole scure e lanuginose rotolavano a coprire con efficienza il cielo. Un vento gelido appena giunto dal Nord le seguiva e infilò un dito birbante nel colletto di Lucy.

Lucy si strinse il cappotto attorno al collo.

Il vento freddo si fece una risata e soffiò una raffica potente nella sua direzione, dandole uno spintone allarmante. La spinse fino a quando lei non ebbe altra scelta che andare nella direzione in cui soffiava il vento. Individuata la sua panchina di legno preferita a pochi metri di distanza, Lucy corse a raggiungerla e si sedette.

Il vento cambiò direzione e andò invece a civettare con le mungitrici di Blackwell.

Lucy si sistemò i vestiti e si mise comoda sulla panchina. Adorava quel punto in particolare per due ragioni. In primo luogo, la panchina era rivolta verso il rifugio degli animali di Peter, una vecchia aranciera di pietra grigia, legno e vetro parzialmente colorato che brillava in maniera incantevole alla luce del sole. E poi perché il sole, quando brillava, scaldava la panchina, rendendola più gradevole per sedervisi.

Lucy tirò fuori il foglietto piegato dalla tasca e ricominciò a meditare sulla lista dei nomi.

Peter Sedley era il secondo sospettato. Era il figlio maggiore, l'erede e colui che aveva più da guadagnare dalla morte di lord Sedley.

Per qualche motivo, Lucy non riusciva a immaginare il timido, gentile e stranamente odoroso Peter sollevare un coltellaccio e pugnalare lord Sedley al petto.

Ma sapeva che la natura umana era imprevedibile e cangiante. Una persona poteva adorare il gusto dei limoni un giorno e il giorno dopo detestarne la sola vista. Lei dubitava che i gattini imparassero a non gradire il sapore del latte o che i cani sollevassero i nasi umidi quando veniva offerto loro un osso succoso semplicemente perché le loro papille gustative si erano improvvisamente raffinate.

L'immagine di un carlino bianco brillante che stringeva gli occhi guardando un piatto di pollo in salsa Robert le apparve nella mente.

Lucy si accigliò e si costrinse a riportare il pensiero sull'argomento principale: l'omicidio.

Chi altri poteva essere stato? Elizabeth e Ian. Entrambi avevano bisogno del denaro. Ian per finanziare il vizio del gioco ed Elizabeth per una stagione londinese.

Lucy scosse la testa infastidita. Persino la servitù non amava troppo il padrone. Lord Sedley era stato un uomo scortese, che spesso approcciava le domestiche e inveiva contro il maggiordomo. E il valletto aveva una relazione con lady Sedley. Forse si era trattato di un crimine passionale…

Sembrava che proprio tutti avessero una ragione per uccidere quel vecchio animale volgare.

Lucy balzò in piedi con un sibilo di frustrazione. Cominciava ad avere mal di testa.

Non poteva farcela da sola.

Aveva bisogno di aiuto, almeno all'inizio. Aveva bisogno di qualcuno che le spiegasse i fatti di base dell'omicidio senza ridere di lei o ringhiarle contro.

Un lampo rosso e nero attirò la sua attenzione. Strizzando gli occhi, Lucy riconobbe la figura: lord Adair.

Era l'occasione di fargli qualche domanda. Se l'uomo aveva genuinamente intenzione di scoprire la verità, non avrebbe esitato a guidarla nella direzione giusta.

Lucy placò lo stomaco palpitante e, prima di poter perdere il coraggio, si diresse verso il marchese.

Capitolo 13

Si fermò a pochi passi dall'uomo, guardandogli la schiena.

E che schiena.

Un gigantesco drago dorato era ricamato nel tessuto nero della vestaglia. Il fuoco luccicante che fuoriusciva dalla bocca del drago sembra accarezzare le ampie spalle dell'uomo.

Una gelida folata di vento smosse il panno di velluto come uno stagno buio e disturbato. La vestaglia, notò Lucy, era troppo lunga per lord Adair. Si ammucchiava ai suoi piedi, risaltando sullo sfondo del terreno coperto di neve.

Lucy dubitò del proprio coraggio. Era ancora sbalordita dalla maniera ardita in cui si era rivolta al marchese quella mattina in salotto. Si sentiva come l'eroina di una favola, che si tuffava nel pericolo nonostante dentro di sé tremasse come una foglia.

Ed eccola lì che ancora una volta si muoveva sul confine del pericolo; che osava rivolgere la parola a lord William Ellswroth Hartell Adair, marchese di Lockwood, beniamino del re, del reggente e delle amanti del reggente. Temuto da tutta la Francia e dall'Inghilterra, le cui imprese–

"È un obbrobrio."

Lucy sobbalzò sconvolta.

L'uomo si era voltato verso di lei e le sue pupille scure lampeggiavano sotto le palpebre assonnate.

La vista di Lucy si schiarì e lei riverì frettolosamente.

"Siete d'accordo?" chiese l'uomo.

"Riguardo a cosa?" chiese perplessa lei.

"Questa," precisò lord Adair, gesticolando verso la vestaglia.

Lucy lanciò un'occhiata alla pelliccia rossa cucita amorevolmente attorno al colletto della vestaglia, che penzolava come due lunghe code di volpe sul davanti. Lord Adair sembrava, pensò sognante, un potente mago proveniente da una terra incantata. Persino l'aria attorno a lui era come carica di energia soppressa.

"Beh?" chiese con impazienza lord Adair.

Lucy staccò la lingua dal palato. "Sta… State molto bene, milord."

"Perde il pelo," disse acidamente l'uomo, agitando le code pelose.

Lucy annuì compassione ugualmente. "Ed è un'altra vestaglia. Capisco, milord."

"Davvero?"

"Davvero. Una vestaglia con un'apertura al centro. Decisamente scomoda quando piedi di ogni genere cercano di intrufolarsi." Gli occhi di Lucy si spalancarono per lo sconvolgimento mentre ripeteva quella frase a mente.

"Signorina Trotter!"

"Chiedo scusa," gemette Lucy. "Pensavo che foste stanco di indossare vestaglie e che voleste tornare ai calzoni. Porca miseria! Volevo dire, cioè, non volevo dire calzoni." Si strinse la gola e tossì qualche volta nel tentativo di soffocarsi e arrestare le parole nelle tonsille, ma non funzionò. "Di certo," le uscì detto a forza, "è meglio parlare di calzoni che di vestaglie con delle aperture in cui si infilano piedi." Concluse picchiandosi una mano inorridita sulla bocca.

"Signorina–"

"Lo so, lo so," blaterò terrorizzata lei, "mi dispiace. Mi dispiace moltissimo. Mi scuso profusamente, milord. Vedete, stavo cercando di spiegare quello che intendevo, ma ho ripetuto invece il fatto che ho detto vestaglie con–"

Lui le mise un dito sulle labbra, zittendola immediatamente.

Lucy deglutì e serrò le labbra.

"Signorina Trotter," disse severamente l'uomo, "si suppone che voi siate una giovane educata. Comportatevi come tale, per favore.”

Lucy annuì frettolosamente.

“E il vostro cappello è spaventoso.” Lord Adair aggiustò l'accessorio colpevole in modo che fosse inclinato a un angolo più lusinghiero. “Se proprio dovete indossarlo, indossatelo così.”

“Ma ora sono cieca da un occhio,” protestò Lucy. “Il bordo lo copre.”

“E voi soffrirete in nome della moda,” ordinò l'uomo.

Con riluttanza, Lucy annuì di nuovo e fissò lo sguardo sul torrente ghiacciato accanto al piede dell'uomo.

“Appartiene allo zio della signorina Sedley,” osservò il marchese, gesticolando nuovamente verso la vestaglia. “Doveva essere un gigante,” proseguì, sollevando le maniche che continuavano ad avanzare per avvolgergli completamente le mani.

Lucy emise un suono indistinto di gola.

Le labbra dell'uomo ebbero un guizzo di divertimento. “Immagino che non dovrei lamentarmi di una vestaglia calda quando voi vi state rapidamente trasformando in una scultura di ghiaccio.” Si interruppe bruscamente e si voltò a fissare lontano, il sorriso ancora sulle labbra.

Lucy si strinse il cappotto attorno alle spalle e seguì lo sguardo di lord Adair.

Si immobilizzò.

Lord Adair la guardò di sbieco. C'era del sospetto nella sua voce quando chiese: “Di grazia, signorina Trotter, che cosa sarebbe quello?”

Lucy indietreggiò con immensa lentezza, mettendosi alle spalle di lord Adair. “Si chiama Spooner, milord.”

“Capisco. E che razza di creatura sarebbe?”

“È un uccello,” rispose lei dall'angolo della bocca.

“Di che tipo?”

“Credo che si tratti di una gru egiziana.”

“Perché si trova in Inghilterra?”

“Peter l'ha portata dall'Africa.”

“Mi piacciono gli uccelli, signorina Trotter. Anzi, potrei essere considerato un amante degli uccelli, ma quella creatura ha una luce maligna negli occhi."

"Non mi sono mai fidata di Spooner, milord. E vi consiglierei di fare lo stesso."

Rimasero a tremare nel freddo, guardando l'uccello con la coda dell'occhio.

"Qualcuno dovrebbe spiegare il processo migratorio a Spooner. Climi più caldi potrebbero migliorare il suo temperamento," disse Lucy con le labbra fredde.

"Signorina Trotter," disse lord Adair, voltandosi verso di lei, "cosa volete?"

Lucy spalancò gli occhi. "Come fate a sapere che voglio qualcosa?"

"Siete in piedi in due centimetri e passa di neve, con gli stivali inadatti e fradici, le labbra blu, che fulminate con lo sguardo un volatile egiziano invece di starvene seduta al chiuso con una tazza di tè caldo."

"Ah, sì," disse lei; poi, dopo un'altra occhiata nervosa a Spooner, arrivò rapidamente al punto. "Come è morto lord Sedley?"

"È stato accoltellato sei volte al centro del petto con un coltellino," rispose prontamente lord Adair.

"Vorrei conoscere tutti i fatti, per favore."

"L'omicidio si è verificato attorno alle cinque di sera ed è stato scoperto alle sei dal valletto. Voi siete l'ultima persona ad averlo visto, più o meno alle quattro e mezza, nel giardino in cui avete discusso con lui."

"Ha lottato contro l'assassino?"

"Aveva l'abitudine di assumere un farmaco per la gotta ogni pomeriggio; esso gli provocava letargia. In seguito, faceva un breve riposo e si svegliava alle sei, si vestiva e scendeva a pranzo. Chiunque lo ha ucciso ha atteso che la medicina facesse effetto e che lui fosse in un sonno profondo."

"Mmm," disse Lucy, infilando la lingua nel varco fra i denti. "La chiave della cassaforte era sempre su una catena attorno al suo collo. Qualcuno lo ha ucciso, ha preso la chiave e ha rubato i gioielli."

Lord Adair rimase in silenzio.

"Dove è stata trovata la chiave?" chiese lei.

Gli occhi scuri dell'uomo arsero per un momento. "Era ancora attorno al collo di lord Sedley quando il valletto lo ha trovato."

Lucy batté il piede per terra, in parte per scaldarlo e in parte per la frustrazione. "Perché questa persona avrebbe dovuto uccidere lord Sedley per la chiave, rubare i gioielli e poi correre il rischio di rimettergli la chiave al collo?"

"È meglio rientrare," disse lord Adair invece di rispondere alla domanda.

Le offrì il braccio.

"A meno che il ladro non volesse non far sapere a nessuno di essere il ladro. Voglio dire, non voleva che qualcuno collegasse il furto con l'omicidio," rifletté Lucy, ignorando il braccio.

"Troverò la persona responsabile, signorina Trotter. Abbiate fede."

"In cosa?"

"Siete innocente. Non verrete punita."

"Ho perso la mia famiglia e trascorso la maggior parte della mia vita in un orfanotrofio. Sono stata punita senza avere alcuna colpa. Perché le cose dovrebbero cambiare proprio ora?"

"Quello è stato uno sfortunato incidente. Questo è un omicidio sotto indagine. Stiamo cercando attivamente la verità."

"Voi proteggete i vostri simili, milord. Io sono un'estranea," disse Lucy, entrando in casa e strappandosi di dosso i guanti di lana zuppi. "Non vi biasimo. Anch'io proteggerei i miei amici."

"Signorina Trotter," disse con gentilezza lord Adair, "vi sbagliate. Io difenderò la verità, anche se dovesse significare mandare il mio più caro amico alla forca."

"Belle parole," borbottò sottovoce Lucy. Ad alta voce, disse: "Nulla di male se ficcherò il naso anch'io. Dopotutto, è il mio collo quello nel cappio. La disperazione potrebbe aiutarmi a risolvere il caso più in fretta di voi, milord."

"O rendervi cieca," rispose lui, divertito. "Vi consiglio di rimanere nella vostra stanza fino a quando il colpevole non verrà individuato… ma ho la sensazione che non sarete d'accordo. Le persone sono prevedibili, signorina Trotter."

Lucy abbatté il parasole sul piede dell'uomo. Nei suoi occhi lampeggiò la soddisfazione quando il sorriso ammiccante scomparve dal volto del marchese. "Io non lo sono poi così tanto, milord, oppure voi avreste salvato il vostro povero piede."

L'uomo sorrise in segno di apprezzamento. "Questa è una sfida, signorina Trotter. Vediamo chi troverà per primo il colpevole."

Il marchese tese la mano e, dopo aver adocchiato per un momento le sue dita mascoline avvolte attorno a un costoso guanto di pelle, Lucy la afferrò con fermezza e la strinse. "È una sfida, lord Adair."

Lucy si sfilò il cappotto. "Che cosa si vince?"

"Qualunque cosa desideriate," mormorò l'uomo con un barlume negli occhi.

"Siamo d'accordo," disse prontamente Lucy. "Ciò che voglio, milord, è un lavoro. Se vincerò, dovrete assumermi come vostra assistente."

Lord Adair impallidì. "Beh, ecco, io non ho bisogno di assistenti."

"Una governante?"

"No. Ascoltate–"

"Se avete dei figli illegittimi, avranno bisogno di un'istitutrice–"

"Signorina Trotter," disse il marchese in tono di rimprovero, "credo di essermi espresso male... Volevo dire–"

"Una sguattera?" chiese Lucy con voce fioca. "Di sicuro avrete bisogno di una sguattera. Dovete avere molte stanze."

"Non ho stanze. Vivo sotto le stelle," sbottò lord Adair.

"Una spazzatrice?"

"Eh?"

"Di sicuro avrete bisogno di qualcuno che spazzi il terreno prima che vi sdraiate a dormire."

Lord Adair aprì la bocca e la richiuse. Scosse la testa e, senza dire una parola, se ne andò.

Un sorriso malizioso si allargò sul volto di Lucy. L'uomo era deliziosamente facile da prendere in giro.

Il marchese si fermò prima di svoltare l'angolo e la guardò.

Il cuore di Lucy prese a correre all'impazzata e le sue mani si fecero sudate.

L'espressione con cui lord Adair si congedò era confondente, complicata e fortemente bella.

Lei deglutì.

L'uomo la salutò con un sorriso prima di svanire alla vista.

Lucy sussultò e si aggrappò all'attaccapanni vicino, reggendosi con tutte le sue forze dato che le ginocchia avevano deciso di seguire lord Adair, lasciando il resto barcollante e sbilanciato.

Lucy sospirò.

Era spaventosamente difficile discutere con uomini attraenti e lord Adair sembrava il più attraente di tutti.

<h1 style="text-align:center">Capitolo 14</h1>

Qualcuno si era lasciato sfuggire che lord Sedley era morto. Il fatto non era più segreto e al funerale mancavano solo poche ore.

Lucy era seduta alla piccola scrivania nella sua stanza, a guardare i visitatori che andavano e venivano. La neve all'esterno era stata rimescolata da numerosi piedi appartenenti a paesani e parenti e il terreno di un bel bianco scintillante del mattino si era trasformato in un pantano grigio e marrone.

Lucy era stupita che così tante persone fossero riuscite a raggiungere la casa, considerato che il cielo era scuro e torbido. Un temporale minacciava di arrivare in qualunque momento. Le foglie si erano fermate, il vento taceva e il sole si nascondeva da qualche parte dietro le nuvole dense.

"Boo!"

"Pat," strillò Lucy, una mano sul cuore palpitante, "mi hai spaventato."

"Era quello che volevo," disse il bambino, entrando nella stanza. Guardò fuori dalla finestra e fece una smorfia mentre guardava una donna con delle piume di pavone su un cappello a tesa ampia scendere da una carrozza. "Quella lì," disse cupamente, "ha cercato di staccarmi le guance."

Un anziano trascinava i piedi alle spalle della donna, la schiena piegata quasi a metà e un bastone da passeggio stretto nella mano tremante.

"E quello," aggiunse Pat, scuotendo disgustato la testa, "fa versi strani."

Lucy trattenne un sorriso. "Non dovresti essere qui."

Il ragazzino annuì. "Lo sappiamo."

Hepsy entrò e si mise sulla parte opposta della sedia di Lucy. "Ci hanno detto di starvi lontani o non ci daranno il pudding."

Pat diede un colpetto sulla schiena di Lucy in un gesto fraterno. "Ma volevamo venire a trovarvi."

"E il pudding?" chiese Lucy con voce flebile.

"Ne abbiamo rubato un po' e lo abbiamo nascosto," bisbigliò Hepsy.

Lucy si voltò nuovamente verso la finestra, appoggiando il mento sulle mani.

"Cos'è la ceglia?" chiese Hepsy, imitando la postura di Lucy.

"Non ceglia," ridacchiò Pat. "La veglia. Il valletto di lord Adair è arrivato ieri notte. Hepsy lo ha invitato a prendere il tè nella nursery con le bambole e lui ha detto che non poteva, perché doveva fare una veglia."

La fronte di Lucy si spianò. "Deve aver vegliato assieme a un'altra persona nella stanza di lord Sedley, ieri notte."

"Per tenere lontani i ladri," osservò Pat, tirando su col naso con aria di superiorità.

Lucy scosse la testa. "Adesso vi racconterò una storia vera. Essa vi spiegherà perché bisogna vegliare sui corpi dei morti."

Pat ed Hepsy annuirono con entusiasmo.

Le labbra di Lucy si sollevarono. "Qualche anno fa, una cuoca vecchissima in un orfanotrofio morì e, fino al giorno del funerale, due persone rimasero costantemente nella stanza a vegliare sul corpo."

"Perché?" chiese Hepsy.

"È proprio quello che mi sono chiesta anch'io, signorina Gardiner. Perché facevano compagnia a un cadavere? Non avevano paura dei fantasmi? Oppure avevano semplicemente il gusto del macabro?"

"E poi?" incoraggiò Hepsy.

"Beh, il giorno del funerale–"

"Sì, sì." Hepsy si raddrizzò.

"Lasciala finire," ringhiò con impazienza Pat.

Hepsy tacque.

"E poi," proseguì Lucy, "il giorno del funerale, l'allegro marito della cuoca fece per chiudere la bara in modo da portarla al luogo della sepoltura, quando all'improvviso…" Lucy fece una pausa.

"Cosa? Ditecelo, signorina Trotter," implorò Hepsy. Questa volta persino Pat si sporse in avanti.

"Quando all'improvviso, la vecchia cuoca morta si mise di scatto seduta e chiese a gran voce una bottiglia di gin, due filetti di pesce e una tazza di farina."

"Ma era morta," esclamò Pat.

"Ooh," disse Hepsy nello stesso momento.

"A volte, i medici commettono degli errori. La cuoca era ancora viva quando io ho lasciato l'orfanotrofio."

"Dunque, la veglia si fa," disse Pat, gli occhi che si spalancavano in preda alla comprensione, "nel caso il morto non sia davvero morto."

Lucy annuì pensierosa. Sperava che anche in quel caso lord Sedley sarebbe saltato fuori dalla bara per provare a pizzicare il sedere di una cameriera. Tutte le sue ansie sarebbero svanite; avrebbe persino baciato quel vecchio lascivo per il sollievo.

Ma non accadde nulla del genere. Lucy guardò la bara lasciare la casa e, quando la famiglia fece ritorno, lord Sedley non la accompagnava.

Lucy e i bambini osservarono il resto degli invitati tornare vestiti completamente di nero e a capo chino. Era come se qualcuno avesse attaccato dei fili ai loro menti e un individuo invisibile sdraiato a terra tenesse l'altra estremità e tirasse con tutta la sua forza.

Pat sospirò rumorosamente. "Mi chiedo quanto ci vorrà perché i vermi lo mangino fino a lasciare solo le ossa."

"Dovreste tornare nella nursery," disse Lucy, spingendosi via dalla scrivania. Si alzò e si stiracchiò. Un attimo dopo, abbassò lo sguardo e vide che i bambini la stavano osservando in maniera bizzarra. "Cosa c'è?"

"Andremo a casa di zio Dolton per qualche settimana," disse Pat, fissando i propri stivali.

"Forse non vi rivedremo più," aggiunse Hepsy.

"Resterò qui ancora per almeno un mese," mentì Lucy. "Mi vedrete quando tornerete."

I visetti si illuminarono.

"Ora tornate di corsa alla nursery. Avrete molti bagagli da fare," proseguì Lucy con voce allegra e squillante.

I bambini annuirono e, prima che capissero cosa sta succedendo, Lucy li aveva accompagnati alla porta, aveva dato loro due baci schioccanti e un abbraccio bello forte e li aveva congedati di umore molto migliore.

Lucy guardò i bambini allontanarsi con sentimenti contrastanti. Una parte di lei era triste. Si era affezionata a loro, ma soprattutto era lieta al pensiero che non avrebbe avuto i mostriciattoli fra i piedi e avrebbe potuto indagare in pace.

I bambini potevano anche essersi lasciati prendere dai sentimenti al pensiero che lei sarebbe morta, ma Lucy non aveva dimenticato le marachelle orripilanti di cui erano capaci.

Ricordava quella volta in cui le avevano spalmato una densa pasta di farina e acqua sui capelli mentre dormiva. C'erano volute tre ore intere per rimuoverne ogni traccia. Quando aveva finito, le braccia di Lucy dolevano spaventosamente.

Rabbrividendo al ricordo, chiuse la porta sbattendola per il sollievo.

∞ ∞ ∞

Lucy osservò i contenuti della credenza. Tre abiti da giorno, che avrebbero dovuto essere bianchi ma erano ingrigiti dall'età, erano piegati in buon ordine su uno scaffale.

Due vestiti da sera sbiaditi, uno dei quali era pieno di minuscoli occhielli e spesso la spaventava a morte, era posato accanto a quelli da mattina.

Finalmente, proprio sul fondo, sotto le sottovesti, Lucy trovò un robusto abito di lana rattoppato di uno splendido color terra. Lo tirò fuori e lo stese sul letto.

Inclinò la testa e passò le dita sul materiale ruvido.

Andava bene.

In seguito, aprì i cassetti della piccola scrivania della sua stanza, la mente occupata mentre le sue mani lavoravano.

Era stata l'ultima persona a vedere lord Sedley da vivo, pensò mentre frugava fra i contenuti dei cassetti. E non solo aveva visto quell'orripilante ammasso di carne, ma aveva avuto la bella idea di discutere ad alta voce con lui di fronte a testimoni.

Si soffermò a ispezionare lo spago giallo che aveva trovato nell'ultimo cassetto. Se lo buttò alle spalle con una scrollata di testa impaziente e proseguì la ricerca, oltre che le riflessioni. Era arrivata solo tre mesi prima e in quel breve periodo non si poteva certo aspettarsi che avesse formato un legame duraturo con chiunque. La sua posizione di istitutrice aveva fatto sì che non avesse un posto naturale né fra la servitù né presso la famiglia.

Si alzò, stringendo un paio di forbici e del filo verde. Mise il tutto accanto al vestito.

Gli abitanti di Rudhall avevano interesse a che lei venisse dichiarata colpevole. Lucy tirò fuori uno scialle dalla credenza e se lo buttò in spalla.

Un brivido percorse il suo corpo piccolo e snello.

Lei non intendeva lasciarli vincere. Lei, la signorina Lucy Anne Trotter, avrebbe smascherato il criminale.

Il suo mento si sollevò e i suoi occhi lampeggiarono.

Lucy uscì dalla porta e scese le scale. Non sarebbe più rimasta seduta a pensare, riflettere e rimuginare.

Era ora di agire. E lei aveva un piano.

Un ottimo piano.

Rose le passò accanto con le braccia piene di bucato. Si fermò abbastanza a lungo da rivolgerle un'occhiata di superiorità.

Lucy sorrise con filosofia. Ah, quella sciocca cameriera avrebbe imparato presto la verità. Scelse di perdonare la povera creatura mortale, perché la cameriera non sapeva quello che stava facendo. Stava facendo le linguacce a Lucy – la grande Lucy Anne Trotter – che sarebbe passata alla storia come la più grande investigatrice dell'umanità.

Quella stessa Lucy Anne Trotter che avrebbe presto smascherato l'assassino e lo avrebbe presentato a lord Adair su un vassoio dorato. Oh, la sciocca cameriera si sarebbe pentita. Molto pentita.

Rose strinse gli occhi.

Lucy tirò su orgogliosamente col naso, lo sollevò e poi inciampò prontamente nei suoi stessi piedi.

Finì a faccia in giù come un uovo caduto dall'alto e spiaccicato sul pavimento.

Una risatina proveniente dalle sue spalle la spinse a rialzarsi velocemente. Era paonazza mentre correva verso la porta.

Il suo ego era ferito, ma il suo cuore non era meno determinato.

∞ ∞ ∞

Un'ora più tardi, Lucy sbirciò in soggiorno dall'angolo della porta finestra.

Non c'era nessuno.

Si strinse al petto il fagotto che trasportava con una mano e aprì la portafinestra con l'altra.

Ancora una volta, muovendo gli occhi da una parte all'altra per assicurarsi di essere sola, entrò in soggiorno e si chiuse rapidamente la porta alle spalle.

Poi attraversò la stanza in punta di piedi e premette un orecchio contro la porta. Non avendo sentito nulla, la aprì con coraggio. Quel gesto fu più difficile, considerato il fagotto che trasportava, ma torcendo scomodamente le dita lei riuscì a toccare la maniglia con la punta del pollice e ad aprirla.

La porta si spalancò facilmente e lei, per lo stupore, per poco non fece una capriola in corridoio.

Dopo aver arrestato la sua irruenta partenza, Lucy trasse un respiro profondo e si affrettò verso le scale di legno, svoltò l'angolo e finalmente corse verso la sua stanza.

Fu un'impresa notevole. Era riuscita a farcela senza che nessuno la vedesse e, soprattutto, senza che vedesse il fagotto che trasportava.

Ne rovesciò i contenuti sul pavimento della sua stanza con un sorriso compiaciuto sulle labbra.

Era pronta per la fase successiva del piano.

Mentre lavorava, non riuscì a non sentirsi leggermente ringalluzzita. Lady Sedley e Peter erano seduti in soggiorno e sostenevano di non aver visto nessuno salire le scale che portavano alla stanza di lord Sedley al momento dell'omicidio.

Lucy ridacchiò. Se quei due avevano ammesso di non aver visto nessuno salire le scale, era palese chi era l'assassino... o meglio, gli assassini.

Lady Sedley e Peter avevano ucciso lord Sedley.

Lucy approntò gli ultimi ritocchi e si guardò allo specchio.

Il suo sorriso si allargò. Ora, non doveva far altro che seguire lady Sedley. Sicuramente, la donna si sarebbe lasciata sfuggire qualcosa e avrebbe parlato con Peter del fatto.

E a tal fine, l'abbigliamento di Lucy era perfetto. Avrebbe potuto seguire lady Sedley senza timore di essere vista. Era praticamente invisibile.

Perché Lucy si era travestita da albero.

Capitolo 15

"**A**rgh." Elizabeth soffocò un grido.

"Bleah," esclamò sommessamente Lucy.

"Come diavolo vi siete conciata?" ringhiò Elizabeth.

Lucy fece capolino da dietro la statua poco vestita di Apollo. "Non so cosa vogliate dire."

"Perché siete travestita da patata non lavata?"

"Non sono vestita da patata."

"L'impressione è quella."

Lucy agitò un ramo all'indirizzo di Elizabeth. "Le patate non hanno foglie o steli sporgenti."

"Da rapa, allora."

Un ramoscello pungolò Lucy nell'occhio. Lei raddrizzò il ramo sul cappello che continuava a inclinarsi e guardò inacidita Elizabeth. "Cosa ci fate in agguato in corridoio?"

Elizabeth si accigliò. "Posso fare quello che mi pare. Questa è casa mia." Come per un secondo pensiero, aggiunse: "Signorina Rapa."

"Ma come mai gattonate?"

"Ho perso un orecchino, signorina Rapa."

"Vi aiuto a cercarlo?" chiese con trasporto Lucy.

"No, signorina Rapa."

"Siete sicura?"

"Andatevene."

"Davvero?"

"Sì."

"Non fatevi remore."

"Non voglio," ringhiò Elizabeth, "il vostro aiuto."

"Non ve l'ho mai offerto."

"Sì, invece."

Lucy tirò fuori la lingua. "Voi mentite sapendo di mentire."

"Come?"

"Come cosa?"

"Piantatela," esclamò furibonda Elizabeth.

"Non appena avrò trovato l'aiuola giusta."

"Sapete benissimo cosa intendevo."

"Voi dite?"

"Io dico."

"Ma cosa dite?"

"Aaaargh."

Lucy fece un sorrisetto e si voltò verso l'ingresso principale. Elizabeth aveva cercato di provocarla chiamandola con nomi di vegetali. Ah! Ora, quello stesso naso molesto sembrava pronto a esplodere in numerosi frammenti rabbiosi.

Lucy fece un sorriso più ampio nell'udire gli sbuffi furiosi proseguire alle sue spalle. Li ignorò e si concentrò invece su quello che stava accadendo al piano di sotto.

Hogdson era in piedi accanto alla porta aperta. Lady Sedley sembrava intenta a dargli istruzioni, mentre il maggiordomo annuiva vigorosamente.

Lucy allungò il collo come un fenicottero curioso. Un attimo dopo, proprio come lei si aspettava, lady Sedley, avvolta in un cappotto scarlatto e con un piccolo cappello nero appollaiato sulla testa bionda, uscì alla luce del sole.

Lucy sollevò le gonne e uscì da dietro la statua.

Anche Elizabeth si alzò e, dopo aver lanciato un'ultima occhiata di disgusto a Lucy, scese le scale.

Lucy si accigliò. Anche Elizabeth aveva intenzione di pedinare la madre?

C'era solo un modo per scoprirlo. Si trascinò fino alla sommità delle scale.

La parte successiva era più difficile. Il suo costume

improvvisato le avrebbe permesso di mimetizzarsi con la natura con una certa facilità. Una volta fuori, avrebbe potuto mescolarsi agli alberi e ai cespugli, saltellare per il giardino come una ninfa dei boschi e chiedere l'aiuto di passeri, scoiattoli e api.

Ma all'interno di Rudhall Manor spiccava come un cane con due code, un uccello con i denti o un elefante magro.

Lucy ci aveva visto giusto ad avere paura. Una persona con addosso rami e foglie risaltava quando scendeva una grande scalinata in quercia i cui quinto, settimo e dodicesimo gradino scricchiolavano sotto il peso.

E Susan, la capocameriera che possedeva un talento notevolmente efficiente nel trasformarsi da cameriera personale a lavandaia con un preavviso brevissimo, non faceva eccezione. Svenne alla vista di Lucy che scendeva le scale.

Ma prima di collassare del tutto, la domestica riuscì a lanciare un grido raggelante che sembrava implicare che il fantasma di zia Sedley fosse sbucato dal terreno sotto forma di cespuglio vivente.

Lucy si infastidì. Avrebbe preferito che la donna la paragonasse a un albero maestoso piuttosto che a un cespuglio.

Un altro strillo della cameriera riecheggiò nella villa.

Lucy si accigliò ancora di più. Non aveva tempo da perdere. Il grido a pieni polmoni che la donna aveva lanciato prima di abbracciare il divano era dannatamente inconveniente. E lo stridio che lo aveva seguito avrebbe senza dubbio fatto sì che il resto della servitù si materializzasse nel giro di pochi istanti.

Lucy sollevò le gonne e volò giù dalle scale, noncurante del fatto che le foglie che si era applicata con cura si erano scollate dalle sue gonne, che i ramoscelli si erano staccati dal corpino e che i minuscoli fiorellini bianchi che lei si era disposta con tanta cura nei capelli si erano intrecciati a formare un grumo gradevole alla vista.

Una volta uscita, Lucy si precipitò verso l'albero più vicino e vi si nascose dietro. Scostati i rami, guardò lungo il viale.

Vide il mantello scarlatto di lady Sedley svoltare l'angolo come un lampo.

Elizabeth non si vedeva da nessuna parte. Spezzati due rami frondosi dall'albero, Lucy li tenne di fronte al viso e zampettò passando da un cespuglio all'altro fino a quando lady Sedley non comparve ancora una volta di fronte a lei.

Lucy prese fiato e avanzò, immaginando di essere una faraona mangiatrice di semi. Abbassò la testa priva di piume e svolazzò da cespuglio a cespuglio, da albero ad albero, con le lacrime agli occhi per lo sforzo di non perdere di vista lady Sedley.

Nessun uccello nidificatore a terra dal peso leggiadro e proveniente dall'Africa sub-sahariana avrebbe potuto individuare un verme con il genere di vista che possedeva Lucy. Lei maledisse la sua miopia, scocciata da quello svantaggio.

Cambiò idea, decidendo di non essere più una faraona, ma un canguro saltellante. Quell'analogia sembrava funzionare meglio. Sentiva già l'elasticità nelle gambe e l'agilità nel passo. Compiaciuta, superò a balzi pietre e siepi, cercando di indovinare dove fosse diretta lady Sedley.

La donna stava percorrendo rapidamente il sentiero, con passi brevi e rapidi. Sembrava puntare verso le vecchie scuderie, che per quanto ne sapeva Lucy erano abbandonate e invase dalla vegetazione.

Qualche momento più tardi, Lucy ebbe la certezza di aver ragione. Lady Sedley era diretta verso le scuderie. Di certo, solo qualche faccenda illecita poteva portare lady Sedley in quella zona della proprietà, perché dopotutto il Giardino Giallo era molto più gradevole e frequentato più spesso.

Lucy avanzò a testa bassa, annusando qualcosa di clandestino nell'aria e, nel suo entusiasmo, quasi non notò che lady Sedley si era fermata. Trattenne un gridolino, si infilò dietro un grosso cespuglio pieno di spine e guardò fuori.

Lady Sedley stava indietreggiando rapidamente, allontanandosi dalla brusca curva della strada. Un attimo dopo, si fermò e inclinò la testa come se stesse ascoltando qualcosa.

Lucy osò avanzare. Cosa aveva attirato l'interesse di lady Sedley? Curiosa di vedere cosa giacesse oltre la curva del percorso, avanzò lentamente verso un albero con la forma di un piede afflitto dalla gotta che si trovava poco più in là rispetto a lady Sedley.

Con il cuore nelle tonsille, Lucy si accovacciò e poi, muovendo timidamente i piedi, oltrepassò lady Sedley. "Sono un albero, un albero invisibile, un albero... un albero, non vedetemi," ripeté in silenzio.

Una foglia scricchiolò e il piede di Lucy si immobilizzò a mezz'aria.

Lady Sedley sollevò di scatto la testa. Si guardò furtivamente attorno alla ricerca della fonte del rumore.

Lucy smise di respirare.

Per miracolo, lady Sedley non notò la forma spaventata di Lucy che tremava a pochi passi da lei. Dopo essersi data un'ultima occhiata attorno, la donna tornò a origliare.

Goccioline di sudore scorrevano lungo il viso di Lucy quando riuscì a raggiungere l'albero da lei scelto. Scostò le fronde e, appoggiate le zampe sul tronco dell'albero, sporse in avanti il naso fremente.

Ian era tornato.

Era in piedi con un piede sopra un masso, i capelli neri scostati dalla fronte e appiccicati alla testa. Il suo scalpo brillava bianco sotto il sole dove i capelli impomatati erano divisi al centro.

Sembrava intento a discutere con un uomo dotato di ben tre menti.

I menti tremolarono quando l'uomo fece un gesto minaccioso.

Ian raddrizzò le spalle e sporse il petto come un'oca agitata. Se avesse avuto le ali, a quel punto le avrebbe sbattute.

Il naso di Lucy si ritrasse e un orecchio ne prese il posto. Inutile. Non sentiva nulla. Fu momentaneamente distratta quando Spinoza, all'improvviso, calò dall'alto e si posò sul suo cappellino. Senza dubbio, lo sciocco corvo era contentissimo di trovare dei rami che sporgevano dal suo trespolo preferito e si mise comodo in vista di un lungo riposo.

Lucy guardò storto il volatile e mosse la testa per sloggiarlo. Agitò le mani sopra il capo, si torse il cappello e alla fine se lo tolse dalla testa.

Spinoza la guardò inacidito, affondando gli artigli nel copricapo.

Lucy alitò sul muso del volatile.

Il corvo gracchiò in segno di protesta.

Lady Sedley sobbalzò e voltò la testa verso l'albero a forma di piede gottoso.

Lucy scivolò lentamente lungo il tronco dell'albero.

Quando lady Sedley tornò voltarsi verso Ian, questi se ne era già andato, inseguito dall'uomo tarchiato. Dopo aver lanciato un'altra occhiata insospettita all'albero, lady Sedley proseguì il cammino verso le scuderie.

Lucy trasse un respiro profondo e si rimise sulla testa il cappello con il corvo contrariato, per poi ricominciare a seguire lady Sedley.

Fuori dalle scuderie si trovava una panchina in ferro battuto decorata. Su quella panchina era seduto Peter.

Lucy spalancò gli occhi di fronte alla buona sorte quando lady Sedley andò a sedersi accanto al figlio.

Capitolo 16

Lucy si intrufolò dietro le scuderie, proseguì lungo la strada e la attraversò. Quindi, tornò sui suoi passi per raggiungere un grosso e grasso olmo che cresceva proprio dietro la panchina su cui erano seduti Peter e lady Sedley.

Appicciò la fronte al tronco dell'albero e sporse la testa da un lato per guardare le nuche dei due.

Uno dei suoi rami grattò l'albero.

Peter si guardò alle spalle e strinse gli occhi.

Lucy smise di respirare, chiedendosi se l'uomo l'avesse vista. Così non parve, perché questi si voltò di nuovo verso la madre.

Peter prese un po' di tabacco e se lo portò delicatamente al naso con dita scheletriche. "Avremmo potuto parlare in casa."

"Troppe orecchie," rispose lady Sedley.

"Cosa c'è, madre?"

"Hai preso tu i gioielli?" chiese bruscamente la donna.

"Ora sono io il proprietario di Rudhall e di tutto ciò che contiene. Perché dovrei derubare me stesso?"

Lady Sedley rispose cupamente: "Non capisco come sia successo. L'unica persona di cui posso fidarmi sei tu, dato che eravamo insieme al momento della morte di tuo padre. So che non siamo stati noi, ma sono preoccupata. E se fosse stato uno dei tuoi germani?"

Peter chiuse la tabacchiera e se la rimise in tasca. Sollevò il viso verso il cielo. "Questa mattina ero sicuro che avrebbe piovuto nel pomeriggio."

Lady Sedley si tirò il bordo di un guanto come se fosse troppo stretto. "Ma come può quella persona averci oltrepassato senza che noi vedessimo nulla? Come pensi che abbia fatto?"

Peter scosse la testa. "E ora guarda: non c'è una nuvola in cielo. Sarei stato costretto a trascorrere la notte nel rifugio degli animali, se ci fosse stato un temporale. Gli animali si spaventano facilmente e una parte del tetto perde–"

Lady Sedley afferrò il braccio del figlio e lo scosse delicatamente. "Devi aiutarmi a trovare i gioielli."

Peter esitò. "Vuoi trovare i gioielli o l'assassino?"

"Voglio trovare i gioielli e proteggere i miei figli nel caso siano stati loro a uccidere mio marito."

"Capisco," disse Peter con una nota di curiosità nella voce.

"Lascia perdere gli animali e pensa alla tua famiglia, invece. Lord Adair ha sempre trovato il colpevole e, se si tratta di Elizabeth o Ian, dobbiamo scoprirlo prima che lo faccia lui e aiutarli a lasciare il Paese."

"Questo affetto improvviso, l'interesse nel coinvolgermi nei tuoi affari… Spero, madre mia, che ciò non sia dovuto al fatto che ora sono io il padrone di casa."

"Non essere ridicolo, Peter. Sei mio figlio–"

Peter balzò in piedi. "Devo andare dai miei animali."

"Mi impegnerò di più–"

"Ti ho chiesto sei volte nell'ultimo mese di venire a vedere i gattini di cui sono entrato in possesso. Mi hai ignorato ogni singola volta. Non ti sei mai interessata ai miei affari; allora perché io dovrei lasciarmi coinvolgere nei tuoi?"

"Verrò a vederli… Mi impegnerò di più. Verremo tutti."

"Buona giornata, madre."

Lady Sedley afferrò la manica del figlio, rifiutandosi di lasciarlo andare. "Non essere ridicolo. Stiamo parlando di tuo fratello e tua sorella. Come puoi essere così infantile–?"

"Buonasera."

Lucy ebbe un sussulto e si voltò verso la voce. I suoi occhi si spalancarono sotto il cappello storto e lei inalò bruscamente.

Lord Adair era apparso di fronte ai due con addosso una spessa e lussuosa giacca di lana blu scuro dal bavero ampio e i polsini ornati da bottoni di argento scintillante e ricami grigio colombo. Un gilet leggero faceva capolino da sotto la giacca, splendidi guanti di cuoio coprivano le lunghe dita del marchese e le sue gambe muscolose erano avvolte da pantaloni in pelle di daino scura e stivali da equitazione grigi immacolati.

La vestaglia da lui indossata in precedenza divenne un ricordo lontano per tutti coloro che lo stavano guardando ora.

Gli occhi di Lucy si velarono e lei si asciugò un goccio di bava vicino all'angolo della bocca. Il marchese era così... così... proporzionato.

"Stavamo giusto andando via." La voce stonata di lady Sedley si insinuò nelle orecchie ammaliate di Lucy. "Chiedo scusa per i miei modi, lord Adair, ma è una giornata molto fredda, non credete? Ho fretta di tornare al caldo e al coperto."

Lord Adair si inchinò, soffermandosi con lo sguardo sul cappotto scarlatto della donna. "Non è necessario che vi scusiate. Senza dubbio, il freddo sta aggredendo il vostro fisico delicato."

Lady Sedley arrossì. "Sì, beh..." Accarezzò con una mano il cappotto. "Ero sconvolta dopo il funerale. Non mi sono resa conto di aver scelto il cappotto rosso invece di quello nero–"

Lord Adair si strinse nelle spalle e disse blandamente: "Non mi dovete alcuna spiegazione. Senza dubbio, il lutto vi ha privato della capacità di percepire la differenza fra i colori."

"Il sole sta calando rapidamente," disse confusa la donna. Le sue membra ebbero un goffo sussulto mentre si alzava. "Ci vediamo a cena?"

Lord Adair si inchinò ancora una volta.

Peter, borbottando scuse incoerenti, prese il braccio della madre e la condusse verso la villa.

"Peter è timido con gli estranei, vero?"

Lucy si guardò attorno. Non vedeva nessuno. Con chi mai stava parlando lord Adair?

"È notevole con gli animali. Delicato, gentile sicuro di sé. E tuttavia, con gli esseri umani diventa una giumenta spaventata."

Lucy si trattenne in tempo dall'annuire. Un albero che annuiva avrebbe suscitato sospetti.

"Sembra trovarvi di suo gradimento. Quanto tempo c'è voluto prima che si aprisse con voi? A proposito, ho sentito dire che Ian è tornato."

Il corvo si svegliò e le saltò sulla spalla. Lucy e l'uccello si scambiarono un'occhiata perplessa. Il freddo aveva colpito lord Adair alle meningi? Lucy aveva forse di fronte un uomo che stava perdendo lentamente il senno?

"Peter vi ha vista, signorina Trotter. Come avrebbe potuto non riconoscere un albero dall'aspetto così bizzarro? Le foglie non corrispondono le une alle altre, vi siete procurata rami diversi da alberi diversi e le vostre scarpe nere che fanno capolino da sotto la gonna marrone risaltano sulla neve."

Lucy strusciò i piedi con fastidio. "Lady Sedley non mi ha vista. Credo che il mio stratagemma abbia funzionato piuttosto bene."

L'uomo sorrise e le offrì il braccio. "Ho sempre voluto passeggiare con una ninfa dei boschi."

Lucy gettò il ramo che aveva in mano e afferrò con sollievo il braccio dell'uomo. Questi irradiava ondate di calore e lei sospirò con piacere.

I muscoli duri dell'uomo guizzarono sotto le dita di Lucy e lei arrossì, scaldandosi ancora di più. "Il pizzo vicino al vostro colletto è divino," blaterò per celare la confusione.

"Avete buon occhio," disse pensosamente l'uomo. "A questo pizzo è legata una storia incantevole."

"Ditemi."

L'uomo abbassò lo sguardo su di lei. "C'era una volta un gruppo di splendide giovani dai capelli dorati che furono rapite dalle loro case in Inghilterra e portate in Grecia su una nave d'oro. Laggiù furono messe a lavorare e il risultato del loro lavoro fu un rotolo di prezioso pizzo. Mi sono procurato questo frammento da loro in cambio di una somma considerevole."

Lucy spalancò gli occhi. "Davvero?"

"No."

Lucy fissò in lontananza. "Beh, il vestito che indosso è stato realizzato da una giovane donna. Non bella, ma amorevole… Un'amica." Deglutì con emozione. "Era molto malata, all'epoca.

Io mi sedevo sempre accanto a lei e le cantavo delle canzoni mentre lei lavorava sul mio vestito. Può non avere un bell'aspetto, ma ogni singolo filo cela un grande valore. La mia amica è morta poco dopo averlo confezionato."

"Davvero?" chiese il marchese.

"No."

Per un po', camminarono in silenzio.

"Che sorta di ninfa dei boschi vi ricordo?" chiese Lucy, aggirando un tronco caduto in mezzo sentiero.

"Erato."

"E voi sareste Arcade?"

Il marchese sorrise riluttante.

Lucy prese fiato. "Alcune delle persone sposate del mio villaggio… si assomigliavano."

"Come?"

"La gente si sposa da giovane e, dopo qualche anno, comincia ad avere lo stesso aspetto. L'uomo assomiglia alla donna e la donna assomiglia all'uomo; persino gli animali domestici iniziano ad assomigliare ai padroni e, prima che ce ne si renda conto, l'intera famiglia comincia ad avere l'aspetto della stessa persona, con la sola differenza che uno porta la gonna, uno i pantaloni e uno il pelo."

"L'ho notato."

"Pensate," chiese speranzosa Lucy, "che se aleggiassi abbastanza a lungo attorno a voi, parte della vostra bellezza si riverserebbe sopra di me in modo simile?"

Il sorriso dell'uomo si allargò. "Voi siete incantevole, signorina Trotter."

"Non vi credo."

L'uomo si strinse nelle spalle.

Lei si accigliò. "Non cercate di contraddirmi?"

"Ci vorrebbe una vita intera per convincere una donna della sua bellezza e lei ne dubiterebbe comunque."

"Ho uno spazio fra i denti davanti."

"Lo so."

"Questo non è attraente."

"No, è delizioso."

"Davvero?"

"Sì."

"Non state mentendo?"

"No."

"Siete sicuro?"

"Sì."

"Non mi sembrate sicuro."

"Signorina Trotter." Lord Adair strinse le labbra.

Lucy strizzò gli occhi mentre il sole emergeva dalle nuvole e rimbalzava sulla neve. "Era una sicurezza piuttosto insicura. Non credo che foste sicuro. Avete appena detto che eravate sicuro che sareste riuscito a farmi credere che foste sicuro, quando in realtà non eravate sicuro."

"State cercando di mettere alla prova la mia pazienza?" chiese il marchese in un tono basso e di delicato avvertimento.

"Eravate sicuro," si affrettò a rassicurarlo lei.

Dopo quello scambio, i due percorsero il resto della strada in silenzio ed entrarono in casa insieme.

Lady Sedley li incontrò vicino alla porta. Si ritrasse alla vista di Lucy e la sua bocca rimase aperta per lo sconvolgimento. Dopo un momento di tensione, usò una parola che Lucy in passato aveva sentito pronunciare solo dalla servitù.

Lucy ridacchiò. Vestita da albero, con un corvo sulla testa e a braccetto con un bell'uomo... Era completamente d'accordo con lady Sedley.

Acciderbolina! Era decisamente d'accordo.

Capitolo 17

Rudhall Manor era in lutto.

Lady Sedley aleggiava per la casa con addosso un lungo abito di seta nera dalla scollatura di una profondità molto interessante. La sua carnagione di gesso contrastava così bene con il nero che avrebbe potuto fondersi con le pareti.

Alla fine, la donna affondò in una poltrona rosa pallido posta vicino alla finestra del soggiorno e posizionò con perizia la testa in modo tale che il sole splendente le illuminasse la pelle in maniera decisamente lusinghiera. Trascorse il resto della giornata guardando la neve sciogliersi, con l'occasionale lacrima dal tempismo ben calcolato che scivolava da un occhio verde.

Elizabeth, d'altra parte, non affondò su nessuna poltrona per tutto il giorno. Invece, marciò per la casa con determinazione, indossando un semplice abito da mattina a collo alto con un colletto severo e bottoni in abbondanza.

La servitù diede un'occhiata ai suoi capelli biondi strozzati dall'acconciatura e andò a nascondersi in cucina, mandando a servirla solo i più coraggiosi.

Peter Sedley, lo sfavillante nuovo signore del castello, che di recente si era visto oberato da numerosi e futili titoli indesiderati, riparò nel rifugio degli animali, dove trascorse la giornata guizzando, saltellando e balzando fra nidi e cose.

Infine, Ian si rilassò per un po' sul divano della biblioteca fino a quando non si appisolò con un sigaro mezzo finito stretto fra le dita arrossate.

Nel frattempo, Lucy trascorse la giornata sobbollendo sul letto della sua stanza. Aveva passato le ultime ore guardando la grande finestra sopra la sua scrivania, osservando il sole che si muoveva pigramente, individuando sagome fra le nuvole e contando piccioni grigi.

Una sottile trapunta blu era stesa sulle sue gambe, tenendo lontano il lieve freddo nell'aria. Un nastro nero legato al braccio continuava a scivolarle fino al gomito e i cuscini impilati alle sue spalle erano appiattiti da tanto lei vi si era appoggiata.

Sul comodino accanto al letto sfatto erano posati un torsolo recente di mela, una candela guizzante la cui cera sciolta era penetrata nel legno, una tazza con un fondo di tè freddo e alcuni fili colorati.

Dopo tante ore di ozio, il suo volto si era rilassato fino ad assumere un'espressione vuota, quasi spirituale. La sua bocca era parzialmente aperta, gli occhi velati e ciechi, mentre le sue dita torcevano incessantemente l'orecchio di un carlino.

E non era solo lei a sentirsi languorosa, quel giorno. Una sorta di letargia aveva avvolto la casa sin dal funerale. Le pareti sembravano imbronciate, le tende avvizzite e i mobili... Beh, la sedia era quanto più depressa potesse essere una sedia e i letti scricchiolavano in maniera patetica.

Lucy prese il torsolo e lo mordicchiò. Aveva abbandonato l'idea dei travestimenti, ma ciò non significava che avesse abbandonato l'indagine.

No, aveva un altro piano.

Si voltò verso la finestra. Il sole, finalmente, era svanito alla vista, e una lampada gialla brillava in lontananza come una sfera nel paesaggio buio.

Lucy fissò il vetro nero luccicante, chiedendosi che ore fossero. Proprio in quel momento suonò il campanello della cena, svegliandola di colpo. I suoi occhi tornarono a illuminarsi e la sua schiena si raddrizzò.

Era ora.

"La mia povera testa," gemette Lucy mentre si trascinava in cucina.

L'espressione della cuoca si addolcì leggermente.

"Non credo di potermi unire alla famiglia per cena," proseguì Lucy, accarezzandosi la tempia con una mano. Strizzò gli occhi guardando speranzosa la cuoca. "Ci sarebbe qualcosa di piccolo che possa portare in camera mia per cena? Credo che questa sera mi ritirerò presto."

Rose snudò i denti in un cenno di ammonizione alla cuoca.

Combattuta, la cuoca spostò lo sguardo fra Rose e Lucy. Alla fine, strinse le labbra e, presi un po' di pane e formaggio, li posò accanto al pasticcio di carne che avrebbe dovuto essere portato in sala da pranzo per la famiglia.

"È per me?" chiese Lucy con voce fioca.

La cuoca grugnì e tornò ad attizzare il fuoco. Anche Rose ignorò Lucy, preferendo invece prendere a pugni l'impasto.

Ora che nessuno la stava osservando, Lucy raddrizzò la schiena e l'espressione contratta e sofferente svanì dal suo sguardo. Prese con allegria il pasticcio e, fingendo di non sentire la cuoca che le gridava di prendere invece il pane, corse alla sua stanza.

Una volta entrata, tirò fuori uno scialle blu scuro e lo stese sul pavimento. Mise un piccolo cuscino, una sottile trapunta grigia e il pasticcio di carne sopra lo scialle e annodò il tutto. Dopo essersi buttata il fagotto in spalla, uscì silenziosamente dalla stanza.

La famiglia era impegnata a cenare e la servitù indaffarata a servirla, il che fu il motivo per cui Lucy riuscì ad attraversare il corridoio ed entrare nelle stanze di lady Sedley senza che una singola anima la vedesse.

La stanza di lady Sedley era decisamente vasta… e fredda, aggiunse fra sé Lucy mentre una sottile condensa simile a un verme le usciva dalla bocca.

Allungò il collo. Il soffitto era alto, con una grande chiazza di umidità a forma di scopa a decorarne il centro.

Massaggiati i muscoli della nuca, Lucy osservò meditabonda le tende rosa spento. Sembravano spesse, larghe e lunghe a sufficienza da nascondere con efficacia una persona. Le scostò e rimase delusa nel non trovare un bovindo.

Si rivolse nuovamente verso la stanza.

Il tappeto era abbinato alle tende. Anche quelle erano color rosa spento, con un disegno a foglie verde chiaro.

Lucy si avvicinò al mobile da toeletta lungo e fragile posato nell'angolo. Una candela che bruciava in un lungo portacandele al centro del tavolo illuminava le varie carabattole su di esso posate.

Lucy guardò la spazzola di perla luccicante, annusò un vasetto di rossetto e guardò accigliata una boccetta di vetro con l'etichetta "Gocce di Luna."

Rimise con riluttanza la pomata per i capelli ribelli sul tavolo e rivolse l'attenzione verso il grande letto a baldacchino.

Impallidì. E non furono i cuscini piccoli color pastello o quelli grandi di pizzo posati in maniera disordinata sopra un letto dall'aria vagamente mascolina a svuotarle i polmoni.

No, fu la donna dal viso colmo di biasimo che indossava un abito da ballo vecchio stile e una torreggiante parrucca incipriata sospesa a un metro e passa sopra il letto a pietrificarla.

"Mia cara signorina Trotter," disse zia Sedley con sarcasmo spettrale, "per caso avete di nuovo paura? Pensavo che avessimo già dato."

"Blah," disse Lucy.

Zia Sedley si stese a mezz'aria e appoggiò il mento sulle mani. "Oh, lisciatevi i capelli. Non mi piace vederli salutare il soffitto. Vi danno un aspetto strano."

Lucy afferrò i capelli terrorizzati e li costrinse in uno chignon.

"Così va meglio," commentò zia Sedley. "Come procede la vostra indagine?"

"Blah."

Zia Sedley fece schioccare le dita. "Non ho il privilegio di poter galleggiare fino a quando non avrete superato la vostra irragionevole paura, ragazza mia. Ora, raccontatemi il vostro piano con frasi di senso compiuto."

"Oggi pomeriggio ho seguito lady Sedley," ansimò Lucy. Era ancora sconvolta dalla visione spettrale e il suono della sua stessa voce la sorprese al punto che si zittì di nuovo.

"L'avete seguita e… cosa avete visto?" chiese zia Sedley in tono più gentile e incoraggiante.

Un respiro profondo e fortificante dopo, Lucy disse di getto: "Si è incontrata con Peter vicino alle vecchie scuderie e dalla conversazione ho dedotto che lei e Peter sono innocenti. Lei ritiene che possa essere stato uno degli altri suoi figli a uccidere lord Sedley."

Zia Sedley si rotolò sulla schiena e tirò fuori da qualche parte un sigaro spettrale. "Allora, di grazia, mia adorata bambina, cosa ci fate nelle stanze di lady Sedley? Non l'avete eliminata dall'elenco dei sospettati?"

Lucy scosse la testa. "E se si fosse resa conto che la seguivo? Lord Adair ha detto che Peter mi ha visto. E se avessero orchestrato l'intera conversazione a mio beneficio?"

Zia Sedley esalò anelli di fumo verde. "Ma come siete astuta."

Sentendosi incoraggiata, Lucy disse: "Il mio piano è semplice. Mi nasconderò sotto il letto e aspetterò che lady Sedley riveli tutti i suoi segreti fra le braccia del balletto."

Zia Sedley annuì con aria di apprezzamento. "Anche se non confessasse, Margaret potrebbe lasciarsi sfuggire qualche indizio fra le dita avventurose del valletto."

Lucy arrossì.

Zia Sedley si rotolò nuovamente e agitò il sigaro nella sua direzione. "Muovetevi, signorina Trotter. Forza... sotto il letto. Smettetela di cincischiare."

Lucy aprì il fagotto e tirò fuori le sue cose. Si infilò sotto il letto e si stese sullo scialle blu. La coperta le tenne caldo, mentre il cuscino andò sotto la sua testa.

La testa di zia Sedley si staccò dal corpo e apparve accanto a Lucy.

Lucy si ritrasse sconcertata dalla testa priva di corpo che galleggiava accanto a lei.

Zia Sedley non parve notare il suo disagio. Ispezionò con attenzione l'operato di Lucy e annuì soddisfatta con la testa spettrale.

"Sotto il letto c'è spazio in abbondanza," disse zia Sedley. "Anche se è un po' polveroso. Mangiate il pasticcio. Io galleggerò nei dintorni e vi farò compagnia. Ho sempre detestato mangiare da sola, quando ero viva. Mi faceva sentire molto depressa."

Lucy, obbediente, addentò il pasticcio. Era delizioso.

"Avete una briciola sul mento," osservò zia Sedley.

Lucy se la tolse. "Come fate a non sapere chi ha ucciso vostro fratello? Non glielo avete chiesto?"

"Ha detto che dormiva quando è stato aggredito. Al momento del risveglio era già stato accoltellato e il suo assalitore era svanito. Poi è morto."

"Beh, non avete visto l'assassino?"

"Non sono onnipresente, imbecille. Stavo dormendo."

Lucy masticò pensierosa. "Tutti gli spiriti dormono durante il giorno?"

"No, preferiamo la luce del sole. Come potete vedere," disse zia Sedley, manifestando un braccio privo di corpo e agitandolo di fronte al volto di una Lucy inorridita, "siamo quasi trasparenti e la luce del sole ci rende completamente invisibili. Inoltre, il calore del sole contrasta il freddo che gli umani avvertono in nostra presenza, il che è la ragione per cui la maggior parte dei fantasmi preferisce muoversi di giorno."

"Per cui, durante il giorno potrei condividere una panchina con un fantasma senza saperlo?"

"Precisamente... o con molti fantasmi. Ad alcuni di loro piace fare gruppo."

"Ma allora perché voi dormivate al momento dell'omicidio? Si è verificato di giorno."

"Perché i fantasmi che vogliono spaventare la gente dormono di giorno e si svegliano di notte. Ho dovuto modificare i miei orari per via di Margaret. La tenevo d'occhio tutte le notti, cercando di spaventarla per allontanarla dal valletto... per il bene di Roo Roo."

"Grazie per la spiegazione."

La mano di zia Sedley si staccò dal corpo e volò per accarezzare con affetto Lucy sulla testa.

I muscoli facciali di Lucy si paralizzarono per la paura. Non osò muovere un muscolo durante tutto il processo dell'accarezzamento.

Zia Sedley riattaccò testa e braccio al corpo sospeso e galleggiava verso la porta. "Ora vado a sentire cosa si dice in sala da pranzo. Tornerò… rò… rò."

Zia Sedley svanì e, con la sua partenza, il calore riprese possesso della stanza. Ma non bastò. Le dita di Lucy erano ancora gelide e piena di paura. Lei si sfregò le mani e ci soffiò sopra.

Il cuore le batteva ancora all'impazzata.

Zia Sedley era un fantasma.

Esisteva davvero.

Non era stato solo un sogno.

Solo allora Lucy sollevò la trapunta e nascose la testa in preda al terrore.

Non pensarci, si disse con fermezza. *Smettetela di tremare*, ordinò alle sue mani. Magari si era addormentata mentre aspettava lady Sedley, consolò la sua mente terrorizzata. Era stato tutto un sogno.

Si pizzicò e gridò. Era sveglia. Non dormiva e non si era addormentata.

Un fantasma le aveva davvero parlato.

Tirò fuori la testa da sotto la coperta, ma i suoi occhi rimasero strettamente chiusi. Si sarebbe lasciata prendere dal panico più tardi, dopo la fine di quell'ordalia. Dopo che l'assassino fosse stato trovato.

Per il momento, doveva concentrarsi su quello che stava facendo. Non doveva far altro che restare in silenzio, ed essere paziente e ascoltare con attenzione.

Un'ora più tardi, era ancora silenziosa, paziente e attentamente in ascolto e ogni momento che passava, la paura trasudava dalla sua pelle, sostituita prima dalla calma e poi dalla noia.

Nel silenzio, ogni suono era amplificato. L'ululare di un cane all'esterno, una moglie che inseguiva il marito per il villaggio e i passi nei corridoi…

Passi nei corridoi? Le orecchie di Lucy guizzarono.

Come previsto, dei piedi femminili entrarono nella stanza.

Lucy si sgonfiò.

I piedi erano avvolti da pratiche scarpe nere, il fondo delle gonne era grigio spento, ma soprattutto, la creatura fischiettava.

Una signora non fischiettava.

Si trattava di una dannatissima cameriera entrata ad accendere il fuoco.

Presto la cameriera uscì e la noia tornò di prepotenza nella stanza.

Il fuoco ruggiva e Lucy guardò le fiamme danzanti fino a quando i suoi occhi non cominciarono a chiudersi.

Capitolo 18

Il sole stava correndo in cerchio nel cielo e Lucy si crogiolava con goduria nella sabbia calda. L'acqua fresca del mare, ogni tanto, veniva a lambirle giocosamente i piedi, mentre dodici fatine svolazzavano sopra di lei reggendo vassoi d'oro carichi di frutta, gelati e affettati.

Era uno splendido posticino lontano dal rumore e dal caos. Un minuscolo paradiso completamente fuori dal tempo e situato su una piccola nuvola felice che scorreva pigramente nel cielo color fiordaliso.

Il sole sorrise, incrementando la temperatura di pochi e piacevoli gradi. Lucy si rotolò assonnata e le particelle di sabbia che la circondavano rotolarono a sua volta. La sabbia pulita e asciutta era ora rivolta verso l'alto e scintillava come nuova.

Era un letto che si rinfrescava da solo. Un ingegnoso prodotto della terra dei sogni.

Lucy sorrise soddisfatta e si protese verso una delle bevande colorate che si toccavano le une contro le altre sopra la sua testa.

I bicchieri di cristallo tintinnavano e sferragliavano, producendo una musica meravigliosa, mentre i liquidi dai colori vibranti nel vetro gorgogliavano e luccicavano nella luce dorata.

La sua mano si chiuse attorno a una bevanda color zaffiro, ma prima che lei potesse assaporarla, un grido di orrore lacerò l'aria.

Le fatine volarono via, le nubi corsero a coprire il sole e la piccola nuvoletta felice si disintegrò.

Lucy si svegliò con uno sbuffo sommesso infastidito e si sfregò gli occhi cisposi.

Ovunque fosse, c'era a malapena luce... e lei era sdraiata su qualcosa di duro.

Scacciò il sonno sbattendo le palpebre, chiedendosi se si fosse addormentata nella dispensa sotterranea della signorina Summer con l'ennesimo budino di riso rubato.

Ci volle ancora qualche istante prima che le si svegliasse completamente e ricordasse dove si trovava: sotto il letto di lady Sedley.

E non era più sola. C'era qualcun altro nella stanza con lei.

Il suo cuore cominciò a battere rumorosamente mentre i suoni familiari della gente che si preparava per andare a letto raggiungevano le sue orecchie.

Piccoli piedi delicati avvolti in pantofole di raso bianco si avvicinarono al letto.

Quella, pensò Lucy, doveva essere lady Sedley.

"Prendi la vestaglia o ti butto dalla finestra," gridò una voce femminile.

Lucy annuì. Era decisamente lady Sedley.

Il fantasma di zia Sedley si manifestò accanto alla testa di Lucy e si portò un dito traslucido alle labbra.

Lucy deglutì. Cominciava a sentirsi come una bottiglia di champagne ben tappata che era appena stata agitata.

Si ordinò di respirare lentamente e silenziosamente.

Se lo ordinò numerose volte. Cercò di non lasciarsi sfuggire un singolo respiro troppo rumoroso, troppo ansimante o troppo roco. Ma come capita spesso, cercare di respirare e silenziosamente di non respirare per nulla la spinse ad aprire la bocca e trangugiare aria come una persona che stava annegando.

Lucy stava annegando e, prima di rendersene conto, si ritrovò ad ansimare.

Non era l'unica ad ansimare. Si era così concentrata sui piedi coperti dal raso che non aveva notato i due carlini che si erano intrufolati nella stanza al seguito di lady Sedley.

I cani, ora, stavano muovendo la testa da una parte all'altra, senza dubbio chiedendosi cosa ci facesse un'umana sdraiata sotto il letto piuttosto che sopra.

Gli animali videro la mano priva di corpo di zia Sedley che galleggiava accanto all'orecchio destro di Lucy e le loro piccole code corte si abbassarono immediatamente, la loro pelliccia si rizzò e le loro lingue si ritirarono nelle bocche. I carlini, ora, avevano l'aspetto di leoni in miniatura molto confusi.

"Maggie, mia cara." Il valletto entrò nella stanza.

"Ti stavo aspettando," mormorò lady Sedley con voce roca.

I rumori dei baci e dei sospiri raggiunsero le orecchie di Lucy e lei rimpianse di non poter vedere quello che stava succedendo.

"Il funerale è finito," stava dicendo lady Sedley. "È un peccato che dovrò portare il nero per il prossimo anno."

"Ti adoro vestita di nero," replicò il valletto.

Lucy si morse nervosamente il labbro. Le code dei carlini si erano rizzate e i loro nasi schiacciati fremevano.

"Oh, non farlo," strillò il valletto.

"Di che si tratta, Pookey?" tubò lady Sedley.

"C'è una cosa lì," mormorò il valletto.

"Una cosa?"

"Sai cosa intendo," rispose torvo l'uomo.

"Oh, vuoi dire quella verruca sulla natica?" mormorò lussuriosamente lady Sedley.

Lucy si schiaffeggiò silenziosamente la testa. Quelle erano cose che non voleva sentire.

Zia Sedley si ficcò un dito in ciascun orecchio e volò fuori dalla stanza, le guance spettrali che brillavano alla luce delle candele.

I carlini si rallegrarono.

"Sì," esclamò il valletto.

"Ma sei andato dal medico. Avevi detto che oggi sarebbe andato tutto bene," piagnucolò lady Sedley.

"Sì, beh, non è andato come previsto. Il dottore ci ha sfregato sopra una lozione dall'odore strano e ora…"

"Fammi vedere," implorò la donna.

"No," ringhiò il valletto.

"Fammi vedere," gongolò lady Sedley.

Lucy guardò in un silenzio inorridito due paia di gambe rincorrersi per la stanza. Presto la coppia stava saltellando sul letto mentre lady Sedley cercava di abbassare i pantaloni del valletto per ispezionargli il posteriore.

Nel frattempo, i carlini parvero accumulare un entusiasmo vulcanico mentre spostavano lo sguardo fra lady Sedley e il valletto che lottavano con un paio di pantaloni a Lucy che sbirciava da dietro le dita sconvolte.

"Finalmente," esclamò lady Sedley.

Un breve silenzio seguì quella battuta.

"Beh," disse il valletto.

"Sì, è una cosa bizzarra," disse lady Sedley. "È cresciuta e ora sembra quasi una maniglia rossa e rugosa. Mi piacerebbe aggrapparmici e tirare–"

"No," disse il valletto, indossando frettolosamente i pantaloni. "Credo che mi coricherò. Come puoi vedere, sono indisposto–"

"Non ti piace la mia nuova camicia da notte di seta bianca, dunque?" chiese lady Sedley con voce roca.

Lucy ebbe un sussulto quando una vestaglia di seta nera si ammucchiò accanto al suo naso preoccupato.

Contemporaneamente, i carlini parvero rendersi conto che Lucy era circondata da briciole di pasticcio di carne. Cominciarono ad annusare con gioia.

Il valletto succhiò un respiro di apprezzamento.

I carlini piegarono le zampe anteriori e sollevarono i posteriori.

Il valletto si avvicinò a lady Sedley. "Forse, se stiamo attenti…"

Il vulcano eruttò e due cagnolini identici travolsero Lucy con gioia scatenata.

Lucy si immobilizzò per l'orrore quando i cagnolini cercarono di infilarle le lingue umide in bocca.

"Amore mio," sussultò e gemette il valletto.

Bau, bau, bau, abbaiarono i carlini in un parossismo di gioia.

Lucy gemette sommessamente per la disperazione e chiuse gli occhi.

Quando li riaprì, si ritrovò con il volto del valletto e quello di lady Sedley che galleggiavano di fronte al suo viso.

"Fuori," esclamarono entrambi all'unisono.

Lucy uscì da sotto il letto su gambe tremanti.

"Cosa stavate facendo?" chiese a denti stretti lady Sedley.

"Cercavo i carlini," disse di getto Lucy.

"Dovevate essere sotto il letto da tempo. Perché non avete reso nota la vostra presenza?"

Lucy distolse lo sguardo dalla sottoveste di seta bianca, che ormai lei era rimasta impressa in maniera indelebile. Non sapeva cosa dire.

Lady Sedley afferrò la vestaglia da terra e la indossò. Chiese al valletto di chiamare lord Adair e il resto della famiglia.

"Vi ho vista sedurre il valletto," minacciò spudoratamente Lucy. "Lo dirò a tutti."

"Non vi crederanno, signorina. Non più."

Capitolo 19

"Questa ragazzaccia era nascosta sotto il letto, lord Adair. Servono altre prove delle sue cattive intenzioni?" chiese lady Sedley, artigliando la giacca da sera di velluto blu dallo splendido taglio dell'uomo.

Lo spettro di lady Sedley scivolò nella stanza e si posizionò alle spalle di lord Adair. I suoi occhi spettrali luccicarono alla vista del posteriore sodo di lord Adair e lei annuì leggermente con ammirazione.

Lord Adair tirò fuori un sigaro e lo accese.

Lady Sedley si infuriò e strattonò con più insistenza i bottoni indorati. "Non siamo al sicuro con lei in casa. Dobbiamo tenerla lontana dalla famiglia."

L'uomo lanciò un'occhiata impersonale nella direzione di Lucy. "Non può andarsene prima che io completi le mie indagini."

Elizabeth sollevò la testa da una sedia vicino al letto di lady Sedley. "Non direte sul serio? Dovremmo tenerci un'assassina e ladra in casa? E se questa notte lei si aggirasse con l'intento di scegliere la prossima vittima?"

Lady Sedley squittì e si avvolse immediatamente attorno al braccio di lord Adair, a cui rimase aggrappata borbottando e farfugliando come una dozzina di uova che friggeva in una padella calda.

Lord Adair ignorò il parassita avvolto attorno al suo braccio e, usando la mano sinistra, estrasse con calma il sigaro dalle dita della mano destra intrappolata. Esalò una piccola boccata di fumo. "Signorina Trotter, la signorina Sedley non ha torto. La situazione non vi mette in ottima luce."

La lunga berretta di lana di Peter annuì.

Lucy spalancò gli occhi per la rabbia. Lord Adair sapeva che lei stava cercando di trovare l'assassino. In che altro modo avrebbe potuto farlo se non ficcanasando? Abbassò la testa, fingendosi mortificata mentre, nella sua mente, dava a lord Adair della diabolica canaglia.

"Di cosa stiamo parlando?" chiese Ian. Capiva le cose in ritardo o per nulla e, quando le capiva, di solito ne capiva la metà.

Zia Sedley andò a infilare le dita spirituali nelle orecchie di Ian e finse di pulirle.

Una risata sfuggì alle labbra di Lucy, spaventando tutti gli esseri umani presenti nella stanza con l'eccezione di lord Adair.

Elizabeth ringhiò impaziente. "Non lo vedete che è una pazza furiosa? Se non possiamo sbatterla fuori di casa, suggerisco di trasferirla in una stanza più lontana dalla famiglia. Magari in un'ala diversa?"

"Non abbiamo stanze disponibili," obiettò lady Sedley.

"Attendiamo ospiti?" chiese lentamente Ian. Zia Sedley gli infilò un fazzoletto fantasma in un orecchio e lo tirò fuori dall'altro.

"Può trasferirsi nel seminterrato, lord Adair. Può stare con la servitù," suggerì Elizabeth dopo un breve istante.

Lucy voltò il viso dall'espressione sconvolta verso Elizabeth.

Lady Sedley si illuminò. "È uno splendido suggerimento. Potrei chiedere alla mia cameriera di tenerla d'occhio."

Zia Sedley estrasse un martello spettrale e cominciò a percuotere lady Sedley sulla testa. Il gesto non ferì lady Sedley, ma parve dare allo spirito una sorta di torbida soddisfazione.

"Permettetemi di sorvegliarla. Non recherà danno alla famiglia," intervenne lord Adair senza fare una piega.

Elizabeth strinse le labbra, ma nessuno osò opporsi al suggerimento di lord Adair.

"Ma concordo con lady Sedley," proseguì lord Adair, battendo il sigaro cosicché una pioggia di cenere grigia si fuse con il tappeto. "La signorina Trotter dovrà trasferirsi nel seminterrato prima delle undici di domani mattina.”

“Ah,” si svegliò Ian, “la signorina Trotter si sposta in una stanza per la servitù. Per quale motivo?”

“È stata trovata nascosta sotto il letto di nostra madre,” sbottò Elizabeth.

Le spalle di Lucy si piegarono, anche se una parte di lei doveva ammettere che sarebbe potuta andare ben peggio. Avrebbero potuto rinchiuderla in una stanza fino a quando lord Adair non avesse concluso le sue indagini.

Quando lei osò sollevare lo sguardo, colse lady Sedley che strabuzzava gli occhi all’indirizzo di Peter, cercando di comunicare telepaticamente qualcosa. Palesemente, Ian aveva ereditato il cervello dalla madre.

“Dopo tutta questa agitazione, abbiamo bisogno di un goccio di qualcosa di forte,” osservò lord Adair. Tirò fuori una bottiglia scura da una tasca e un bicchiere da un’altra. Dopo essersi versato una generosa razione, passò la bottiglia a lady Sedley. “Bevete un sorso abbondante,” la incoraggiò con uno sguardo gentile.

Lady Sedley si staccò dal braccio del marchese e bevve. Il colorito le tornò tutto insieme e, con gli occhi incrociati, lei passò la bottiglia a Peter.

Una volta che tutti ebbero bevuto un sorso rilassante e la bottiglia fu liberata dalla morsa di Ian, Elizabeth si alzò e si lisciò le gonne. “Beh, ora che la faccenda è risolta,” disse, “possiamo andarcene tutti a letto.” Prese il braccio del fratello, mentre faceva spudoratamente gli occhi dolci a lord Adair. “Ian, il corridoio è spaventosamente buio. Vorresti... vorresti accompagnarmi nella mia stanza?”

Lord Adair contemplò il liquido dorato nel suo bicchiere, mentre Ian parve sconvolto in maniera comica dalla richiesta.

“Stai scherzando, Lizzy? Tu che hai paura di un corridoio buio? Spaventeresti i fantasmi con quella tua risata sguaiata,” disse sorridendo.

Zia Sedley annuì.

“Permettetemi,” intervenne lord Adair senza fare una piega.

Elizabeth sorrise trionfante mentre agganciava il braccio di lord Adair. Zia Sedley si lisciò i capelli, si sistemò il corsetto e li seguì galleggiando. Sembrava che persino i morti non fossero immuni al fascino di lord Adair.

Ian li seguì, con un'aria confusa come sempre.

Lucy fu la persona seguente a uscire e non appena si fu allontanata di qualche passo dalla stanza, un peso greve parve sfuggire al nodo che si era fatta alla nuca. Percorse velocemente il corridoio solo per fermarsi all'improvviso accanto all'orribile statua di medusa.

Una visione di lady Sedley che strabuzzava gli occhi all'indirizzo della berretta di lana di Peter comparve di fronte ai suoi occhi.

Lucy scacciò quell'immagine e girò sui tacchi.

Questa volta, la sua camminata veloce lungo il corridoio non fu diretta verso la sua stanza, ma nella direzione da cui era venuta.

Lucy Anne Trotter aveva deciso di origliare ancora un po'.

∞ ∞ ∞

"Chiedi a lord Adair di cessare subito le indagini," sentì dire Lucy da lady Sedley a Peter.

"Io?" squittì Peter.

"Sì, tu," sbottò lady Sedley. "Ora sei il proprietario di Rudhall e di tutto ciò che contiene. Raddrizza la schiena, solleva quel mento sfuggente e ordina a quell'uomo di lasciare la tua proprietà."

"Argh," riuscì a dire Peter.

"Questo," disse con freddezza lady Sedley, "non aiuta."

Il silenzio parve prolungarsi.

Peter stava probabilmente scavando nelle profondità della sua anima, pensò Lucy.

Poi lo sentì chiedere con voce bassissima: "Ma potrebbe trovare l'assassino di mio padre e i gioielli."

"I gioielli possiamo trovarli da soli. Non capisci, razza di imbecille–"

Una mano ruvida si chiuse attorno alla bocca di Lucy mentre un'altra la afferrava per la vita. Il puzzo di fumo e di cane bagnato le solleticò il naso.

I suoi occhi si spalancarono per l'orrore quando si sentì sollevare da terra.

"Siete incredibile," bisbigliò Ian nel suo orecchio mentre camminava lungo il corridoio. "Siete stata esiliata nel seminterrato per esservi nascosta sotto il letto di mia madre e io vi ritrovo a fare proprio la cosa per cui siete stata punita."

Lucy maledisse la sua stupidità. Perché, perché si era convinta che nessuno si sarebbe aspettato che lei reiterasse il reato così presto dopo essere stata cacciata in una stanza per la servitù? Aveva pensato di essere furba.

Ian ridacchiò e le diede una manata giocosa sul sedere.

Lucy si lasciò prendere dal panico e cominciò a dimenarsi come un verme agitato e preso a calci da una giraffa vegetariana offesa.

Il suo agitarsi e sbracciare non la aiutò. Ian la trasportò con facilità lungo il corridoio, svoltò l'angolo e spalancò la prima porta sulla destra.

Ce la buttò dentro.

Lucy cadde di faccia.

Sentì il rumore del chiavistello e si rese conto che Ian aveva chiuso la porta dall'esterno. L'aveva lasciata da sola in quella stanza sconosciuta dove non c'era nemmeno un barlume di luce.

Lucy aveva appena aperto la porta per gridare quando l'uomo tornò con una candela in mano.

La luce gialla proiettava ombre sinistre sulla parete. Quella era una stanza dove lei non era mai stata. Era priva di mobili, con l'eccezione di una credenza in un angolo e di un tavolo rotto vicino alla finestra.

I denti dell'uomo brillavano bianchi mentre la guardava lascivo.

"È proprio come suo padre." Zia Sedley entrò attraverso la parete libera. Inclinò la testa. "Ma non è altrettanto affascinante. Volete baciarlo?"

Lucy scosse disperatamente la testa. "Voglio andarmene."

Ian si accigliò e fece un passo verso di lei. "Non fiatate o dirò a mia madre quello che ho visto. Questa volta, la vostra pena non sarà altrettanto lieve."

"Non mostrare paura," commentò zia Sedley, sorseggiando una tazza di tè.

Lucy incrociò le braccia e guardò Ian negli occhi. "Cosa volete?"

"Un bacio e qualche coccola," rispose l'uomo.

La finestra tremò. "È il meglio che posso fare. In questa stanza non ci sono cuscini, tende o trapunte con cui spaventarlo," disse di zia Sedley, mescolando lo zucchero nella tazza. "Il freddo non aiuta. Lui è pieno di lussuria. Non sentirà il gelo."

Lucy lanciò un'occhiata implorante nella direzione del fantasma e fece un passo indietro.

Ian fece un passo avanti.

Zia Sedley sospirò. "Dovreste imparare a difendervi dagli approcci indesiderati. Io ho imparato a quindici anni. Avrei potuto insegnarvi l'hunga munga, ma non abbiamo l'utensile a disposizione e ci vorrebbe del tempo… Potrei provare a spiegarvi quali parti del corpo si possono attaccare per uccidere all'istante. Ho imparato quel trucco da un amante fantastico–"

Ian afferrò il braccio di Lucy. "Non potete pensare in fretta?" squittì Lucy al fantasma.

"Oh, no, amore mio. Ci vorrà del tempo," le mormorò Ian nell'orecchio.

Zia Sedley contrasse le labbra. "Ah, sì, ci sono."

"Sbrigatevi," la incitò Lucy.

"Ooh, come siamo porcelle," ridacchiò Ian, leccandole il lobo dell'orecchio.

Zia Sedley galleggiò fino a Lucy e osservò meditabonda la lingua impegnata di Ian. "Credo che dovreste fare così: mordetegli il braccio abbastanza forte da strappargli un urlo e costringerlo a lasciarvi andare. Mentre lui sarà impegnato a bestemmiare come un turco, voi correrete alla candela appoggiata sul tavolo, la raccoglierete e la lancerete nella sua direzione. Lui griderà per il terrore e schiverà la candela per salvarsi dalle ustioni. La candela cadrà a terra e comincerà a rotolare sul pavimento di legno asciutto. In quel momento cruciale, lui si ricorderà che, quando legno asciutto e una candela accesa si incontrano, di solito ciò porta a un disastro fiammeggiante. Come prevedibile, correrà all'inseguimento della candela per scongiurare l'incendio. Nel frattempo, voi aprirete la porta e fuggirete lungo il corridoio. In seguito, correrete molto veloce, perché non ci vorrà molto prima che lui si lanci all'inseguimento."

"Grazie," disse Lucy allo spirito.

"Di nulla," rispose Ian, masticandole con più entusiasmo il lobo dell'orecchio.

In seguito, fu solo questione di seguire le indicazioni di zia Sedley, cosa che Lucy fece splendidamente. Morse Ian, lanciò la candela nella sua direzione e aprì energicamente la porta. E proprio come zia Sedley aveva previsto, presto lei si ritrovò a correre lungo il corridoio, ringraziando la buona sorte che Ian fosse un imbecille.

L'imbecille si rivelò più rapido di quanto lei avesse immaginato, perché il suo ego maschile ferito lo spronò.

Volò lungo il corridoio come un vichingo furioso che era stato umiliato da una ragazzina.

I suoi avi dell'età della pietra si risvegliarono nella sua anima scaltra e sollevarono le teste rabbiose. Snudarono i denti acuminati e si esibirono in un balletto feroce.

Incoraggiato, Ian allungò il passo e corse come non aveva mai corso prima. Il vento sferzò i suoi capelli neri, agitando in tutte le direzioni le ciocche untuose.

Presto, i suoi avi cominciarono a gridare canti di guerra nella sua testa vuota. L'uomo sorrise cupamente mentre correva con la sua falcata ben ampia.

A quel punto, anche gli avi dell'età del ferro lo raggiunsero. Tirarono fuori trombette, flauti e tamburi e diedero inizio a una vivace fanfara.

Ora, l'uomo correva così in fretta che i suoi piedi sfioravano a malapena il terreno, il posteriore ondeggiava follemente e le guance carnose ballonzolavano in maniera allarmante.

Lucy deglutì e costrinse le sue membra ad accelerare.

L'uomo era più grosso e più veloce di lei.

Lucy doveva raggiungere la sua stanza prima di essere catturata di nuovo. Una rapida occhiata alle spalle le mostrò che Ian stava guadagnando terreno; poi, all'improvviso, un basso gemito raggiunse le sue orecchie. Seguì un forte schianto e le si voltò in tempo per vedere Ian che giaceva a terra con Palmer, il babbuino, seduto sulla schiena.

Palmer sembrava intento a raccogliere pulci nei capelli di Ian e mangiarle, mentre Ian cercava di levarsi il pesante animale dalla schiena.

Lucy non attese di vedere altro, ma riprese la corsa verso la sua stanza.

"Cambio di programma," bisbigliò mentre si buttava sul letto con sollievo. "Comincerò a cercare i gioielli. Basta origliare."

"Sono d'accordo," disse zia Sedley, appesa a testa in giù al soffitto.

Capitolo 20

"**E** voi potrete aiutarmi a cercare i gioielli," disse Lucy, mettendosi seduta sul letto e fissando lo spirito che ruotava lentamente vicino al soffitto. "Potete andare ovunque e ascoltare chiunque senza essere vista. È perfetto."

Zia Sedley smise di ruotare, agganciò due dita e ondeggiò da una parte all'altra.

"In quale stanza cercherete per prima?" la incoraggiò Lucy.

Zia Sedley abbassò la testa, si morse il labbro e si mise le mani sulle guance.

Lucy si accigliò. "Perché vi comportate in maniera così bizzarra? Vi sta venendo una specie di febbre fantasma?"

"Sto arrossendo, imbecille," sbottò zia Sedley.

"Perché?"

"Mi dispiace. Non posso aiutarvi a perquisire la casa."

"Stavate arrossendo perché non potete aiutarmi a cercare i gioielli?"

Zia Sedley scese svolazzando e si sedette accanto a Lucy. Ridacchiò. "Beh, no... Stavo arrossendo perché..."

"Sì?"

"Vi stupirà sapere che, da viva, ero una persona estremamente arrogante. Uomini di ogni genere avrebbero voluto sposarmi e io le ho respinti tutti. Credevo che chiunque non avesse sangue blu fosse indegno delle mie attenzioni."

Lucy tamburellò con le dita sul cuscino. "E ora che di sangue non ne avete proprio–"

"State cercando di ferire i miei sentimenti?"

"Mi dispiace," si affrettò a consolarla Lucy. "Non ci avevo pensato. Proseguite."

"Dopo la mia morte," riprese con riluttanza zia Sedley, "ho conosciuto una persona."

"Una persona."

"Il signor Brown. In vita era fabbro."

"Capisco."

"Beh, fra di noi c'è un'intesa."

"Non capisco."

"Lui mi sta corteggiando. Trascorro le mie serate con lui. È ancora tutto così nuovo che non sopporto l'idea di interrompere così presto i nostri incontri. Lui mi ha insegnato tante cose… Per esempio, a rispettare chiunque, persino i popolani. Secondo voi, perché non vi guardo dall'alto del mio aristocratico naso?"

"Capisco. Insomma, c'è un certo signor Brown che vi fa il filo e voi preferite infestare il villaggio con lui che aiutarmi a trovare i gioielli. Mi parlate come se fossi un essere umano e non letame equino appiccicato ai vostri traslucidi stivali per via di quello stesso signor Brown?"

"Non investiamo nessuno. Ci limitiamo a galleggiare fra le nuvole e–" Il fantasma si interruppe bruscamente. "Perché mi guardate in quel modo bizzarro?"

"Non sapevo che i fantasmi–"

"Pensate che non abbiamo cuore?"

"Beh, siete morti. Come potete avere–"

"Abbiamo dei sentimenti."

"Mi dispiace."

"Dovete proprio ricordarmi costantemente che sono morta?"

"Non intendevo–"

"Che scortesia. Le giovani della vostra età sono tutte spietate, fredde, calcolatrici–"

"No, no, vi prometto che starò più attenta. Davvero."

"Bah."

"Parlatemi del signor Brown. Sembra gentile, meraviglioso e affascinante. È attraente?" blandì Lucy.

"Il signor Brown…" Zia Sedley sospirò e scintillò per qualche istante prima di sciogliersi in una pozzanghera in fondo al letto.

"Zia Sedley?" Lucy osservò preoccupata la sdolcinata pozzanghera sul terreno.

Come una fenice che risorgeva dalle ceneri, zia Sedley si riformò un attimo dopo. Il suo petto spettrale si sollevò si abbassò mentre esclamava: "Oh, è attraente, molto attraente, ma ad attirarmi davvero è stato il suo ciuffo ribelle. Un magnifico cespuglietto di capelli che cresce proprio sulla sua nuca. Sporge e tremula tutte le volte che mi avvicino a lui."

"Lo vedrete questa sera?"

Zia Sedley lanciò un gridolino e volò verso la finestra. "Arriverò in ritardo. Avremmo dovuto volare sopra il fiume questa sera. Gli avevo promesso di incontrarlo dopo cena. Tornerò… rò… rò…"

"I fantasmi cenano?" borbottò fra sé Lucy. "E cosa diamine mangiano?"

"Ho sentito," aleggiò la voce di zia Sedley.

"Chiedo scusa," gridò in risposta Lucy. Questa volta, la pioggia che danzava sulla finestra fu l'unica risposta che ricevette.

∞ ∞ ∞

Era mezzogiorno, ma la stanza nel seminterrato era abbastanza buia da richiedere una candela. Il minuscolo letto con il materasso duro aveva un cuscino pieno di bozzi a un'estremità e una coperta sottile piegata all'altra. Ad appena due passi di distanza si trovavano un armadio scricchiolante, un catino vuoto e una singola sedia con fiori e bulbi scheggiati intagliati sullo schienale. La stanza non aveva finestre e puzzava di muffa e di gin.

Lucy percosse la sedia con uno straccio e una nube di polvere le scoppiò in testa, facendola starnutire.

"Vedo che vi state insediando nella vostra nuova stanza."

Lucy si voltò e trovò lord Adair in piedi vicino alla porta. Disse nervosamente: "Entrate."

Il lungo mantello nero dell'uomo frusciò quando questi si

chinò per non sbattere la testa sulla soglia ed entrò nella stanza. L'uomo si raddrizzò e passò uno sguardo critico sui contenuti della stanza. "Posso fare in modo che vi alloggino in soffitta con le cameriere invece di…" Gesticolò verso la parete vuota e priva di finestre.

"Le cameriere dormono in condivisione. Preferisco avere un po' di intimità," disse Lucy, cercando di aprire la borsa da viaggio marrone posata sul letto.

"Lo pensavo anch'io." Il marchese frugò nel mantello e ne tirò fuori un fagotto. "Questo è per voi."

Lucy lasciò andare la borsa, si asciugò le mani nella gonna e prese il fagotto offerto.

Esso conteneva venti candele legate insieme da uno spago.

Lucy spalancò gli occhi. "Santi numi. Sono di cera."

"Prendete anche questa." L'uomo le offrì la spessa trapunta che fino a un attimo prima teneva dietro la schiena, nell'altra mano. Di fronte all'occhiata perplessa di Lucy, chiarì. "La cuoca e la sguattera hanno reso comode le loro stanze qua sotto, mentre voi vi trovate in una posizione particolare e, sospetto, non avete denaro."

"Vi ringrazio," disse Lucy, reggendo con prudenza le candele. In passato aveva bruciato solo candele di sego. "Ma perché…?"

"Mi sento responsabile, dato che ho concordato con la signorina Sedley che fosse il caso di alloggiarvi nel seminterrato."

"Io non capisco, milord. Un attimo prima mi punite e quello dopo mi offrite un balsamo per le mie ferite."

"Siete arrabbiata?" chiese il marchese, facendo un altro passo verso di lei.

La stanza parve rimpicciolirsi.

Lucy distolse lo sguardo da quello penetrante dell'uomo. "No, non sono arrabbiata. Sono solo felice di essere ancora una donna libera."

Gli occhi dell'uomo brillarono nella luce soffusa. "Posso farvi una domanda?"

Lucy annuì, riprese lo straccio e aggredì l'armadio.

"Come fate a sorridere, signorina Trotter?"

All'improvviso, le lacrime la strozzarono. La sua mano vacillò nell'atto di spolverare.

Si guardò attorno alla ricerca di un cambio di argomento.

Dopo una brusca presa di fiato, parlò con voce che vacillava solo leggermente. "Il signor Sedley... quello giovane, intendo... è uno stolto dalla testa vuota."

Lord Adair sorrise. "Cercate di cambiare argomento, di infastidire l'altra persona o di lasciarla perplessa al punto da farle dimenticare la domanda originale. È un vostro trucchetto speciale, vero, signorina Trotter?"

Lucy spalancò gli occhi.

Lord Adair disse gentilmente: "Non avete obbligo di rispondere alla mia domanda."

"Ma voi risponderete alla mia?" chiese Lucy.

L'uomo si acciglìò e le fece cenno di proseguire.

Lucy raddrizzò la schiena. "Ian è un imbecille."

"Senza dubbio–"

"Allora com'è possibile che vi abbia aiutato, milord? Avete detto che gli dovete un grande favore."

"È una storia lunga."

Lucy lanciò lo straccio nell'armadio e si sedette sul letto. "Ho tempo."

Un minuscolo sorriso sfiorò l'angolo della bocca dell'uomo.

"D'accordo, allora. Tre anni fa, in una fredda giornata d'inverno, ero svestito e nascosto in un cespuglio quando la carrozza del signor Sedley è passata per caso. Ho fatto cenno alla carrozza di fermarsi e il signor Sedley ne ha arrestato l'avanzare e mi ha offerto un passaggio fino a casa mia. Mi ha salvato dal congelamento."

"Cosa ci facevate nudo in un cespuglio?" chiese Lucy, affascinata.

"Avevo un'amica i cui servigi non mi erano più necessari e che ne aveva avuto il sentore prima che io lo ammettessi."

"Volete dire un'amante," lo corresse Lucy.

L'uomo proseguì come se lei non avesse parlato. "Prima che me ne accorgessi, i miei vestiti erano stati rubati, la mia carrozza era stata mandata via e io mi ero ritrovato tremante e senza nulla addosso fuori dalla casa della mia amica. Raggiunsi la strada e, per fortuna, arrivò la carrozza del signor Sedley. Lui comprese la mia situazione, considerato che si era trovato in passato oggetto di un simile piano diabolico."

"Siete stato fortunato," rifletté Lucy. "Un uomo assennato non avrebbe mai arrestato una carrozza per un individuo nudo nascosto in mezzo ai cespugli."

Lord Adair inclinò la testa. "Vero. È per questo che sono in debito con il signor Sedley e mi piacerebbe ripagarlo. Ha fatto tutto il possibile per aiutarmi."

"Non mi piace il signor Sedley," disse Lucy, ripensando agli eventi della notte precedente.

Un vago cipiglio aggrottò la fronte di lord Adair.

Lucy si voltò nuovamente verso l'armadio e prese lo straccio. "Vi ringrazio ancora una volta per le candele e la trapunta, milord."

Un sospiro sommesso sfuggì all'uomo. "Signorina Trotter, le cose sarebbero molto più semplici se voi aveste un po' di fiducia nella mia onestà e nelle mie capacità. Non permetterò che veniate impiccata se siete innocente."

Lucy strinse le palpebre. La voce cupa dell'uomo sembrava volerla convincere a credergli. Inoltre, stava diventando sempre più difficile condividere quello spazio così piccolo con lui. L'uomo sembrava avvolgerla da tutte le parti… Lucy si strinse le gonne, buttò la testa all'indietro e si mise a cantare.

Yoodle yoodle yoo,
Deedle deedle den.
I am a happy angel,
Who fell from sweet heaven,
My belly full of beer,
Too heavy for wispy clouds to bear,
My fingers too chubby to pluck the delicate harp,
I fell, and I fell, and I fell.
Yoodle yoodle yoo,

Deedle deedle den.
I am the happy angel[1]—

Lord Adair fece un passo indietro. "Signorina Trotter, cosa diavolo state facendo?"

Lucy si interruppe. "Sto cantando, milord."

"Ma perché?"

"Mi hanno detto che ho una splendida voce. Potrei sedermi accanto a voi tutte le sere a cena e cantare come un angelo. Consolerà la vostra anima tormentata."

"La mia anima non è tormentata," disse l'uomo, facendo un altro prudente passo indietro.

"So suonare il clavicembalo, parlare un po' di francese, ballare e cantare. Stando a quello che dice la signorina Summer, sono una compagnia piacevole e divertente. Potrei comparire ogni tanto per intrattenervi al prezzo di venti sterline all'anno. Confesso che è un prezzo piuttosto basso, ma considerate le circostanze… Milord?"

Lord Adair era svanito.

Di colpo, la stanza parve farsi più grande e più luminosa.

Lucy si abbracciò, compiaciuta di avere ancora il potere di spaventare o confondere le persone e che lord Adair non facesse eccezione. Considerevolmente rallegrata, si voltò verso il letto. I suoi occhi si spalancarono per lo sconvolgimento.

La borsa da viaggio con cui lei aveva lottato nell'ultima ora era aperta. Perdindirindina, come aveva fatto lord Adair senza che lei lo vedesse avvicinarsi di un centimetro al letto?

La stanza per la servitù non era male, si disse Lucy mentre mordicchiava il fondo di una matita. Certo, non aveva una finestra, ma il letto era di buone dimensioni e c'era persino una sedia nell'angolo.

Lucy tirò fuori quello che restava della matita con un suono esplosivo e cominciò a scribacchiare sul foglio di carta. Chiunque avrebbe potuto rubare i gioielli. Il ladro aveva avuto la nottata intera per farlo. La domanda era: perché?

Lucy passò distrattamente la matita sui nomi di Peter e lady Sedley fino a farli scomparire. Il furto doveva essersi verificato dopo l'omicidio, dato che lord Sedley indossava la chiave persino mentre faceva il bagno.

Per cui, meditò Lucy, l'uomo era stato assassinato, la chiave gli era stata tolta dal collo, i gioielli erano stati rubati e la chiave rimpiazzata... il tutto nel giro di un'ora e senza che nessuno vedesse il colpevole.

Di conseguenza, era ragionevole supporre che la persona che aveva ucciso lord Sedley, al momento, fosse in possesso dei gioielli. Lucy non avrebbe dovuto far altro che trovare i gioielli e avrebbe trovato l'assassino.

Era un peccato che non fosse riuscita a cercare indizi nella stanza di lord Sedley dopo la morte di quest'ultimo. Il valletto e il maggiordomo avevano fatto a turno ad assicurarsi che nessuno entrasse nella stanza.

Un brusco bussare alla porta la fece sobbalzare.

Peter era in piedi accanto alla porta semiaperta.

Lucy ficcò l'elenco sotto il cuscino e si alzò. "Entrate, milord." Nella sua voce risuonava una nota di fastidio. Si chiese perché tutti pensassero ora di potersi recare nella sua stanza a piacimento.

"Mi dispiace," borbottò subito Peter. "Non sarei dovuto venire."

Lucy attese che l'uomo se ne andasse. L'uomo non lo fece.

Dopo un momento trascorso a rigirarsi il cappello fra le mani, Peter disse: "Volevo chiedervi se avete bisogno di aiuto."

Le sopracciglia di Lucy si inarcarono. "Sto bene. Grazie per la premura, milord."

L'uomo aggrottò la fronte. "Milord... Come suona bizzarro. Non sono ancora abituato a essere lord Sedley... Vorrei..." Lasciò la frase in sospeso.

"C'è altro?"

"No." L'uomo fece per andarsene, ma parve cambiare idea. Si voltò di scatto e chiese con voce febbrile: "Avete preso voi i gioielli?"

"No," rispose lentamente lei.

"Capisco." Non sembrava che le credesse. Il cappello gli scivolò dalla mano e lui si chinò a raccoglierlo. Aveva le guance leggermente arrossate. Le sue dita sfiorarono la tesa e lui parlò senza sollevare lo sguardo. "Se mai doveste avere bisogno di aiuto, signorina Trotter, io ci sono."

In risposta, Lucy arrossì. Notò ancora una volta quanto era attraente quell'uomo.

Lui sollevò lo sguardo e incrociò quello di Lucy. "Se avete bisogno di fuggire... posso aiutarvi."

Il rossore si trasformò in confusione. Lucy scosse la testa.

L'uomo aspettò che lei parlasse e, quando Lucy non lo fece, si inchinò e se ne andò.

Lucy si recò alla porta e la chiuse. Premette la fronte contro il legno scuro in preda alla confusione.

Perché Peter voleva aiutarla? Perché voleva che l'assassino di suo padre fuggisse?

E se davvero voleva aiutarla, non avrebbe dovuto far altro che mandar via lord Adair e fermare l'indagine... o no?

Peter Sedley era innamorato di lei? Era per quello che–?

Lucy soffocò sul nascere l'ultimo pensiero. Doveva concentrarsi su una cosa per volta e, al momento, il suo intento era quello di frugare in tutte le stanze della servitù.

Peter Sedley era un intrico da sciogliere in un momento più appropriato.

Capitolo 21

Lucy si fermò a metà del suo incedere. Si stava dirigendo nella soffitta per frugare fra le cose delle domestiche, ma la vista di lord Adair nella stanza la fermò.

Lucy si avvicinò alla porta appena socchiusa e infilò dentro il naso.

Lord Adair splendeva nel suo abito da sera scuro. Aveva gli occhi chiusi, le mani giunte ed era in piedi sulla gamba sinistra mentre l'altra era sospesa a mezz'aria. Sotto lo sguardo di Lucy, il marchese cambiò lentamente gamba fino a trovarsi in piedi sulla destra.

Lucy scosse la testa. Quell'uomo avrebbe dovuto indagare. Avrebbe dovuto catturare l'assassino e salvarle il collo dal cappio. Invece, stava facendo cose assurde e, a pensarci bene, lei non lo aveva mai visto fare chissà quali sforzi alla ricerca di indizi.

"Sbrigatevi prima che le cameriere tornino dalla cena," disse lentamente l'uomo senza aprire gli occhi.

Lucy soffocò un sussulto e fissò intensamente le ciglia dell'uomo. Erano fitte e proiettavano ombre delicate sulle guance; inoltre, erano decisamente posate sulla sua pelle. Quell'uomo era in grado di vedere con gli occhi chiusi?

"Smettetela di fissarmi," la incoraggiò lui, gli occhi che si muovevano urgentemente dietro le palpebre serrate.

Il naso di Lucy si ritirò rapidamente dalla stanza e, accettato il consiglio dell'uomo, lei salì di corsa le scale.

Mezz'ora più tardi, era impegnata a guardare storto la stanza in soffitta. Aveva passato al setaccio i mattoni del muro, sbirciato sotto i materassi, esplorato l'interno del camino, provato a sollevare le assi di legno del pavimento, cercato un'apertura sul fondo dell'armadio, controllato sotto il tappeto carico di polvere e persino ispezionato il fondo del catino.

Aveva trovato qualche monetina, un paio di pantofole di raso perse da lady Sedley, il rossetto scomparso di Elizabeth, dei vecchi nastri e, per qualche strana ragione, i pantaloni e le scarpe preferite di Ian.

Sbuffò infastidita. I suoi lunghi capelli castani erano sfuggiti da tempo alle forcine, il suo volto e le sue mani erano coperti di fuliggine e, nonostante fosse pieno inverno, stava sudando.

Ficcata la lingua nel varco fra i denti, Lucy si fermò a riflettere.

Jenny, che di solito spolverava e spazzava la stanza di lord Sedley e aveva evitato con agilità i baci lussuriosi dell'uomo, era la principale sospettata di Lucy. La giovane pettoruta avrebbe potuto impadronirsi della chiave mentre acconsentiva a un bacio. Aveva la vista acuta, le dita agili, e si diceva che fosse ambiziosa.

Oppure poteva essere stata Susie, che condivideva la stanza con Jenny. Sebbene non fosse altrettanto carina e fosse molto più acida, anche lei aveva motivo di visitare la stanza di lord Sedley. Era lei a fare il bucato e sistemare i letti.

Lucy strizzò gli occhi guardando i due lettini ordinati, il piccolo armadio e le due sedie lucide vicino alla bassa finestra, nella speranza di spaventare i gioielli e farli uscire dal loro nascondiglio.

I gioielli non balzarono fuori per la paura e lei rinunciò e decise di tornare alla sua stanza a meditare.

Non appena Lucy entrò nella stanza, i due cagnolini corsero da lei. Scodinzolavano così forte che tutto il loro corpo pareva tremare da una parte all'altra. Uno si rovesciò persino in preda all'entusiasmo.

Lucy offrì loro i piedi per giocare, perché le mani erano impegnate a reggere la testa in preda alla disperazione.

I cuccioli cominciarono a mordicchiarle le caviglie. Lei sospirò e li sollevò da terra.

"Le mie caviglie sono già abbastanza malridotte," disse loro.

I cagnolini si agitarono nella sua presa, cercando di infilarle le lingue del naso.

"Sentite un po', voi… cani? Cuccioli? Creature?" Lucy li strinse a sé. "Peter dovrebbe darvi dei nomi."

I cani abbaiarono brevemente il loro assenso.

"Dov'ero rimasta?" si chiese Lucy, grattando dietro l'orecchio di un cagnolino. "Ah, sì, mi stavo chiedendo chi avesse rubato i gioielli. Non credo che siano state le cameriere, né qualche altro membro della servitù. Perché un servitore dovrebbe accoltellare il vecchio, rubare i gioielli e poi continuare a girare per la casa nell'attesa che qualcuno lo catturi e lo impicchi? Se fossi stata io, avrei rubato i gioielli, sarei saltata nella mongolfiera di lord Adair e sarei partita per una terra lontana."

A quel pensiero, gli occhi di Lucy si velarono, la sua bocca rimase aperta e un po' di bava le sfuggì dall'angolo della bocca mentre sognava a occhi aperti di tenere fra le mani diamanti scintillanti, rubini e perle mentre fluttuava via da Rudhall Manor a bordo di un pallone volante.

Le nuvole le galleggiavano vicino, il vento le accarezzava i capelli e uno splendido vestito scarlatto le svolazzava attorno. Il bel volto di lord Adair le comparve di fronte, le lunghe ciglia che svolazzavano, gli occhi scuri invitanti. Dietro di lui si sollevarono due ali gigantesche composte da strati multipli di morbide piume bianche che brillavano alla luce del sole. L'uomo sbatté le ali e le sorrise prima di estrarre un ago lungo quanto un braccio e bucare il pallone–

"Ahi." Lucy tornò di scatto al presente. Un cagnolino le aveva morso un dito un po' troppo forte.

Lucy si tolse gli animali dal grembo, si alzò e si stiracchiò. Ancora una volta, si rivolse ai cuccioli e chiese: "Perché un membro della servitù sarebbe dovuto restare dopo aver rubato i gioielli? A meno che non avesse qualcos'altro da guadagnare restando qui... Per esempio, l'ossequioso maggiordomo. Hogdson conosceva bene le abitudini di lord Sedley. È quello che ha trascorso più tempo di tutti a Rudhall e, se ci sono dei passaggi segreti per entrare e uscire dalla stanza di lord Sedley, lui li conosce di certo." Lucy si tamburellò pensierosa un dito sulla guancia. "E se Hogdson avesse rubato i gioielli e stesse aspettando di incassare il denaro che gli è stato lasciato nel testamento prima di scomparire?"

I cuccioli scodinzolarono in maniera incoraggiante.

Lucy cominciò a camminare avanti e indietro, la mente che balzava da un pensiero a un altro. La cuoca Mary e la sua aiutante Rose si avventuravano di rado fuori dalla cucina, mentre Sam arrivava la mattina per svolgere lavori di vario genere e se ne andava la sera. La cuoca aveva accennato che Sam aveva trascorso il giorno dell'omicidio spaccando legna ed era entrato solo nel pomeriggio per una tazza di tè.

Lucy si succhiò il labbro inferiore e immaginò tutti i servitori in fila indiana vestiti da pirati. Ciascuno aveva una gamba di legno, una benda sull'occhio e un sorriso malevolo.

Chi fra di loro, si chiese, aveva l'aria più malvagia?

Ringhiò profondamente. Sembravano tutti dei poco di buono. Ciascuno aveva l'aspetto di un criminale professionista di alto livello. Ciascuno era capace di ammazzare non solo lord Sedley, ma un gruppo intero di anziani ricchi.

Lucy sussultò.

E se fossero stati tutti complici? Poteva trattarsi di un piano sviluppato nel corso degli anni per liberarsi del vecchio aristocratico lussurioso. Il valletto avrebbe sposato lady Sedley e, da quel momento in poi, sarebbe stata solo questione di tempo prima che il resto della famiglia venisse ucciso. Prima, Elizabeth sarebbe stata spinta giù da una scogliera. Poi, qualcuno avrebbe sparato a Ian in quella sua testa vuota. Per quanto riguardava il povero caro Peter...

Oh, Peter, lamentò silenziosamente Lucy, a lui sarebbe stato riservato il peggio. Un giorno, i perfidi servitori avrebbero menzionato con noncuranza il circo, quello che di recente era entrato al villaggio di Blackwell.

Quello stesso circo in cui si esibiva uno splendido leone.

Gli avrebbero raccontato di quanto era infelice il povero leone. Lo avrebbero convinto che versava in condizioni tristi, miserabili, che pativa la fame, e lui avrebbe ceduto e avrebbe comprato la creatura.

Voi comprerete il leone, Peter, e poi il leone vi mangerà. Vi mangerà, Peter, ossa e tutto il resto. Vi spazzolerà per colazione e dato che siete così magro... non rutterà nemmeno. Oh, no, non rutterà nemmeno...

I cuccioli piagnucolavano come se avessero letto quei pensieri violenti.

Lucy sussultò e tornò al presente.

Si acciglò. Stava sprecando tempo vagando senza meta e formulando ipotesi improbabili. E poi, quella stanza chiusa e umida le stava ottundendo i sensi.

Con un verso carico di frustrazione, spalancò la porta.

Non avrebbe guadagnato nulla pensando a tempo perso, mormorò a se stessa mentre imboccava di corsa il corridoio.

Doveva agire, brontolò rivolta al quadro di una pecora che indossava una parrucca bianca. Le parve che la pecora annuisse in maniera quasi impercettibile.

Lucy ebbe un sussulto e osservò un po' più attentamente il quadro. Dopo un attimo trascorso a fissare le ciglia della pecora per vedere se si muovessero, ci rinunciò e decise di dirigersi verso la stanza del maggiordomo.

Se l'uomo aveva rubato i gioielli, lei li avrebbe trovati laggiù. Avrebbe ispezionato ogni foro, ogni crepa e ogni singola aberrazione...

Trovò la stanza del maggiordomo priva di presenze umane o spettrali. Compiaciuta, si gettò subito nel suo compito. Cominciò a ispezionare tutti i fori e le crepe e le irregolarità, e la cosa parve andare piuttosto bene fino a quando il maggiordomo non decise di entrare prima di quanto fosse previsto.

La sorprese seduta sopra l'armadio, che grattava la modanatura scrostata sulla parete con un ferro da calza.

Indicò silenziosamente prima lei e poi il pavimento.

Lucy lasciò cadere il ferro da calza e scese dall'armadio con l'aiuto di una sedia che aveva posato su un tavolo.

"Avevo visto un ragno," disse con occhi spalancati e innocenti. "Stavo cercando di schiacciarlo."

L'uomo incrociò le braccia e la osservò cupamente.

"Davvero," ritentò lei, questa volta aggiungendo qualche ingenuo battito di ciglia.

L'uomo guardò l'armadio aperto, il vaso rovesciato sul letto e le lettere sparpagliate sul pavimento. Le sue labbra si arricciarono in una smorfia incredula.

"Era un ragno grosso," offrì Lucy con poca convinzione. "Gigantesco. Pieno di zampe. È corso per tutta la stanza."

L'uomo accennò con il capo alla porta e lei uscì a capo chino.

Una volta fuori, le sue spalle si incurvarono e lei si trascinò miserevolmente lungo il corridoio e verso la sua stanza. Era uno sviluppo terribile. Aveva fatto infuriare il suo unico alleato vivente.

Mentre Lucy passava di fronte alla cucina, la sua pantofola si liberò dal piede, sparpagliando i suoi pensieri e arrestando di colpo il suo cammino. Lucy si voltò e vide lord Adair che la attendeva.

"Cosa ci fate in questa parte della casa, milord?" chiese Lucy mentre saltellava su un piede nel tentativo di infilarsi la scarpa all'altro.

"Credo che sia giunto per me il momento di imparare a cucinare."

"Cucinare? Dovreste essere alla ricerca del colpevole," esclamò Lucy.

L'uomo si appoggiò al muro, osservandola divertito. "Signorina Trotter, sembra che vi stiate scavando una fossa molto profonda. È davvero notevole."

Lucy rinunciò alla scarpa e se la ficcò in tasca. "Che significa?"

"Avete convinto la famiglia che siete colpevole e ora sembra che persino di sotto la vostra reputazione sia precipitata da una scogliera."

Lucy gli lanciò un'occhiata torva e fece per andarsene.

L'uomo allungò di scatto la mano e le prese il braccio. La fece voltare verso di lui. La sua voce era bassa e schietta quando chiese: "Smettetela con queste sciocchezze, signorina Trotter–"

"Non ho motivo di fidarmi di voi," disse senza fiato Lucy. "Siete amico di Ian e avete ammesso di dovergli la vita. E se fosse stato lui a uccidere suo padre? Salvereste il suo collo o il mio?"

Lucy non attese che l'uomo rispondesse, ma si liberò dalla sua presa e saltellò via con la massima velocità consentita dal singolo piede calzato.

Capitolo 22

Lord Adair ci aveva visto giusto quando aveva detto che la reputazione di Lucy al piano di sotto era precipitata da una scogliera. Una scogliera decisamente alta, per di più.

Non appena lei entrò in cucina, gli occhi si strinsero, le labbra si contrassero, le guance arrossirono, ma nemmeno un servitore guardò nella sua direzione. Esaminarono il soffitto e i pavimenti o concentrarono l'intera conversazione sugli oggetti più vicini.

Lucy non aveva mai visto la cuoca così interessata a una pentola per lo stufato vuota e per quanto riguardava il maggiordomo, beh, questi stava fulminando con lo sguardo i cucchiai come se fossero il suo peggior nemico.

La servitù aveva deciso di ignorarla e maltrattarla al tempo stesso, e non fu una sorpresa quando la sua richiesta di qualcosa da mangiare per colazione fu ignorata.

Ma Lucy era cresciuta in un orfanotrofio e crescere in orfanotrofio era come crescere nel bel mezzo del deserto. Si imparava a vedere il lato migliore della vita, a fare buon viso a cattivo gioco e, per quanto scarsi fossero i beni di prima necessità, ad approfittarne al meglio.

Di conseguenza, come una nomade del deserto, Lucy si fece forza di fronte alle occhiate aride, ai cipigli bruschi e a tutto il resto e si recò all'oasi.

La servitù la ignorava e la famiglia continuava a far finta di non vederla; di conseguenza, era perfettamente ragionevole che continuassero a ignorare la sua presenza mentre Lucy si riempiva il piatto con una fetta generosa di prosciutto succoso, pane caldo e una grossa fetta di torta.

La torta umida sul piatto di Lucy fece fare le acrobazie al volto della cuoca, Rose sembrava un bollitore pronto a fischiare e la povera Susie, beh, quella cara ragazza sembrava sul punto di piangere alla vista della grossa fetta di prosciutto che le penzolava di fronte al naso affamato.

Lucy si fermò vicino alla porta, si voltò e osservò i volti nella cucina.

Sembrava che ai servitori fosse mancata la terra da sotto i piedi.

Lucy si illuminò alla vista dei visi lunghi, si avvicinò il piatto al petto e ondeggiò sui piedi. "Quasi dimenticavo il tè," osservò proprio mentre la cuoca posava una teiera appena fatta su un vassoio destinato a lady Sedley.

Lucy mise il piatto accanto alla teiera e prese l'intero vassoio.

La cuoca ebbe quasi un colpo apoplettico e le dita tormentate di Susie si contrassero.

Lucy inviò loro un altro sorriso solare e, fischiettando allegramente, uscì dalla cucina.

Nessuno la fermò, anche se parvero intenti a rivedere la strategia per affrontare in futuro la fastidiosa istitutrice.

Una volta rimasta sola, le spalle di Lucy si piegarono e il vassoio le parve pesante nella sua presa. Si diresse cupamente verso la sala della colazione.

Arrivata sulla soglia, si fermò. La famiglia stava mangiando. Udì la conversazione, il tintinnio dei bicchieri e delle posate e si voltò scontenta, dirigendosi invece verso la biblioteca.

Aprì la porta con il suo triste bacino.

Nessun fuoco accogliente ardeva, quel giorno.

Lucy piluccò il cibo, seduta sullo scrittoio vicino alla finestra. Fissò gli alberi senza foglie e l'erba secca che luccicava come un tappeto dorato infinito alla luce del sole. Non si era mai sentita così sola, nemmeno all'orfanotrofio. Laggiù, almeno, aveva l'amicizia della signorina Summer, ma lì...

Un forte rumore quando qualcuno sbatté la porta di casa la fece sobbalzare. Messa temporaneamente in pausa l'autocommiserazione, Lucy trangugiò la quarta e ultima tazza di tè e si alzò.

Quello di cui aveva bisogno era uscire da quella casa, per trovare un nuovo punto di vista, per vedere il problema da tutte le angolazioni e per ripensare a quello che già aveva pensato per la settantacinquesima volta.

∞ ∞ ∞

Lucy si diresse alla panchina di legno di fronte al rifugio degli animali e vi posò il posteriore.

Scrutò torvamente il cielo buio e turbolento. Nuvole grigie sembravano correre come se fossero in ritardo per un impegno fondamentale. Il sole stava facendo un pisolino pomeridiano da qualche parte fuori vista.

All'improvviso, il vento aumentò di intensità e le attaccò i capelli, e le forcine nere che reggevano lo chignon scivolarono via in segno di protesta. Lucy prese distrattamente le forcine nella mano e se le mise in tasca.

Il vento continuò a sfrecciare, correndo dentro e fuori dai suoi capelli lunghi. Una ciocca di capelli scuri si agitò al punto da colpirla nell'occhio.

Lucy si asciugò gli occhi umidi e tirò tristemente su col naso. La sua stessa chioma scura voleva percuoterla.

Dopo qualche momento trascorso a nuotare in una vasca di autocommiserazione, Lucy ebbe quella strana sensazione che si prova quando qualcuno ci osserva.

Si sfregò la nuca formicolante e mosse leggermente la testa.

Trovò Spooner, il maledetto uccello egiziano, che la guardava con malignità.

Ruotò lentamente la testa. La situazione non poteva certo peggiorare.

Dei fiocchi di neve si posarono strafottenti sul suo naso.

Era uno di quei giorni in cui la sorte decideva che un dato essere umano era un uccellino che bisognava buttare giù dal nido, ripetutamente, per verificare quanto tempo impiegassero le ali a sviluppare la loro funzionalità.

Lucy sapeva come affrontare situazioni del genere, avendone vissute in abbondanza. Decise di spostarsi. Di conseguenza, si alzò con prudenza, fortemente consapevole del malefico uccello, e con passi lenti e prudenti si diresse verso il rifugio degli animali.

Fece una pausa, chiedendosi dove andare dopo. La neve aveva cominciato a cadere in abbondanza e l'uccello aveva cominciato a saltellare da un piede all'altro con aria sempre più agitata.

Lucy guardò il rifugio degli animali, chiedendosi cosa fosse peggio: essere divorata viva dalla tigre del Bengala che potenzialmente risiedeva laggiù o congelarsi in mezzo alla neve ed essere poi beccata a morte da un grosso uccello bizzoso.

Decise che valeva la pena correre il rischio con la tigre. In qualche modo, quello le sembrava un modo meno doloroso di abbandonare l'esistenza terrena.

Le tigri erano grandi, con denti taglienti e mascelle prominenti. A una tigre sarebbe bastato un momento per trangugiarla. Lucy non avrebbe sofferto a lungo prima di morire, mentre se si fosse soffermata all'aperto ancora più a lungo, le sue membra sarebbero state intirizzite dal freddo.

Si sarebbe congelata come un ghiacciolo, incapace di muoversi, e il crudele uccello egiziano si sarebbe avvicinato con gioia e avrebbe cominciato a beccarle lentamente le dita dei piedi.

L'uccello avrebbe colpito i suoi poveri piedini con il suo becco affilato e, un po' alla volta, sarebbe risalito, lasciandosi alle spalle una scia di carne sanguinolenta, scorticata, bruciante.

Scuotendo rapidamente la testa per cancellare quell'immagine, Lucy entrò nel rifugio degli animali.

I suoi sensi vennero subito sopraffatti. Le pareva di essersi lasciata l'inverno alle spalle, aver saltato la primavera ed essersi ritrovata direttamente nell'estate.

L'aria era colma di muggiti, ragli, squittii e cinguettii.

Lucy impiegò qualche momento per abituarsi alla cacofonia. Dopodiché, si ritrovò attratta da alcune gigantesche gabbie piene di vegetazione.

Osservò con curiosità le strane piante all'interno delle gabbie e individuò diversi uccelli esotici dalle piume dai colori vivaci che svolazzavano avanti e indietro fra rami e foglie.

Si aggrappò alle sbarre e osservò per un po' i volatili. Un uccello in particolare, di un blu splendente e con la testa dall'aria addormentata, le scaldò il cuore.

Deliziata dalla scoperta, Lucy avanzò subito nelle profondità della vecchia aranciera, chiedendosi cos'altro avrebbe trovato.

Riusciva a sentire una fontana che gocciolava da qualche parte nella stanza. Cominciò a dirigersi verso la fonte dell'acqua, fermandosi ogni tanto a osservare l'ambiente circostante.

Intravide cesti misteriosi posti su scaffali alti e rimase a bocca aperta alla vista delle statue di divinità greche e romane che si ergevano immobili fra le piante poco familiari.

Più in là, alcuni maiali le borbottarono un saluto e il suo naso si arricciò nell'udire l'intenso odore animale che colmava l'aria.

Presto, Lucy si ritrovò ad allargarsi il colletto. Faceva caldo. Ma era anche bellissimo. Si pentì di non esserci venuta prima.

Passeggiò da una gabbia all'altra, fermandosi occasionalmente per imitare i versi degli animali. Cinguettò in risposta agli uccelli, gracchiò ai rospi e squittì assieme agli scoiattoli.

Gli animali saltellavano, cantavano e correvano come per salutare un ospite di riguardo. Lucy si sentiva speciale, come una regina della giungla a cui i parenti davano il benvenuto. Ogni volto peloso cui passava accanto sembrava sorridere e annuire. Persino gli uccelli parevano guardarla con una luce di felicità negli occhi.

Lucy sospirò contenta e una sensazione di pace invase la sua anima agitata.

L'ansia degli ultimi giorni svanì e alcune emozioni primitive cominciarono a risvegliarsi in lei. Era come se la sua anima avesse ricordato di non essere diversa dagli animali.

Anzi, la sua anima sosteneva di essere una creatura selvatica.

Gli animali bevevano, dormivano, giocavano e cantavano. Pasteggiavano a foglie, frutta e altre creature più piccole di loro... e lo stesso valeva per Lucy. Non apprezzava forse masticare un pollo succoso, un cuore di carciofo o un rametto di menta?

Non ci volle molto prima che lei non riuscisse più a ricordare cosa la distingueva dagli uccelli, dagli scoiattoli e dai rospi.

Era divenuta tutt'uno con gli animali.

La simbiosi era così completa che quando un grande serpente giallo le sibilò attraverso un foro in una scatola di legno, lei sibilò in risposta.

Era davvero un momento spirituale. Si sentiva quasi illuminata, a quel punto della sua giovane vita.

Presto raggiunse una gabbia dove uno splendido pavone se ne stava con le ali spiegate. Trovò il coraggio di avvicinarsi sempre di più alla gabbia, lo sguardo fisso sui colori brillanti delle ali che scintillavano come mille gioielli colorati. Infilò il naso attraverso le sbarre.

Il pavone partì all'attacco.

Lucy si ritrasse rapidamente e saltellò lontano dalla gabbia, stringendosi con la mano il nasino coraggioso.

Dopo quell'evento, il suo amore per la natura si smorzò leggermente. Decise che era meglio apprezzarla da lontano e non entrarne a far parte.

Con quei pensieri filosofici che le attraversavano la mente, Lucy si diresse verso il laghetto e trovò dei minuscoli pesci colorati che guizzavano da una parte all'altra.

Più avanti, Lucy trovò dei topolini bianchi e ancora più in là, delle palle di lana perlacea e vecchi vestiti infilati in sacchetti di carta marrone. Per poco non si allontanò prima che un miagolio sommesso la mettesse in allerta. La lana si rivelò essere dei gattini adorabili, come quelli che lei in passato aveva visto solo negli acquerelli.

Mentre i suoi sensi si abituavano al caos, Lucy cominciò a notare segni di degrado. Il vetro delle finestre era stato sostituito con assi di legno in alcuni punti – forse per risparmiare – una trave del soffitto era rotta, le statue erano ammaccate e sbiadite e gli scaffali e le foglie erano coperti da uno strato di sporcizia e polvere.

In fondo all'edificio, Lucy scoprì un pollaio. Sorrise alla vista di alcune grasse chiocce sedute in una fila ordinata.

Le chiocce la osservarono sospettose.

Chissà se avevano fatto le uova. Lucy fece il verso delle galline nella speranza che uno degli uccelli si alzasse e la lasciasse guardare.

Le chiocce continuarono a sedere imperterrite e il loro nervosismo crebbe.

Lucy ripeté il verso in tono più acuto. I cocciuti volatili, pensò infastidita, sembravano proteggere delle pietre preziose, a giudicare dal modo in cui erano appiccicati a terra e si rifiutavano di muoversi.

Un verso le si bloccò in gola quando la sua mente unì repentinamente i puntini.

E se il ladro avesse nascosto i gioielli sotto le galline? Le chiocce si trovavano proprio in fondo all'edificio ed erano nascoste alla vista. Nessuno entrava nel rifugio degli animali e Peter era così distratto che, se anche avesse visto i gioielli, se ne sarebbe dimenticato nel giro di un istante.

Lucy osservò meditabonda le galline. I gioielli erano sotto le loro pance? I polli stavano scaldando le uova assieme a pepite d'oro e collane di diamanti?

C'era un solo modo per scoprirlo.

"Su, su, su," fece lei.

Le galline inclinarono la testa a sinistra.

"Via, sciò, BU!" cercò di spaventarle lei.

Le galline inclinarono la testa a destra.

"Co-co, co-co-co," disse lei, cercando di parlare quella che sperava fosse la lingua delle galline.

I gallinacei starnazzarono minacciosamente.

Lucy indietreggiò di un passo e si grattò la testa. Aveva paura di avvicinarsi troppo agli uccelli, figurarsi rimuoverli dalle uova... Come faceva Peter a insegnare ai suoi animali a comportarsi bene?

Lucy aveva visto che gli bastava un comando per far sì che gli animali agissero in maniera incredibile. I cani sapevano rotolarsi sulla schiena e sedere tranquilli. Palmer mangiava con il cucchiaio ed era quasi umano nel suo comprendere il modo in cui gli parlava Peter. Persino Spinoza lasciava in pace il cappello di Lucy se era lui a ordinarglielo.

Ricordava di aver visto Palmer imitare Peter in soggiorno, una volta. Peter apriva un libro e lo chiudeva e il babbuino faceva lo stesso. Peter aveva battuto le mani e Palmer lo aveva imitato, anche se con un po' più di entusiasmo.

E se anche lei avesse mostrato alle galline quello che voleva che loro facessero? Avrebbero capito?

Tanto valeva provarci, pensò, andando a raccogliere alcune pietre lisce e posandole a terra. Sollevò il vestito, si accovacciò sopra le pietre e lanciò un'occhiata alle chiocce, chiedendosi se la stessero osservando.

Lo stavano facendo.

All'improvviso, Lucy balzò in piedi e saltò di lato, rivelando le pietre con fare trionfante.

Le galline rimasero sedute; anzi, ora avevano un'aria torva.

Lucy si acciglio e si accovacciò di nuovo sulle pietre. "Guardate qui, galline. Sono seduta sulle mie uova. Cluck, cluck, cluck, cluck, adesso le scaldo. Mmm, come sono belle calde. Ora alzo le gonne, salto di lato e voilà! Ecco le uova... Su, ora tocca a voi. Scendiamo, cluck cluck cluck... Adesso scaldiamo le uova, scaldiamo le uova," fischiettò una musichetta incoraggiante, "e poi saltate via e le uova sono scoperte!"

Un sussulto alle sue spalle la spinse immobilizzarsi mentre era accovacciata. Si voltò lentamente per trovare Elizabeth, Peter, lady Sedley, Ian e lord Adair che la fissavano a bocca aperta.

Lasciò ricadere le gonne.

"Siamo venuti a vedere i gattini," borbottò Peter. "Vi abbiamo... ehm... disturbata mentre... ehm..." Chiuse la bocca, incerto su come completare la frase.

Lucy si guardò attorno con gli occhi spalancati e decise di involarsi. Nulla poteva spiegare quello che aveva cercato di fare.

Oltrepassò rapidamente il gruppetto e sentì Elizabeth mormorare a lord Adair: "Ve l'avevo detto che la ragazza era matta. Deve essere lei l'assassina."

Capitolo 23

Una nomade nel deserto non si sarebbe lasciata scoraggiare, né avrebbe sparso lacrime in una terra asciutta. No, una vera nomade avrebbe continuato a vagare nel calore ardente con la sabbia arsa sotto i piedi ustionati, cercando e occasionalmente facendo a pezzi cactus per bere, scavalcando lucertole velenose, serpenti e altre creature disgustose.

Lucy era di nuovo quella nomade incallita. Non si sarebbe arresa. Nossignore, avrebbe attraversato la sabbia, sarebbe cotta sotto il sole ardente e avrebbe proseguito fino alla salvezza.

Di conseguenza, venti minuti dopo il fiasco dei polli, si riprese e si infilò nello studio del piano di sopra, la stessa stanza dove un tempo i gioielli erano nascosti nella cassaforte.

Lucy entrò nella stanza e si lanciò una breve occhiata attorno. Sembrava identica al solito. La grande scrivania era posata in un angolo con aria annoiata, i volumi rilegati in cuoio disposti lungo gli alti scaffali erano occupati a prendere polvere e il lungo divano verde sbirciava contemplativamente fuori dalla finestra.

Lucy avvizzì. Attorno a sé non vedeva altro che chilometri su chilometri di sabbia e nemmeno una goccia d'acqua.

Il problema era che non sapeva da dove cominciare. Fino a quel momento, tutti i suoi sforzi erano stati non solo inutili, ma anche disastrosi.

Una rivista che sporgeva parzialmente dallo scaffale attirò la sua attenzione.

Lucy andò a leggere lo scarabocchio nero sulla rilegatura. Il titolo era ***Critica anti-giacobina***. Lucy lo tirò fuori e dietro di esso individuò immediatamente il nascondiglio segreto.

Tirò fuori qualche altro libro per vedere meglio il nascondiglio. Era uno spazio vuoto scavato nella parete di pietra e nascosto dietro diversi tomi noiosi. Non avrebbe potuto nascondere granché: era lungo sì e no un metro e venti.

La cassaforte di metallo che avrebbe dovuto essere contenuta nel nascondiglio non c'era.

La cosa non la stupiva. Lord Adair doveva aver consigliato alla famiglia di spostare la cassaforte in un luogo più segreto.

Lucy infilò la mano nel nascondiglio e passò le dita sensibili lungo i lati, cercando un indizio sfuggito ad altri o un interruttore nascosto.

Mentre cercava, si chiese se nessuno avesse mai avuto bisogno di infilarsi in quello spazio così piccolo e, in tal caso, quanto avessero impiegato a raddrizzare le membra dopo essere tornati nel mondo.

Non le ci volle molto per giungere alla conclusione che quel dannato nascondiglio era completamente vuoto, senza la minima traccia di indizi o interruttori segreti.

Il suo labbro inferiore cominciò a tremolare e lei lo morse con forza per far sì che si comportasse bene.

Rimise i libri a posto con cura, assicurandosi che la ***Critica*** sporgesse esattamente come prima. Ciò fatto, raddrizzò le spalle come un sergente maggiore e andò a sedersi alla grande scrivania di lord Sedley – non quello vivo, ma quello morto, che al momento stava probabilmente cenando all'inferno.

Si acciglò quando di fronte agli occhi della sua mente comparve una visione del lord Sedley defunto seduto sulla sedia foderata di velluto rosso. Lo immaginò che saltellava, battendo le mani mentre cercava di uccidere zanzare e mosche. Di sicuro l'inferno doveva essere ricco di insetti, considerata la temperatura.

Lucy si ritrasse e si rotolò una penna d'oca fra i palmi. Una vaga idea cominciava a formarsi in fondo alla sua mente. Un'idea che non riguardava lord Sedley che inseguiva demoni femmina –

sempre che esistessero cose del genere – ma l'idea di appiccicarsi a Elizabeth per un po'.

Se Peter e lady Sedley erano innocenti, la sospettata principale diventava di diritto Elizabeth.

Avrebbe potuto essere stato Ian, ma concludere l'impresa con tale finezza andava oltre le sue capacità. Non che Lucy avesse fretta di cancellare quell'uomo detestabile dall'elenco, ma per il momento doveva concentrarsi sulla sorella.

La porta scricchiolò quando qualcuno la aprì e Lucy si infilò immediatamente sotto la scrivania.

Era come se Lucy avesse usato il potere della mente per attirare a sé la persona che doveva seguire, perché proprio in quel momento Elizabeth entrò in silenzio nella stanza.

Lucy si strinse nervosamente le gonne e sbirciò da dietro la scrivania di palissandro solido. Le gambe della scrivania, notò, erano meravigliosamente intagliate, ma impolverate. Mentre tratteneva uno starnuto, le sue pupille seguirono Elizabeth attraverso la stanza.

Elizabeth si recò ai libri.

Lucy, che poteva vedere soltanto la stretta schiena di Elizabeth avvolta nel raso nero, giunse alla conclusione che quelle spalle dure pendevano in maniera pensierosa, che le punte delle dita stavano tracciando in fretta i titoli dei libri e che la testa della donna era inclinata a un angolo che suggeriva che portasse un carico pesante nello chignon stretto.

All'improvviso, Elizabeth diede uno schiaffo alla libreria di legno, facendo sobbalzare Lucy e voltandosi con un verso di frustrazione. La donna si guardò distrattamente attorno e si immobilizzò alla vista del grande specchio veneziano appeso sopra il caminetto. Era come se la vista del suo riflesso l'avesse immobilizzata. Si avvicinò allo specchio.

Lucy guardò il riflesso di Elizabeth strizzare gli occhi e inclinare la testa. Pensò che era molto bella, come una scultura di ghiaccio intagliata alla perfezione avvolta nella seta nera e con la testa piena di densi capelli d'oro scuro.

Ma Elizabeth, sembrava, non apprezzava ciò che vedeva riflesso nello specchio, perché strinse ulteriormente gli occhi e abbassò gli angoli della bocca. Un dito andò sfregare una lentiggine che aveva osato comparirle sulla guancia. La lentiggine rimase al suo posto e, dopo un momento, Elizabeth ci rinunciò e lasciò ricadere la mano. Poi, raddrizzò le spalle, si lisciò i capelli e sorrise a se stessa.

Le labbra di Lucy si mossero assieme a quelle del riflesso.

Ora, l'oggetto dell'interesse di Elizabeth sembrava il proprio naso. Pareva che lei lo ritenesse troppo grande, perché trasse un respiro profondo, costringendolo a contrarsi. Tenendo le narici strette, mosse la testa da una parte all'altra, ispezionando il profilo.

Alla fine, sporse le labbra e mise il broncio.

All'apparenza soddisfatta da ciò che vide, Elizabeth rilassò il viso e se ne andò con passi rapidi ed efficienti.

Lucy emerse da dietro la scrivania e si recò alla porta. Sporse la testa e guardò su e giù per il corridoio.

Non c'era nessuno.

Compiaciuta, Lucy rimise dentro la testa e andò allo specchio ovale.

La ragazza che le restituì lo sguardo era completamente diversa da Elizabeth. I suoi capelli non erano lisci, ma raccolti in uno chignon disordinato. Lunghe ciocche ondulate galleggiavano attorno al suo viso a cuore, i grandi occhi marroni erano spaventati e le labbra erano troppo piene e ribelli.

Lucy trasse un respiro profondo e succhiò le narici come aveva visto fare a Elizabeth. Ma le sue narici non parvero congiungersi come quelle di Elizabeth.

Si impegnò di più, cercando di far sembrare più sottile il suo naso. Succhiò, mise il broncio e mosse la testa per vedere il profilo.

Non funzionò. Il suo naso era comunque sollevato e decisamente più grande rispetto a quello delicato di Elizabeth.

Lucy inalò bruscamente, infastidita dalla frivolezza che l'aveva distratta. Un po' di muco le sfuggì dalle narici e penzolò pericolosamente vicino al labbro superiore.

"Fazzoletto?"

Lucy strillò e si voltò sconvolta.

Una mano stava agitando nella sua direzione un fazzoletto bianco da un'estremità del sofà verde oliva rivolto verso la finestra.

Mortificata, Lucy si soffiò rapidamente il naso con il suo fazzoletto grigio e si avvicinò al divano.

Un lord Adair divertito era steso per tutta la lunghezza del mobile. In una mano reggeva un bicchiere di cristallo luccicante pieno di liquido color ambra, mentre un libro aperto era posato rovesciato sul suo petto.

La posizione dell'uomo lo aveva nascosto alla vista di Lucy, ma la stanza era palesemente riflessa nella finestra, rendendo chiaro che egli aveva osservato ogni suo movimento.

Lucy abbozzò una riverenza. "Non vi avevo visto, milord."

L'uomo sorrise e tornò a leggere il suo libro.

Lucy esitò, lo sguardo fisso sulla splendida sagoma che decorava il divano. Era da ore che non parlava con un essere umano…

"Cosa state leggendo?" chiese timidamente.

"Poesie di un poeta incompreso chiamato Philbert Woodbead," disse l'uomo, voltando una pagina.

"Non pensavo che amaste la poesia."

"E io, signorina Trotter, pensavo che ormai voi foste a galla nel fiume dell'autocommiserazione," disse l'uomo, senza distogliere lo sguardo dal libro.

"Beh, non è così," rispose energicamente Lucy. "Anzi, sono piuttosto allegra. Saltello come una cavalletta."

"Notevole," disse l'uomo, lasciando ricadere il libro sul petto muscoloso. "Ho dipanato tutti i misteri che questa villa potrebbe contenere, ma non ho idea del perché voi non stiate ripetutamente battendo la testa sul cuscino e non urliate come un'ossessa. Non mi sembrate matta…" Lasciò la frase in sospeso.

Glielo aveva chiesto, ma ora la stava guardando in maniera diversa, non in modo condiscendente o paternalista, ma come se volesse davvero saperlo.

E dato che lei non aveva di meglio da fare, decise di dirglielo.

"Chiudete gli occhi," disse mentre girava attorno al divano per mettersi di fronte a lui.

L'uomo obbedì immediatamente.

Il sole stava calando e la luce rossa filtrava attraverso il varco fra le tende per cadere sul volto pacifico del marchese. Questi aveva le mani giunte sul ventre e le caviglie incrociate.

"Immaginate che il mondo sia buio e che le stelle brillino nel cielo," mormorò lei. Una parte di lei era perplessa da tutta quella pacata obbedienza.

L'uomo annuì leggermente, con gli occhi ancora chiusi.

"Nel cielo notturno," disse Lucy con voce tremolante, "ci sono tre stelle in fila. Quelle stelle sono il motivo per cui io non piango, milord."

L'uomo spalancò gli occhi e il suo volto si tinse di comprensione.

Lucy continuò a parlare, forse perché era più facile condividere le parti più profonde della sua anima con uno sconosciuto. "Sono i miei genitori e il fratello che non ho mai avuto. Le stelle, intendo. La signorina Summer, quando ero piccola, mi ha detto che i miei genitori erano morti e sono diventati stelle. Mi disse che ero stata fortunata... perché da quel momento in poi, loro avrebbero gettato su di me la loro luce brillante. Una luce che mi avrebbe tenuta al sicuro da demoni e mostri, che avrebbe scacciato i miei incubi e non avrebbe lasciato che mi accadesse nulla di male."

"Voi le avete creduto?"

"All'inizio no, ma nel corso degli anni, le ragazze dell'orfanotrofio sono morte come mosche di malattia, stenti o disperazione. L'oscurità mi ha evitata. Sono rimasta sana di mente e di corpo e ho imparato ad avere fede. Fede in quelle stelle e nell'idea che loro mi proteggono e mi proteggeranno per sempre."

L'uomo mascherò la sua espressione, le palpebre che calavano a schermargli gli occhi scuri.

"Andrà tutto bene," disse Lucy con voce flebile.

"Farò in modo che sia così," rispose gentilmente lui.

Lucy lo guardò e, per la prima volta in vita sua, un minuscolo seme di speranza per un uomo si fece strada nel suo cuore e mise radici profonde.

In seguito, lord Adair la ignorò e riprese il libro, che ricominciò a leggere.

Capitolo 24

"Farò in modo che sia così." Lucy scimmiottò con una smorfia le parole di lord Adair. Alla luce del giorno, suonavano vuote.

Semplici frasi di circostanza.

E poi, come diamine si supponeva che lord Adair la aiutasse se trascorreva il tempo leggendo poesie, in piedi su una gamba sola... e lei l'aveva persino sorpreso a ballare con la cuoca. Non aveva idea di come gli fosse venuto in mente di corteggiare il personale della cucina.

Quello che sapeva per certo era che quell'uomo era un pazzoide inaffidabile.

E quello era il motivo per cui lei aveva ripreso nuovamente il controllo del suo destino e aveva deciso di attraversare furtiva il piano ed entrare nelle stanze di Elizabeth per cercare i gioielli.

L'ingresso andò bene. Lucy entrò nella stanza senza essere sorpresa.

Era una stanza abbastanza grande.

Le pareti erano tappezzate di blu, con disegni di diversi fiorellini bianchi; i cuscini di letto e divano erano color zaffiro, mentre il tappeto era di una specie di grigio azzurro spento.

Era un colore attraente per un tappeto. Per quanto riguardava il soffitto, esso era azzurro chiaro, a imitare un cielo senza nuvole.

Insomma, tutto era blu.

E tutto si abbinava molto bene con i pensieri tristi di Lucy.[2] Compiaciuta, lei entrò nella stanza come un chiavistello bene oliato.

La stanza era priva di occupanti viventi.

Lucy si inoltrò.

All'improvviso, il suo cuore spiccò un balzo per la paura.

La stanza era priva di occupanti viventi, ma per quanto riguardava i morti?

Il motivo del suo sospetto era l'altra porta di legno alla sua destra, che aveva un varco sul fondo attraverso cui filtrava una nebbiolina.

La nebbia era zia Sedley?

Lucy aprì la bocca per chiederlo, ma la richiuse. E se non era zia Sedley? Se era un altro fantasma?

In quel momento, lei si rese conto di qualcosa di molto importante... I fantasmi erano come dei cani.

Lucy approfondì il pensiero. Conoscendo il cane non si aveva paura, ma con un cane sconosciuto era meglio essere prudenti. Fu per quello che lei decise di essere prudente nei confronti di quella nuova nebbia spettrale.

Un altro pensiero spaventoso le urtò le costole quando l'odore di carta bruciata raggiunse il suo naso.

E se non fosse stato un fantasma – il suo cuore accelerò ancora – ma fumo quello che proveniva da dietro la porta chiusa?

"Al fuoco!" esclamò energicamente Lucy.

In situazioni critiche come quella, era capitato che dei grandi uomini esitassero, ma non Lucy. No, lei era orgogliosa della fermezza della sua mano e della lucidità della sua mente.

Lucy osservò con rapidità i contenuti della stanza e individuò la caraffa vicino alla finestra, piena di acqua gelida.

Inclinò il corpo a un angolo di sessanta gradi e si scagliò attraverso la stanza.

Atterrò sana e salva e afferrò la caraffa con mano ferma e coraggiosa.

Un respiro profondo dopo, Lucy volò nuovamente verso l'armadio, spalancò la porta e scagliò l'acqua al suo interno.

Quando la nebbia, spaventata, svanì alla vista, Lucy vide qualcosa di ancora più spaventoso...

Una Elizabeth gocciolante era seduta su uno sgabello di velluto rosso vicino al mobile da toeletta, con un libro zuppo in mano e un sigaro penzolante nell'altro.

"Stavate fumando," balbettò inorridita Lucy. "Pensavo... Il fuoco... Arrivederci."

∞ ∞ ∞

Lucy doveva ammettere che l'ultimo incidente l'aveva scossa parecchio. Ogni singola ciocca dei capelli sulla sua testa fremeva al pensiero di Elizabeth fradicia e con gli occhi rossi.

Era destino. A un certo punto, la speranza nel cuore di Lucy avrebbe dovuto rimettere la testa nel guscio come una tartaruga spaventata. Di conseguenza, lei si aggirò furtiva nella villa per il resto della giornata, evitando qualunque contatto umano.

Ma la notte era un'altra questione. La casa dormiva, le sue stelle incoraggianti brillavano e la luna grassa pendeva dal cielo.

Il problema era che c'era buio e, sfortunatamente, Lucy non era un gufo, una lucciola o un pipistrello mangiatore di frutta. Aveva bisogno di una candela se voleva proseguire la caccia ai gioielli.

Succhiò nervosamente la lingua asciutta. Non le dispiaceva accendere una candela e lasciarla su un tavolo, lontano dalla propria combustibile persona, ma tenerne una in mano per un lungo periodo di tempo? La sua mano cominciò a tremare. E se fosse inciampata e la candela le fosse scivolata dalle dita, fosse rotolata e avesse raggiunto le tende, il tutto prima che lei potesse rialzarsi?

Avrebbe corso il rischio di dare fuoco alla casa.

Non voleva che lord Adair finisse incenerito semplicemente perché lei era inciampata. Era troppo bello. Sarebbe stata pura ingiustizia se un uomo come lui avesse lasciato quel mondo senza prima produrre dei bei bambini.

Ma Lucy non poteva certo brancolare nel buio, nella speranza che le sue piccole zampe atterrassero su un sacchetto di gioielli.

I carlini abbaiavano per attirare l'attenzione. Nonostante i guai in cui l'avevano fatta finire con lady Sedley, ancora una volta lei li aveva fatti salire per un po' di coccole. Erano irresistibili.

"Credete che riuscirò a reggere una candela per una notte? Magari due?"

I cani le leccarono il viso.

Lei fece una smorfia. "La vostra fiducia mi commuove."

Un'altra leccata la fece ridacchiare.

"Bleah, che puzza. D'accordo, correrò il rischio. Immergerò i piedi nell'acqua fredda, mi lancerò incontro al nemico e lo ucciderò. Sopravviverò alla candela," promise ai cani.

"Avete paura di una candela?" chiese zia Sedley, entrando nella stanza.

La stanza si raffreddò immediatamente. I cuscini cominciarono a gonfiarsi e sgonfiarsi, mentre la trapunta corse per tutto il letto.

I cuccioli si nascosero sotto le gonne di Lucy. Lei accarezzò loro la testa per consolarli. "Avete i capelli sciolti," osservò.

"Il signor Brown li preferisce così," rispose pudicamente zia Sedley.

"Ah."

"Io brillo al buio," disse zia Sedley un momento dopo. Galleggiava sulla schiena, le mani che si muovevano come se stesse nuotando a mezz'aria.

"Mmm," rispose Lucy. Si staccò dai carlini, che si erano aggrappati alle sue gonne con i denti, e andò a cercare l'acciarino.

"Potrei farvi luce. Non avreste bisogno di una candela."

Lucy voltò di scatto la testa nella direzione dello spirito, rischiando di lesionarsi i muscoli del collo. "Lo fareste davvero?"

"Lo farei, ma non posso. Sono diretta a una festa con il signor Brown."

Lucy tornò alla ricerca dell'acciarino. "Cosa si festeggia?"

"Sua sorella è appena morta. È il suo funerale."

"Oh, mi dispiace tanto."

"Non dispiacetevi. È un'occasione lieta. Il signor Brown è molto affezionato a sua sorella e ora la riavrà nella sua… morte."

"Nella sua morte?"

"Stavo per dire 'vita,' ma ho cambiato perché…" Zia Sedley

lasciò la frase in sospeso.

Lucy si schiarì la voce. "Sì, beh… Congratulazioni."

"Grazie."

"E quell'acconciatura vi dona molto."

Il fantasma sorrise imbarazzato.

Lucy proseguì: "Non ho nulla di importante da riferire."

"Eh?"

"Riguardo all'omicidio."

"Oh, sì… Beh, potrete raccontarmi tutto quando tornerò," disse distrattamente zia Sedley. Il suo corpo aveva già cominciato a svanire.

"Arrivederci," disse Lucy, facendo una riverenza.

Zia Sedley agitò le dita in risposta. La sua voce riecheggiò nella stanza: "Tornerò. La prossima volta, prometto che cercherò di aiutarvi, signorina Trotter. Sarò la vostra lucciola… lucciola… lucciola…"

"Come no," borbottò Lucy ai cuccioli. "Spettraccio pigro che–"

"Ho sentito," ringhiò la voce lontana di zia Sedley.

"Chiedo scusa," gridò in risposta Lucy.

Il battere di una pendola fu l'unica risposta che ricevette.

Verso le due di notte, l'orecchio in parte spaventato e in parte speranzoso di Lucy emerse dalla sua stanza e si fece strada attraverso la villa. La candela tremolava periodicamente nella sua presa e la cera calda le gocciolava sul dorso della mano, facendola sussultare e costringendola a soffocare un gridolino.

Il suo orecchio si appiccicò a diverse porte lungo la strada per la stanza di Elizabeth, cercando di udire qualcosa.

Il suo orecchio rimase deluso fino a quando non si attaccò alla porta di quercia lucida di lady Sedley.

Un suono vaghissimo, un trascinare di piedi… Qualcuno stava parlando?

Lucy avvicinò i piedi nervosi alla porta, l'orecchio ora

completamente appiattito contro il legno.

Qualcuno stava effettivamente parlando. Se solo lei fosse riuscita a udire le parole... Avvicinandosi ancora un po', sollevò le mani a circondare l'orecchio.

Qualcuno aveva forse detto "istitutrice?"

Il suo corpo si inclinò e si appoggiò pesantemente alla porta; la porta che apparteneva alla stanza di lady Sedley, che non era chiusa a chiave, che anche volendo non avrebbe potuto reggere il peso di un corpo umano.

Era destino che accadesse e nulla al mondo avrebbe potuto evitarlo. Non la fisica, non la luce magica delle stelle, nemmeno una rapida acrobazia avrebbe potuto evitare che Lucy cadesse nella stanza, in quel punto.

Da sotto le lenzuola maliziose, il valletto e lady Sedley guardarono con disgusto la sua forma riversa.

Lucy si alzò frettolosamente e si spolverò la gonna. "Dove sono?" chiese dopo un breve momento di tensione.

Lady Sedley ringhiò minacciosamente.

"Perdindirindina." Lucy sbatté le ciglia all'indirizzo della coppia nel letto. "Sono nella vostra stanza... Ma come? Non so cosa sia successo. Stavo dormendo nel mio letto... Mi avete portata voi qui?"

Il valletto inarcò un sopracciglio incredulo.

Lucy spalancò gli occhi. "Se non siete stati voi, allora... Oh, devo aver camminato nel sonno. Mi capita spesso di... passeggiare di notte. È una specie di malattia, che si manifesta soprattutto nelle notti senza luna."

"Se quello che dite è vero," sbuffò lady Sedley, "io sono un'anatra che fa la muta."

"Quack quack?" si informò Lucy.

Lady Sedley strinse gli occhi. "Se dovessi scoprirvi di nuovo che vi aggirate per il piano superiore, che vagate nella notte o che origliate, voi, signorina Lucy Anne Trotter, dormirete nelle scuderie."

Lucy si diede silenziosamente alla fuga.

∞ ∞ ∞

Verrebbe da pensare che, dopo così tante brusche interferenze e fini tragiche per piani complessi, Lucy si sarebbe resa. Chiunque lo avrebbe fatto e chiunque avrebbe dovuto farlo per ossequio alla sicurezza e alla salute altrui, ma bisogna considerare la posizione di Lucy.

Era sospettata di omicidio. Era sola, senza nemmeno un'anima dalla sua parte. Aveva tempo limitato a disposizione per dimostrare la propria innocenza e salvare il proprio bel collo snello e gli ammirevoli lobi delle sue orecchie.

Quei lobi meditavano di vivere.

In fondo, essere colta sul fatto nell'atto di spiare, inzuppare un altro essere umano con acqua gelida o giocare con le galline era peggio del furto o dell'omicidio? Era già stata accusata del peggio e quei piccoli inconvenienti per i quali ricadeva per errore nelle stanze altrui non erano importanti.

A essere importante era far sì che il suo cuore continuasse a battere, i suoi polmoni a funzionare e il fegato e i reni a fare quello che si supponeva facessero. Lucy non poteva smettere di cercare indizi.

Sarebbe stato sciocco.

Avrebbe continuato a provare fino a quando non avesse trovato i gioielli e l'assassino, sempre di non finire prima in manicomio.

Sentendosi meglio dopo quella breve discussione avvenuta nella sua testa, Lucy si diresse verso lo studio del piano di sopra. Voleva provare a ricostruire l'azione con la quale un ladro aveva rubato i gioielli.

Forse il ladro aveva lasciato degli indizi che altri non avevano notato vicino alla scena del crimine.

C'era un detto che recitava: di fronte alla mala sorte, diventa un riccio. Ritirati nel tuo guscio spinoso e non uscirne fino a quando la disgrazia non se ne sarà andata assieme alla luna.

E se anche quel detto non esisteva, avrebbe dovuto esistere, perché se fosse stato pronunciato, lei lo avrebbe sentito e se lo avesse sentito, non avrebbe tentato la sorte.

Lucy aprì la porta della biblioteca e la sfortuna maledetta la guardò come una mosca che si sfregava allegramente le zampette sopra un cesto di frutta troppo matura.

Ian era seduto alla scrivania, intento a fare del proprio meglio per finire le bottiglie di vino e whisky del defunto padre.

La guardò con lascivia. "Siete venuta a tenermi compagnia, eh?"

"Signor Sedley. Mi dispiace. Non volevo disturbarvi," disse Lucy, indietreggiando lentamente.

Per essere ubriaco fradicio, Ian si mosse davvero in fretta. Le fu accanto in un lampo. "Nessun disturbo. È una gioia vedervi entrare qui in una serata così fredda. Una formica venuta alla ricerca di briciole della cena… dove la cena sono io."

"Non ho fame," protestò Lucy, mentre i suoi piedi si muovevano all'indietro con immensa lentezza.

"Fate un assaggio. Vi scoprirete affamatissima," disse l'uomo, afferrandola per la vita.

Lucy guardò il suo mento peloso, i denti gialli e il naso acuminato con orrore.

Prese bruscamente fiato e ne ricavò un'esplosione di fumi di whisky inacidito che usciva dalla bocca di Ian. Imprecò e si contorse nella presa dell'uomo.

Lui fece un sorrisetto.

Lucy gli afferrò i capelli e cercò di tirarli con tutta la sua forza. I capelli dell'uomo erano più untuosi del solito. Le ciocche oleose le scivolarono fra le dita.

Lucy ebbe un pensiero spaventoso. Stava per essere rovinata per sempre.

"Vi avevo detto che sarei tornata ad aiutarvi," osservò infastidito il fantasma di zia Sedley.

La temperatura precipitò immediatamente e la stanza raggelò all'arrivo dello spirito. I cuscini ebbe un sussulto di nervosismo e le tende fremettero.

Zia Sedley incrociò le braccia e guardò accigliata Lucy. "Dovete imparare a fidarvi delle persone. Avete ferito i miei sentimenti, e non osate menzionare la mia mancanza di cuore o il fatto che ho parlato di persone e non di spiriti o... Vedo che il tempo scarseggia. Ian sta diventando vivace, eh? Attenta a quel dito! Ora, ecco quello che dovete fare..."

Un po' di tempo dopo, Elizabeth, lord Adair e un Peter assonnato entrarono di corsa nella biblioteca.

"Cos'è successo? Ho sentito gridare," disse Elizabeth, fissando Lucy.

Lucy si alzò torcendosi le mani. I capelli le ricadevano sciolti sulle spalle, parte della manica era stata strappata e un bottone penzolava da un singolo filo appeso il corpino.

"È stato uno degli animali? Sembrava il mio maiale, il signor Bacon," disse preoccupato Peter.

Lucy si morse il labbro. "Ho dovuto farlo. Non voleva lasciarmi andare. Voleva che lo mordicchiassi e, onestamente, aveva un odore così disgustoso che non lo sopportavo più–"

"Buon Dio, ha ucciso mio fratello," strillò Elizabeth, fissando il terreno alle spalle di Lucy.

Lord Adair andò a toccare Ian con la punta dello stivale.

Ian gemette.

"È vivo, solo intontito," osservò lord Adair. Si chinò e ispezionò più attentamente il danno. Fischiò in segno di apprezzamento. "Avete fatto un ottimo lavoro con la corda. L'avete legato per bene."

Lucy si raddrizzò compiaciuta.

"Dove avete preso la corda?" chiese Elizabeth, le narici che si dilatavano in segno di disapprovazione.

"Ne porto sempre una con me," rispose con modestia Lucy.

"È stato trafitto con quelle che sembrano forcine per capelli," disse lord Adair. "Doloroso, ma non letale. Dubito che oserà più maltrattare una donna."

"Non lo farà," disse Lucy con una strana luce negli occhi.

"Ha la maniglia di una porta infilata nel–" Lord Adair strinse le labbra.

"Sì, beh, io non ne so niente," disse Lucy, ostentando innocente.

Zia Sedley emise una risatina spettrale.

"E un pezzo di gesso nella narice sinistra," proseguì lord Adair dopo una pausa imbarazzata.

Questa volta, Lucy finse di non sentire.

Zia Sedley le diede una pacca sulla schiena per complimentarsi per il lavoro ben fatto. La mano trasparente si limitò a passarle fra le costole un paio di volte, ma Lucy comprese l'intenzione e la apprezzò per quello che era.

Lord Adair slegò Ian, rimosse il gessetto e lasciò la maniglia.

"Io vado a letto," esclamò Elizabeth.

Lord Adair le lanciò un'occhiata senza muovere la testa.

Elizabeth rilassò immediatamente il volto e parlò con voce flebile, quasi tremolante. "Sono stanca, lord Adair, e dovete esserlo anche voi. Non preoccupatevi per Ian. Può pensare Peter a prendersi cura di lui."

Peter sbadigliò, si tolse una delle vestaglie – per qualche bizzarro motivo, ne indossava due – e la lanciò sul petto ubriaco di Ian. Poi prese un libro e lo ficcò sotto la testa di Ian.

Dopodiché, tutti fissarono per un momento Ian sul pavimento e poi, con un soddisfatto cenno del capo, se ne andarono a letto.

Capitolo 25

"**S**ignorina Trotter," disse lord Adair, intercettando Lucy sulla strada per le stanze della servitù.

Lei si fermò e sollevò il mento con fare ribelle.

"Lasciate le indagini a me."

Lucy sferrò un calcio a un piccolo tavolino decorato appoggiato alla parete. "Mi chiedo perché lady Sedley conservi un mobile così brutto."

"Non provate a distrarmi con queste corbellerie."

"No, sul serio, perché lo conserva? Guardatelo. Non ho mai visto un oggetto più orrendo in tutta la mia vita."

"Signorina Trotter–"

"È coperto di cuoio rosa–"

"È marrone, ma che–"

"No, guardate bene. Il marrone è la sporcizia accumulata negli anni. Il colore originale è il rosa. L'altro giorno ho rovesciato per sbaglio del tè e guardate… qui si riesce a intravedere il color carne."

L'uomo rabbrividì e distolse lo sguardo. "Deve essere stato restaurato. Avrà cent'anni–"

"Bleah! Perché diavolo quella donna conserva cose tanto vecchie?"

"È un pezzo di antiquariato–"

"Il mio vestito ha dieci anni. È antico?"

"No. Ma è molto brutto."

"Chi decide cosa è antiquariato e cosa non lo è?"

"Gli oggetti vecchi hanno una storia da raccontare oppure un valore nostalgico–”

“Chi decide quale storia è importante e quale non lo è? Se il mio vestito potesse parlare, vi racconterebbe tante di quelle storie–”

“Signorina Trotter.”

“Sì?” chiese timidamente Lucy.

“Comportatevi bene.”

Lei diede un calcio al tavolo.

“Smettetela. Vi ho detto che ha cent’anni. È fragile. E poi, le giovani donne non dovrebbero girare prendendo a calci le cose. Non si fa.”

“Non si fa? Siete voi quello che suona come un pezzo di antiquariato.” Lucy gli lanciò un’occhiata di sottecchi e ancora una volta diede un calcio al tavolo.

Lord Adair contrasse le labbra in segno di disapprovazione.

“Mi dispiace,” disse lei, sentendosi in colpa. “Non so perché l’ho fatto. È quasi come se un diavoletto invisibile mi avesse afferrato il piede e lo avesse lanciato contro il tavolo.”

“Lo vedo.”

“Davvero?” chiese Lucy in tono sbalordito. “Non capisco come, perché io che l’ho detto non vedo quello che ho detto. Come potete vederlo voi? Lasciate che mi spieghi più chiaramente–”

“Lasciate le indagini a me,” la interruppe l’uomo.

“Lo avete già detto,” disse Lucy ai propri piedi.

“Guardatemi,” ordinò il marchese.

Lei sollevò lentamente il mento, incrociò gli occhi e tirò fuori la lingua.

“Sto perdendo la pazienza,” mormorò l’uomo, “e questo, mia cara, capita di rado.”

La presenza del fantasma di zia Sedley, di solito, risucchiava tutto il calore da una stanza, ma lord Adair sembrava sortire l’effetto opposto.

Lucy cominciava a sentirsi febbrile e il tono di ammonizione dell’uomo aveva alzato ulteriormente la temperatura di qualche grado.

Il corridoio sembrava più stretto, il soffitto più basso e l’aria attorno a loro tesa come corde di violino ben strette.

Ogni pensiero di combinarne una delle sue le volò via dalla mente.

"Voi siete uno di loro," disse lei, accennando con il capo alle stanze di sopra.

"Signorina Trotter, ammetto che è stato divertente guardarvi saltellare senza uno scopo–"

Lucy soffocò uno sbadiglio e lasciò che le parole le scivolassero addosso. Lord Adair aveva una voce piacevolmente profonda e scura. Lei avrebbe potuto ascoltarlo per sempre mentre diceva questo e quello, questo e quello, e a volte quello e questo...

L'uomo avvicinò la candela a sé e la soffusa luce gialla ebbe un effetto particolarmente lusinghiero. Le sue labbra si muovevano e i capelli brillavano. I muscoli del collo erano tesi e il suo profumo di legno avvolse i sensi di Lucy.

Lord Adair continuò a parlare con trasporto. "Avete saltellato in giro travestita da vegetazione. Vi hanno sorpresa nascosta sotto il letto di lady Sedley e mentre vi aggiravate di notte della villa, avete percosso il signor Sedley e poi lo avete legato–"

Lucy inclinò la testa e si accigliò. L'uomo aveva un naso, due occhi e un paio di labbra, e tuttavia, ciascuno di quei tratti era molto appetitoso in lord Adair e completamente ordinario nelle altre persone.

"Lo avete punzecchiato con le forcine, avete fatto il diavolo solo sa cosa con le chiocce–"

Lucy sospirò. Che spreco... Lord Adair avrebbe dovuto sposarsi e generare degli splendidi figli. Era suo dovere farlo...

"Per cui, da questo momento in poi, lasciate a me le indagini. La scommessa è annullata. Voi vi state scavando una fossa sempre più profonda. Diventerà impossibile per me–"

Costolette d'agnello bruciate: ecco che cos'era un uomo qualunque rispetto a lui. Mentre lord Adair era un banchetto a base di zucchero filato, purea di rape, pudding di mandorle, vitello tenero, olive saporite, fesa arrosto con verdura, fricassea di piedi di vitello, tacchino in salsa di castagne...

"Spero che capiate, signorina Trotter, quanto è pericoloso–"

L'uomo indossava di nuovo una vestaglia. Una lunga vestaglia di seta nera che frusciava in maniera sensuale tutte le volte che lui muoveva la mano per sottolineare un concetto. Lo faceva sembrare più entusiasmante, eccitante e magnifico...

Un pensiero improvviso colpì Lucy. Esso oltrepassò la sua passionale esplorazione del bell'aspetto di lord Adair e suonò come una campana stonata per attirare la sua attenzione.

Perché, suonò la campana stonata, Elizabeth si era presentata vestita a quell'ora? Tutti gli altri erano arrivati in vestaglia.

"Mi state ascoltando, signorina Trotter? Signorina Trotter?" chiese lord Adair, agitandola per un braccio.

Lucy esitò. "Sì, quello che dite è vero." Aveva detto la prima cosa che le era venuta in mente.

"Davvero?"

"Sì," annuì Lucy con più sicurezza.

"Che cosa è vero?"

"Non avrei dovuto legarlo."

Lord Adair chiuse gli occhi e, prima che Lucy potesse perdersi nuovamente nell'ammirazione delle sue ciglia, li riaprì. "Andate a letto, signorina Trotter. Riprenderemo la conversazione domani."

Lucy riverì e si allontanò con un'ultima occhiata vogliosa alle narici del marchese.

"Bagascia," osservò zia Sedley, seguendola ondeggiando su e giù.

Capitolo 26

"Che stupida," borbottò Rose, l'aiutante della cuoca.

Lucy la ignorò.

"'Un la sopporto proprio," ringhiò Rose, guardando Lucy di sbieco. "Ladra, ammazzasette, e se crede pure furba."

Lucy sorseggiò rumorosamente il tè.

Rose attaccò l'impasto con un mattarello. "Ahò, ciuccia n'artra volta e te mordo er naso."

Lucy decifrò la minaccia abbastanza chiaramente da lasciare frettolosamente la cucina calda.

Le sembrava che il suo cuore avesse abbandonato la propria comoda casa nella gabbia toracica per scendere fino alle dita dei piedi. In altre parole, Lucy era abbattuta e non dell'umore di duellare verbalmente con lady Sedley, che ormai doveva aver trovato Ian addormentato sul pavimento della biblioteca con tanto di ferite di guerra.

Dopo essersi avvolta due scialli attorno alle spalle disperatamente infelici e aver coperto il robusto chignon appeso alla nuca con una sciarpa di lana marrone, Lucy fuggì all'esterno e si diresse verso la sua panchina preferita.

La notte prima aveva nevicato di nuovo, ma lei non riuscì ad apprezzare il paesaggio bianco che luccicava sotto il sole come un reame incantato.

Le guance le facevano male per il freddo, gli occhi e il naso le si stavano inumidendo e il suo cuore stava cercando di svicolare fuori dalle unghie dei piedi.

Cuore che le balzò via passando per l'alluce sinistro quando vide Spooner che le bloccava la strada.

La gru egiziana sembrava impegnata a lottare con un vecchio maglione scarlatto legato al suo collo. L'uccello dalle lunghe zampe, che pesava meno di cinque chili e sfoggiava un'apertura alare notevole, si soffermò nell'atto di beccare l'indumento incriminato quando il piede di Lucy scricchiolò in un mucchio di neve fresca.

I muscoli del lungo collo di Spooner si mossero e il volatile inclinò la testa per lanciare un'occhiata fredda a Lucy con la coda dell'occhio.

Lei osservò insospettita l'uccello.

Nei momenti a seguire, si fissarono a vicenda. Il vento scosse con urgenza le foglie, il sole brillò ansiosamente e la neve si sciolse sotto i piedi umani e volatili.

Le ciglia di Lucy cominciarono a fremere, ma prima che lei potesse sbattere le palpebre, Spooner ruppe il contatto di sguardi e spalancò le ali tarpate, sporse il petto e fece un passo in avanti.

Il cuore di Lucy rientrò attraverso l'alluce, risalì di corsa le gambe e ritrovò la sua dimora nella gabbia toracica, dove cominciò a martellare con tutta la sua forza.

Spooner sbatté le ali e lanciò un verso simile al suono di una trombetta, facendo sì che Lucy spiccasse un balzo nell'aria, girasse sui tacchi e corresse come se avesse il diavolo alle calcagna.

"Signorina Trotter," esclamò lord Adair.

"Uccellaccio della malora," gridò in risposta Lucy.

"Mi avete appena dato dell'uccellaccio?" chiese sconvolto lord Adair.

Lucy non aveva più fiato per spiegare. Era troppo impegnata a provare a sfuggire alla gru egiziana.

"Signorina Trotter, fermatevi immediatamente," ordinò lord Adair mentre la inseguiva.

"Dietro di voi," ansimò Lucy.

Seguì qualche istante di breve silenzio, dopo i quali lord Adair cominciò a correre più in fretta di Lucy e presto la superò.

Lucy guardò gelosamente le lunghe gambe che divoravano il

terreno.

"È proprio un uccellaccio della malora," ringhiò l'uomo mentre le faceva cenno di seguirlo.

Lucy lo fece, perché non aveva altri piani che continuare a correre senza meta fino a quando o lei o il volatile non si sarebbero arresi.

Lord Adair abbandonò il sentiero principale per superare con un balzo un cespuglio spoglio e scattare verso una macchia di alberi.

Lucy si chiese se la stesse portando verso le scuderie tagliando per il giardino.

L'uomo virò verso sinistra, si infilò sotto un ramo basso e, dopo aver lanciato un'occhiata impaziente, riprese la corsa.

Lei si acciglio, gli stivali che affondavano nel fango bagnato e nella neve. Le scuderie erano a destra. Dov'era diretto lord Adair?

Il rumore di ali che sbattevano zittì ogni pensiero e lei accelerò, lo sguardo fisso sulla giacca di lana blu che scaldava le ammirevoli spalle di lord Adair.

Più in là, un altro gruppo di alberi alti e frondosi erano stretti gli uni agli altri. L'uomo le fece strada attraverso il capannello vegetale e lei si stupì nel trovare un grande edificio nascosto dietro gli alberi.

Ebbe per un attimo l'impressione di una struttura squadrata coperta di edera prima di correre dentro e che lord Adair chiudesse la porta sbattendola.

Entrambi si lasciarono cadere per il sollievo contro la porta. Per il momento, erano al sicuro da Spooner.

Quando Lucy prese finalmente fiato, si guardò attorno sconvolta. Viveva a Rudhall da più di tre mesi e non aveva mai saputo dell'esistenza di quel luogo. Come aveva fatto lord Adair a scoprirlo?

Il pesante drappeggio di edera all'esterno e gli alberi che facevano la guardia all'edificio bloccavano la maggior parte della luce del sole. Sembrava un'aranciera abbandonata, o forse una serra.

Del legno aveva sostituito parti che avrebbero dovuto essere di vetro e raggi di luce penetravano fra le assi per illuminare vasi rotti, piante bizzarre e colonne splendidamente intagliate.

Il piede di Lucy toccò qualcosa per terra e lei quasi gridò alla vista del volto immobile che la stava fissando. La statua di un uomo dal volto incantevole e le mani danneggiate.

I suoi occhi si abituarono alla luce soffusa e lei notò uno strano bagliore dorato provenire dal centro dell'aranciera.

Anche lord Adair sembrava essersene accorto, perché si portò un dito alle labbra e condusse silenziosamente Lucy verso la luce.

Si avvicinarono lentamente e trovarono due sedie di ferro vuote disposte attorno a un tavolo scuro e decorato.

Ma furono la lampada accesa e il sigaro brillante che giaceva abbandonato in un portacenere, il fumo che ancora risaliva a ricciolo e svaniva nell'aria umida, a far sì che Lucy soffocasse un gemito.

Lord Adair diede un'occhiata al sigaro acceso e la trascinò dietro una statua di Dioniso.

Lucy annuì per mostrare che aveva capito prima che lui potesse gesticolare per dirle di tacere. Qualcuno stava usando quel posto come nascondiglio o luogo d'incontro segreto e quel qualcuno poteva essere ancora nei paraggi.

L'uomo sorrise compiaciuto prima di riportare l'attenzione sul tavolo.

La prontezza di spirito di lord Adair andò a loro favore. Chiunque avesse fumato il sigaro tornò nel momento in cui Lucy nascose la testa.

"Digby," chiamò una familiare voce roca.

"Non chiamarmi così," scattò il valletto.

"Beh, Richard, in tal caso avresti dovuto sceglierti un nome migliore," rispose Elizabeth in tono ugualmente infastidito.

Le sopracciglia di Lucy spiccarono un balzo. Ma che diavolo? Il valletto aveva una relazione con lady Sedley. Lo sapevano tutti. Cosa ci faceva laggiù con Elizabeth?

"Sono preoccupato," disse nel frattempo il valletto. Strinse le dita attorno allo schienale della sedia e proseguì. "Ho rubato solo i gioielli. Non mi sarei mai sognato che avrebbero fatto fuori il vecchio giorno dopo. Dobbiamo liberarci dei gioielli, Lizzy, o Adair penserà che sia stato io."

Elizabeth accese una sigaretta e fece una lunga e pensierosa tirata. Porse la sigaretta al valletto e parlò con il fumo che le usciva dalle narici. "Ci abbiamo messo sei mesi interi per progettare il furto. Nessuno avrebbe sentito la mancanza dei gioielli." Voltò le spalle al valletto e chiese con tono diverso: "Non lo hai ucciso tu? Forse aveva intuito le tue intenzioni e… Oh, non prendertela, ananassino mio. Sto solo riflettendo ad alta voce; e anche se fossi stato tu, io ti difenderei. Sai che non ho mai amato mio padre. Era crudele con tutti noi e–"

"Non l'ho ucciso io," ringhiò il valletto in preda alla frustrazione. "È stato piuttosto facile sfilargli la catenella con il pretesto di aiutarlo a cambiarsi la camicia prima di andare a letto. Era troppo ubriaco per accorgersi che la catenella non c'era più e l'indomani mattina dopo, io sono rientrato furtivamente nella stanza e l'ho rimessa a posto."

Elizabeth si rigirò la sigaretta fra le dita guantate. "Mi hai dato i gioielli quel pomeriggio. Mio padre era ancora vivo, allora."

Lui la afferrò per le spalle, gli occhi fiammeggianti. "Esatto. Perché sarei dovuto tornare a ucciderlo dopo aver avuto successo?"

"Nessuno sospetterà di te," lo tranquillizzò Elizabeth. "È impossibile."

Il valletto distolse lo sguardo.

Elizabeth proseguì con una nota di amarezza. "Mia madre pende dalle tue labbra. Non lascerebbe mai che ti accadesse nulla."

"Lizzy, ammetto che lei ha cercato di sedurmi, ma giuro che ti sono rimasto fedele. Amo te e solo te, luce del mio amore, altra metà della mia anima, nobile madre dei miei futuri figli–"

"Lo so, testone. Ti credo. Vorrei solo che questo tuo piano avesse funzionato. A quest'ora saremmo già sposati."

"Possiamo sposarci lo stesso. Fuggiamo insieme, Lizzy, in quest'istante. Basta giocare. Abbiamo i mezzi per farlo, ora.

Possiamo andare in Scozia. Al villaggio c'è un uomo disposto a comprare i gioielli. Potremmo venderglieli e comprare una casa, delle pecore–"

"Non possiamo," mormorò scontenta Elizabeth.

"Perché diavolo no? Il funerale di tuo padre è finito; non c'è più nulla che ti trattiene."

"Non possiamo perché non abbiamo denaro, Richard. Come faremo a vivere?"

"I gioielli valgono molto più di quello che pensi–"

"I gioielli sono stati rubati," disse seccamente Elizabeth.

Il valletto rimase a bocca aperta. Disse lentamente: "Ti senti bene? So che i gioielli sono stati rubati. Li abbiamo rubati noi."

"No, voglio dire che tu li hai rubati e li hai dati a me. Io li ho tenuti in un cassetto segreto nella mia scrivania e ora non ci sono più."

"Stai dicendo che ho trascorso sei mesi a fingere di essere un dannato valletto, ho programmato il furto dei gioielli, li ho rubati, mi sono fatto venire gli incubi perché temevo di essere scoperto… E ora quegli stessi gioielli sono stati rubati di nuovo?"

"Sì, sì e ancora sì," disse la donna, le spalle curve per la sconfitta. "Qualcuno me li ha rubati."

"Deve essere stata quell'odiosa governante," esclamò il valletto.

"Può darsi." Elizabeth si morse il labbro.

"Può darsi? È tutto quello che hai da dire? Dovevi solo nascondere i gioielli e dopo tutto quello che ho passato, avresti anche potuto pensare a un posto più sicuro dove tenerli, cretina! Non mi importa come farai, signorina Elizabeth Sedley, ma voglio che tu recuperi i gioielli o io racconterò alla tua famiglia il tuo intero piano. Confesserò tutto ad Adair. Che sono un conte impoverito venuto qui su tua richiesta, il tuo complotto per gabbare la tua stessa famiglia… e non ti sposerò nemmeno. Non avrai un posto dove andare, nessuna famiglia, nessun marito–"

"I gioielli valgono più di me?"

"Ti ho vista fare gli occhi dolci ad Adair, cercare di ingabbiarlo. Se lui dovesse mostrare anche solo un'ombra di interesse, tu ti dimenticheresti di me."

"Cosa stai cercando di dire?"

"Trova i gioielli," disse l'uomo con voce cupa e minacciosa.

Elizabeth lo guardò spegnere con violenza la sigaretta e allontanarsi. Era pallida in viso e i suoi occhi erano spalancati e con uno sguardo ferito.

Lucy non riuscì a non sentirsi dispiaciuta per lei.

Capitolo 27

Dopo che Elizabeth se ne fu andata, Lucy si rivolse a lord Adair. "Il furto e l'omicidio non sono collegati."

L'uomo si alzò e si spolverò i pantaloni.

"Voi lo sapevate," lo accusò lei, avendo notato l'assenza di stupore sul suo volto.

"Sapevo che era possibile," ammise il marchese.

"E ora cosa faccio?" gemette lei. "Sono accusata di due furti e un omicidio."

"Gradireste il mio aiuto?"

"Non mi fido di nessuno."

Lord Adair si strinse nelle spalle e si diresse verso la porta.

Un attimo dopo, Lucy lo seguì. "Dovreste convincermi a fidarmi di voi. Dovreste fare l'eroe e dirmi che non potete abbandonare una damigella in pericolo, non importa quante obiezioni io sollevi."

"Dovrei dire così?"

"Sì, e che va contro il vostro onore abbandonare una signora al pericolo."

"Posso dire invece che rispetto i vostri desideri? Sono certo che siate capace di cavarvi d'impiccio da sola. Sto imparando ad avere fede in voi."

Lucy si accigliò. "Vorrei che ne aveste un po' meno."

"Avete detto qualcosa?"

"Assolutamente no."

Sbirciò con prudenza fuori dalla porta. Spooner non si vedeva da nessuna parte.

"Andiamo?" chiese l'uomo, offrendole il braccio e gesticolando verso la casa.

Lucy gli affondò le unghie nel gomito e sorrise dolcemente. "Sì, milord, torniamo indietro."

Camminarono in silenzio per qualche minuto.

Il sole splendeva, ma presto si levò una brezza fredda. Il vento crebbe di intensità, strappando la sciarpa dalla testa di Lucy.

Lei rabbrividì e abbassò di nuovo la sciarpa per coprirsi le orecchie. L'uomo la aiutò a legarsela più strettamente sotto al mento.

Lucy sorrise in segno di ringraziamento e osservò: "Certa gente è buffa."

"Molto buffa," concordò il marchese, per poi riprendere a camminare.

"Nel senso di bizzarra," corresse lei, allungando il passo e afferrando ancora una volta il braccio di lord Adair. "Credevo di conoscere il valletto."

"Palesemente, non era così."

Lucy proseguì placidamente. "Si crede di sapere tutto di una persona e poi, un attimo dopo, splat."

"Splat?"

"Sì, splat. La verità vi schiaffeggia in viso come una torta cotta a metà."

"Una torta alla frutta," concordò l'uomo. "Appiccicosa."

Lei annuì e guardò lontano. "Una volta c'era una ragazza, al Geranio Pensoso. Hannah. Era una cosina piccola e sporca. Spesso la trovavo che piangeva nel ripostiglio delle scope. Si faceva piccola tutte le volte che provavo a rivolgerle la parola. Un giorno, la convinsi a confidarsi con me. Volevo davvero sapere cosa turbasse quella povera piccola."

"Io no," osservò l'uomo.

Lucy lo ignorò e proseguì. "Mi disse che aveva trovato una piccola lepre nel cortile posteriore dell'orfanotrofio. Aveva cominciato a sfamarla, a giocarci, ne aveva fatto un animale domestico. Le ragazze più grandi... avevano arrostito la lepre e se l'erano mangiata."

"Che tragedia."

"Avevano fatto lo stesso con il pulcino che Hannah aveva trovato in un nido abbandonato. Gli avevano tirato il collo. Mi sanguinò il cuore. Feci appello alla signora Summer perché punisse quelle creature così spaventosamente crudeli."

"E le colpevoli vennero bollite e appese ad asciugare. Un finale perfetto. Ben fatto."

"Nulla del genere. La signorina Summer trovò la colpevole, milord. Scoprì che davvero una lepre era stata arrostita e mangiata, e che un pulcino con il collo torto era stato rinvenuto, ma scoprì anche che la colpa non era di nessuna delle ragazze più grandi."

L'uomo sospirò e le diede un colpetto di solidarietà sulla mano. "No, era stata la stessa Hannah a farlo, vero?"

"Sì," rimuginò Lucy. "Così giovane e già così brava a mentire... Mi chiedo da cosa derivi."

L'uomo non rispose, ma allungò il passo. Lucy dovette accelerare per non rimanere indietro.

Un senso di gelo le risalì le gonne e cominciò a strisciare verso l'alto.

"La temperatura sta calando," brontolò dopo qualche istante.

"I vostri sensi funzionano decisamente bene. Devo applaudire?"

"Anche voi avete freddo," disse Lucy, prendendo nota del tono scontroso del marchese. "Ho fame," aggiunse poco dopo.

"Apprezzerei qualche momento di silenzio."

"Volete che smetta di parlare?"

"Assolutamente no. Stavo chiedendo agli alberi e ai cespugli di concedermi qualche momento di pace e tranquillità. Frusciano molto."

"Non c'è bisogno di fare del sarcasmo–" Lucy si interruppe bruscamente, lo sguardo fisso sul terreno a pochi passi da lei.

"Signorina Trotter?" L'uomo tirò la mano che Lucy gli teneva sul braccio.

"Un momento," esclamò lei. "Credo di averli trovati."

"Trovato cosa?"

"I gioielli," rispose lei con voce roca.

L'uomo si guardò attorno. "Dove?"

"Laggiù," indicò Lucy con un gesto entusiasta.

Sul terreno, di fronte a lei, il sole splendente precipitava su alcuni sassi scuri e perfettamente rotondi. La neve bianca pulita sembrava cullarli, facendoli brillare ancora più forte.

Il cuore di Lucy cominciò a battere così intensamente che lei riusciva a sentirlo.

Lord Adair emise un verso di avvertimento.

Lucy lo ignorò e si incamminò lentamente in avanti come se avesse paura che il tutto fosse un'illusione pronta a dissolversi in qualunque momento come una bolla di sapone.

"Signorina Trotter–"

"Silenzio," lo zittì lei, accovacciandosi sul terreno.

Le brillavano gli occhi. Davvero aveva trovato i gioielli? Si abbassò ancora di più.

"Cosa state facendo, signorina Trotter?"

"Non vi sembrano gioielli?" chiese lei.

Le sue dita guantate si protesero verso di essi... Mancava poco... Ancora un attimo e...

"Quelle sono feci di coniglio, mia cara."

La mano di Lucy si ritrasse lentamente.

Lei ridacchiò.

Le labbra dell'uomo ebbero un guizzo. "Non pensavo che sareste riuscita a sorridere, signorina Trotter. Non dopo la conversazione che abbiamo udito fra Elizabeth e il valletto."

"Un motivo per sorridere ce l'ho."

"Sarebbe?"

"Quel grosso uccello irascibile non ci ha beccati a morte."

Lord Adair ridacchiò con riluttanza. "Questo è vero."

"E poi, che senso ha vivere se non ci si diverte?"

Lord Adair la osservò pensieroso.

Lucy inclinò il viso verso il sole, lasciando che i raggi le penetrassero nella pelle fredda e assetata. "E poi, le lacrime non sono utili. Offuscano la vista."

Lord Adair sorrise. "Siete una persona ammirevole, signorina

Trotter."

"Abbastanza ammirevole da essere assunta?" gli chiese spudoratamente lei.

Il marchese si limitò a scuotere divertito la testa e mantenne un silenzio prudente per il resto del tragitto di ritorno a Rudhall.

Capitolo 28

La signorina Summer diceva spesso che chi perdeva un piede doveva essere grato di avere ancora la gamba, oppure che, se il porridge della cena era bruciato, bisognava essere grati di avere l'acqua per trangugiarlo.

Lucy si chiese per cosa avrebbe dovuto essere grata nella situazione in cui si trovava. Avrebbe dovuto essere felice di non essere ancora morta, o che non sarebbe morta in tempo breve, o almeno di aver vissuto la sua vita da essere umano e non da moscerino della frutta?

Si infilò la coperta sotto i piedi irrequieti. Ci sarebbe voluto un po' prima che si scaldasse a sufficienza da addormentarsi. Approfittò di quel tempo per analizzare tutto ciò che aveva scoperto.

Il furto e l'omicidio non erano collegati. Il valletto aveva rubato i gioielli e li aveva dati a Elizabeth, dopodiché qualcuno aveva rubato quegli stessi gioielli a Elizabeth.

Una ruga sottile le increspò la fronte. Chi sarebbe andato alla ricerca dei gioielli nella stanza di Elizabeth? Un servitore che li aveva scoperti per caso? Ma nessun membro della servitù era sparito dalla villa. Certo, la sguattera era poco sveglia, ma persino lei avrebbe avuto il buonsenso di darsela a gambe se avesse rubato anche solo un cucchiaio.

Lucy si rigirò e affondò il naso freddo nel cuscino caldo.

"A cosa state pensando?" chiese zia Sedley. Era sdraiata accanto a lei. Aveva gli occhi chiusi e la testa sospesa sopra un cuscino spaventato.

"Potreste allontanarvi? Mi fate venire freddo," si lamentò Lucy con i denti che battevano.

"Non è colpa mia se ho perso ogni calore quando sono morta," rispose imbronciata zia Sedley.

Lucy strinse i denti ed evitò di fare commenti. Non voleva che lo spirito si lamentasse ancora una volta della sua insensibilità. E poi, zia Sedley l'aveva aiutata ad affrontare Ian.

Le ciglia trasparenti del fantasma si sollevarono e lei si voltò per fronteggiare Lucy. "Qualcosa ti turba, mia cara?"

"Chi potrebbe aver rubato i gioielli a Elizabeth e perché? Non ha senso," rispose.

"Tre persone potrebbero averlo fatto."

"Tre?"

Zia Sedley annuì saggiamente. "In primo luogo, è palese che il valletto non è leale a Elizabeth. È venuto qui per rubare i gioielli."

"Vero."

"E se il valletto avesse dato i gioielli a Elizabeth per poi rubarli nuovamente? Potrebbe averlo fatto per tenersi i gioielli e rompere un fidanzamento sgradito."

Lucy si mise seduta e abbracciò le ginocchia. "E la seconda persona," disse, rallegrandosi, "potrebbe essere la stessa Elizabeth. Potrebbe aver scoperto l'infedeltà del valletto. Non è stupida. Deve essersi resa conto che lui trascorre quasi tutte le notti con sua madre, il che è il motivo per cui–"

"Ha finto che qualcuno le abbia rubato i gioielli. Per la dolce vendetta," concluse zia Sedley, sfregandosi le mani.

"E infine," rifletté Lucy con un brivido, "può essersi trattato dell'assassino, che sapeva che non c'era alcun legame fra il furto e l'omicidio. Di conseguenza, quella persona è andata alla ricerca dei gioielli e li ha trovati nel cassetto di Elizabeth."

Zia Sedley sospirò. "Siamo di nuovo al punto di partenza."

Lucy gemette e si lasciò ricadere sul cuscino. Questa volta sollevò i piedi e si prese le dita ghiacciate fra le mani calde.

Cominciava ad avere mal di testa. Il tempo si stava esaurendo; la famiglia cominciava a essere impaziente. Lei era l'unica persona sacrificabile. Nessuno si sarebbe dispiaciuto più di tanto se l'avessero gettata nel fuoco del sacrificio.

Avrebbe dovuto allungare il passo. Gettare al vento la cautela e cominciare a cercare in maniera più aggressiva. Decise che sarebbe diventata un segugio e avrebbe avvicinato il naso a terra e annusato con tutta la sua forza fino a trovare la traccia giusta.

Zia Sedley russò rumorosamente accanto a lei.

Lucy infilò la testa sotto il cuscino e chiuse gli occhi. Quello di cui aveva bisogno era una bella notte di sonno. La attendeva una giornata lunga… ma pensare e fare erano due cose diverse.

I suoi occhi si rifiutarono di chiudersi, le sue membra si rifiutarono di rilassarsi e i piani saltellarono, sfrecciarono e rotolarono con entusiasmo nella sua mente.

Non chiuse occhio e, prima che se ne rendesse conto, il sole spuntò all'orizzonte.

Il mattino dopo, mentre la servitù faceva colazione, Lucy andò a snasare nella stanza del valletto.

Era una stanza ordinata, più grande della sua e senza polvere. I vestiti erano piegati in maniera splendida e sistemati nell'armadio, le scarpe allineate con ordine sul fondo come un esercito di soldati disciplinati.

Lucy si rimboccò le maniche molto sopra i gomiti.

Era ormai esperta di perquisizioni ed esplorazione. Se qualcuno gliene avesse data la possibilità, era sicura che avrebbe trovato un modo per dimezzare la rotta delle spezie.

Si sentiva così agile, così capace e così esperta di spionaggio che era sicura che un balzo l'avrebbe portata in Africa, una scivolata in India e un doppio salto mortale direttamente nelle Americhe.

A quel punto, nulla poteva nascondersi al suo sguardo penetrante e al suo udito acuto come quello di un lupo. I suoi esperti bulbi oculari spazzarono la stanza ordinata e atterrarono sul letto. Il lenzuolo bianco era teso al punto da spaventare le pieghe.

Le sue sospettose sopracciglia si sollevarono e lei saltò sui cuscini gonfi. Trovò un orologio d'oro luccicante fra i ciuffi di piume.

Dopo essersi messa l'orologio in tasca, Lucy sollevò il naso e annusò di nuovo. La stanza odorava di fiori oliati.

Trovò presto la fonte di quel puzzo. Una boccetta verde di "Lozione lenitiva per verruche ostinate, realizzata con i più freschi boccioli francesi" emanava un olezzo potente da un cassetto del piccolo comodino di legno.

Lucy rimise frettolosamente a posto la boccetta di vetro e proseguì le ricerche. Non ci volle molto prima che trovasse un'asse mobile sotto il letto. La aprì, rompendosi un'unghia, e trovò lettere d'amore scritte da numerose donne diverse, una spilla d'argento, un completo di bei vestiti e un paio di costose scarpe di cuoio.

L'esploratrice in lei sospirò con scoramento mentre intascava la spilla d'argento.

Svicolò fuori nel disappunto. Aveva impiegato quasi un'ora a perquisire la stanza e alla fine del procedimento, ebbe la certezza che i gioielli non fossero lì.

Si diresse lentamente lungo il corridoio nella direzione della sua camera. Aveva il capo chino e gli occhi velati dai pensieri profondi.

"Oof," esclamò quando qualcuno la travolse.

Il valletto la oltrepassò senza scusarsi.

Lucy strinse gli occhi. La nuca dell'uomo era scarlatta.

Lucy aguzzò lo sguardo mentre guardava da una parte all'altra del corridoio. Cosa ci faceva il valletto in quella zona della casa? L'unica stanza là in fondo era la sua–

Lucy spalancò gli occhi e corse lungo il corridoio, spalancando la porta della sua stanza.

A un primo sguardo, tutto sembrava al suo posto, ma presto Lucy scoprì una sottoveste appallottolata e ficcata sul fondo dell'armadio.

Aggrottò pensierosa le sopracciglia. Ricordava di aver piegato la sottoveste e di averla posata sul primo scaffale dell'armadio.

C'era un lungo strappo nell'indumento. Era stata sua intenzione ripararlo… Lucy abbassò lo sguardo al panno spiegazzato giallo acceso e scosse divertita la testa.

Mentre lei frugava nella stanza del valletto alla ricerca dei gioielli, lui aveva fatto lo stesso con la sua.

Lucy chiuse l'armadio e vi si appoggiò. Allora, se non era stato il valletto a rubare i gioielli a Elizabeth, chi diavolo lo aveva fatto?

Lucy chiuse gli occhi, trasse un respiro profondo e lo esalò lentamente.

Il furto e l'omicidio non erano collegati e rubare non richiedeva nemmeno la metà del coraggio o dell'intelligenza necessari a uccidere una persona. Il che significava che qualunque imbecille avrebbe potuto intascarsi gioielli. Un sempliciotto qualunque avrebbe potuto facilmente intrufolarsi nella stanza di Elizabeth e–

Lucy spalancò gli occhi.

"Che mi venga un colpo," mormorò, "quell'idiota farfugliante, quella piaga di Ian Percival Humphrey Sedley deve aver rubato i dannatissimi gioielli."

∞ ∞ ∞

Lucy entrò nella stanza di Ian un'ora prima dell'ora di cena. Aveva scelto con cura quell'orario per la sua indagine, sapendo che Ian aveva sicuramente già cominciato il consumo quotidiano di whisky e che ci sarebbe voluta qualche ora prima che fosse marinato a sufficienza da rotolare fino alla stanza e addormentarsi.

Sfortunatamente, Lucy aveva mancato di prendere in considerazione il fatto che un uomo come Ian era in grado innamorarsi.

Vedete, quella mattina Ian era stato colpito nella testa vuota dalla visione di una ragazza gradevolmente piena, con i capelli castano-ramati e le floride guance rosee. Non conosceva né il suo nome né la sua professione, ma quello che sapeva era che la sua testa vuota era ora piena di canti e balli, poesie e quadri, stelle e raggi di luna.

Lucy apprese tutto di quella splendida creatura mentre tremava dietro le spesse tende verde smeraldo. Si era nascosta non appena aveva udito Ian passeggiare lungo il corridoio, fischiettando allegramente.

Ian era ubriaco d'amore. Non aveva bisogno di whisky e brandy. Lo disse al tappeto rosa. E disse agli armadi quanto erano belli i riccioli sulla testa rotonda che aveva deciso di sposare. Informò il pettine, mentre si scriminava con cura i capelli oleosi, che immaginava che i piedi della sua amata fossero piccoli e delicati. Ma anche nel caso, precisò al divano giudicante, che i piedi si rivelassero grandi e grossi, lui li avrebbe adorati comunque.

Quando Ian tacque e il silenzio si prolungò, Lucy trovò il coraggio di sbirciare fuori da dietro la tenda. Trovò l'uomo steso sul letto, che si rigirava un fiore giallo in una mano mentre l'altro braccio era infilato sotto la sua testa. Stava fissando il soffitto con un'aria da pazzo; aveva la bocca aperta e la bava gli luccicava sulla guancia alla luce del fuoco. Sembrava che stesse sognando a occhi aperti.

"Ian," esclamò lady Sedley, entrando senza annunciarsi.

Lucy nascose la testa dietro le tende e riprese a tremare.

"Madre," disse Ian.

Lucy sentì i piedi dell'uomo toccare terra mentre questi scattava in posizione seduta.

"Ti senti bene, bambino mio?"

Le sopracciglia di Lucy spiccarono un balzo.

"Sì. E ti ho già detto di non parlarmi in quel modo," protestò l'uomo.

"Non ti stavi avvinazzando in biblioteca. Ero preoccupata, tesoro."

"Madre," piagnucolò Ian, anche se non in maniera abbastanza convincente.

"Oh, guarda, hai i capelli bagnati," proseguì lady Sedley. "Ti prenderai un malanno. Vuoi che ti asciughi i capelli, piccino?"

"Oooh, no, mamma. Non sono un bambino piccolo," disse

l'uomo, con una nota di compiacimento nella voce.

"Non c'è nessuno. Non posso viziare il mio bubu preferito?"

Lucy chiuse gli occhi. Aveva voglia di ridere e piangere nello stesso momento. Chi avrebbe pensato che il grosso e cattivo Ian diventasse un ragazzino in privato con la madre?

"Madre, non sfregarmi la testa così forte," si lamentò Ian. "Il panno è ruvido."

"Taci," mormorò amorevolmente lady Sedley, "mio delicato figliolo."

"Non sono delicato. Sono un uomo e tu mancherai al pranzo," disse Ian. Questa volta suonava impaziente.

"Ti senti davvero bene?" chiese nuovamente lady Sedley. "Beh, allora vieni a pranzo con me."

"No," rispose imbronciato l'uomo.

"Ho chiesto alla cuoca di preparare del pane dolce," blandì lady Sedley.

"Con l'uvetta?" chiese Ian, rallegrandosi.

"In abbondanza," rispose la donna.

Lucy trasse un sospiro di sollievo quando madre e figlio se ne andarono a pranzo.

In seguito, fece quello che ormai era diventata un'abitudine: perquisì la stanza con rapidità ed efficienza.

Trovò abbondanza di bottiglie vuote, tabacchiere e vestiti di pregio, ma nessun gioiello. Mordendosi il labbro, rimise tutto a posto e si allontanò.

La stanza successiva nell'elenco era quella di Peter. Ed era l'unica stanza della casa in cui lei non avesse ancora cercato. Se i gioielli non erano nemmeno lì...

Capitolo 29

Lucy si accovacciò in basso e sbirciò all'interno della camera.

Peter stava cercando di scaldare un porcospino nel letto.

Lucy imprecò sottovoce. Nessuno voleva saperne di uscire per tempo, quella sera?

"Hai caldo, piccolino?" chiese Peter al porcospino, che aveva avvolto in una coperta e messo al centro del letto.

Un piccolo naso sbucò da sotto la lana scura e tremolò.

"Immagino che dovrò tenerti nella mia stanza fino a quando non ti sentirai meglio," disse Peter, dando un colpetto al naso. "Non vorrei lasciarti solo, ma devo sfamare i mici."

L'uomo posò un pezzetto di corteccia accanto al naso del porcospino e si alzò.

Lucy si allontanò rapidamente dalla porta e si nascose dietro una grossa pianta in vaso. Attese che il rumore dei passi di Peter svanisse prima di entrare di corsa nella sua stanza.

Al suo ingresso, il porcospino infilò nuovamente il naso sotto la coperta.

La stanza di Peter era vicino alle scale. Di conseguenza, ogni pochi istanti, Lucy si immobilizzò dal terrore quando qualcuno salì o scese. Quando non era immobile, frugò nella stanza.

Trovò abbondanza di cotone in batuffoli, mucchi di vestiti vecchi, coperte e vasetti di vetro pieni di strani liquidi e polveri.

"Scendi, canaglia," gridò lady Sedley.

Per la paura, Lucy stritolò le foglie dall'odore bizzarro che stava ispezionando.

"Non osare farmi quelle smorfie irrispettose," proseguì lady Sedley.

Smorfie irrispettose? Lucy si accigliò e avanzò in punta di piedi verso la porta.

"Peter, vieni a portare via il tuo babbuino. Quella creatura maledetta ha scavalcato di nuovo il cancelletto. Sono certa che stia andando in camera mia per rubare l'ananas candito. Vieni qui, razza di mostro. Come osi mostrarmi il tuo scarlatto posteriore? Io ti faccio cuocere, te lo dico."

La campanella suonò quando il cancelletto di legno si spalancò.

Lucy non aspettò che lady Sedley salisse e cominciasse a inseguire Palmer per la casa. Buttò le foglie sul tappeto, corse fuori dalla porta e si precipitò lungo il corridoio, il tutto prima che lady Sedley potesse fare tre passi.

Tornata nella sua stanza, si lavò le mani con l'acqua, cercando di sbarazzarsi dell'odore bizzarro delle foglie. Si scorticò le mani al pensiero di quello che non aveva trovato nella stanza di Peter.

I gioielli.

Quei maledetti sassolini sfuggenti non erano nella stanza di nessuno. Non in quelle della servitù, non in quelle della famiglia… Frustrata, Lucy scagliò contro il muro l'asciugamano di mussola zuppo.

La situazione aveva un aspetto orribile.

In cucina cadde il silenzio all'ingresso di Lucy.

Lei lo ignorò e si riempì una tazza di caffè fumante.

Dopo un momento di tensione, il maggiordomo riprese la conversazione con il valletto. "È giunto alle mie orecchie ieri sera che lady Sedley ha ordinato che l'assassino venga scoperto entro i prossimi due giorni. Il peso di vivere sotto lo stesso tetto con un omicida," e lì il maggiordomo lanciò un'occhiata di sbieco a Lucy, "le disturba i nervi. Sua Signoria ha dichiarato che, se l'assassino non verrà trovato e i gioielli recuperati, sarà costretta a chiedere a lord Adair di andarsene. Ha già scritto al duca di Henley, che vive qualche chilometro più a sud, per chiedergli di venire qui e concludere le indagini."

"Ma non può chiedere a lord Adair di andarsene, vero? Non oserebbe," gemette la cuoca.

"Immagino che non lo comunicherà sotto forma di ordine, ma gli chiederà di velocizzare le indagini," rifletté ad alta voce il maggiordomo. "E all'arrivo del duca di Henley, questi potrà provare a convincere lord Adair."

"Ma il duca di Henley non sa nulla dell'omicidio," obiettò il valletto.

"Lady Sedley lo ha informato dei fatti. Gli ha raccontato i propri sospetti via lettera e sicuramente lui concorderà con lei," rispose il maggiordomo.

Il valletto si mise comodo sulla sedia, mentre con la mano giocherellava con una luccicante moneta di rame sul tavolo. "In altre parole, il duca arriverà fra due giorni... per condannare la signorina Trotter."

La tazza scivolò dalle dita di Lucy e si schiantò sul pavimento.

Nessuno si mosse per pulire il disastro.

Il maggiordomo si strinse nelle spalle e parlò dopo un lungo silenzio. "È ora di portare il vassoio al signor Sedley. Ha intenzione di andare a cavallo dopo aver fatto colazione presto, questa mattina."

∞ ∞ ∞

Lucy scese lentamente le scale nella direzione della sua stanza. Una fetta di torta stantia le tremava fra le mani mentre le parole del valletto le nuotavano nella testa.

Le restavano due giorni. Due brevi giorni di libertà.

Si soffermò sui gradini, chiedendosi se non fosse il caso di passare nuovamente al setaccio gli effetti personali del valletto. Magari non aveva notato qualcosa. Aveva la forte sensazione che lady Sedley e il valletto avessero ucciso lord Sedley insieme.

Dopotutto, lady Sedley non era mai parsa particolarmente felice quando il vecchio era ancora vivo. I suoi figli non avrebbero sofferto, i piccoli tesori di casa avrebbero potuto essere venduti e la casa data in affitto. Un patrimonio sostanzioso—

Palmer le strappò la torta di mano, riportandola al presente. I carlini ai suoi piedi leccarono le briciole cadute.

Lucy non si dispiacque. L'appetito l'aveva abbandonata molto tempo prima.

Così non andava bene. Aveva frugato a sufficienza nella stanza del valletto. Stava raschiando il fondo del barile, cercando di trovare qualcosa che le occupasse la mente e tenesse a bada il panico.

Tutti i suoi piani erano esauriti. Non le veniva in mente una singola idea brillante e una punta di disperazione cominciava a insinuarsi nel suo cuore.

Entrò nella sua stanza e trovò Spinoza appollaiato sull'armadio.

Spinoza agitò le ali scure e inclinò la testa come se stesse ispezionando il volto miserevole di Lucy. L'uccello gracchiò e volò via come se non volesse avere nulla a che fare con le creature infelici.

Ci mancava pure quello.

Un dannato corvo le aveva dato il benservito. Lucy non poteva più fingere che il mondo fosse pieno di rose, che l'aria profumasse di lillà e che la villa fosse piena di allegri esseri umani dall'espressione amichevole.

No. La villa era uno schifo.

Gli animali non la amavano.

La servitù la odiava.

La famiglia la detestava.

L'orfanotrofio non la voleva.

Era stata accusata di crimini che non aveva mai commesso.

Uno spirito la tormentava.

Nessuno le voleva bene.

Era una derelitta miserabile e patetica e non ce la faceva più.

Il fiume traboccò e ruppe gli argini. Lucy aprì la bocca e lanciò un urlo da spaccare il cuore.

Singhiozzò e ululò mentre sbatteva la testa sul cuscino.

Le lacrime le scesero a cascata lungo il viso, in quantità sufficiente per riempire un secchio – di quelli grossi. Grande a sufficienza per contenere una settimana di vestiti sporchi di una famiglia intera. Le sembrava che il cuore le si stesse sciogliendo dalla tristezza e che la sua anima stesse piangendo e tremando per tutta quell'ingiustizia.

La testa di lord Adair apparve sulla soglia.

Lucy tuffò il viso ancora una volta nel cuscino prima di guardare il marchese con mestizia attraverso una cortina di spessi capelli castani.

L'uomo parve compiaciuto e sollevato di trovarla in quelle condizioni. "Andate pure avanti," disse, gesticolando verso il cuscino e ritraendo la testa.

"Aspettate," gridò Lucy, asciugandosi il naso nella manica e lanciando via il cuscino.

Era ora di affrontare la sua paura più grande e di correre dei rischi. Un uomo solo poteva salvarla, ora, e lei doveva fare un salto nel vuoto e dargli tutta la sua fiducia.

Doveva parlare con lord William Hartell Adair e, se necessario, prostrarsi di fronte a lui, afferrargli i piedi e rifiutarsi di lasciarlo andare fino a quando lui non avrebbe accettato di aiutarla.

Capitolo 30

"**S**ono trasportata da acque profonde nella direzione della cascata," disse Lucy nel momento in cui vide lord Adair in biblioteca. "Sto per oltrepassare il bordo e precipitare nel vorticoso abisso sottostante," proseguì.

Il marchese intinse la penna nell'inchiostro e parlò senza sollevare lo sguardo. "Arrivate al punto, signorina Trotter."

"Giusto. Sono un innocuo, piccolo scarabeo sul punto di essere schiacciato da uno stivale gigante ed è in momenti come questo che bisogna correre rischi."

"Capisco," disse l'uomo, firmando la lettera che aveva appena scritto.

"Mi sembra di aver mangiato troppa torta e di essere ora bloccata fra due lastre di pietra."

Lord Adair mise da parte la busta sigillata e si strinse il ponte del naso.

Lucy gli si avvicinò. "Non mi rimane altra scelta. Ho frugato, ho rubato, ho inseguito e sono stata inseguita, eppure eccomi qui."

"Sì?"

"A penzolare come la campana di una chiesa fra la vita e la morte."

"Avete bisogno del mio aiuto?"

Le spalle di Lucy precipitarono. "Diciamo così."

"Ammettete la sconfitta e concordate che risolverò il crimine più in fretta di voi."

"Adesso non esageriamo," esclamò Lucy, tirando indietro una sedia e lasciandovisi cadere sopra. "Non ho detto che ho intenzione di arrestare le mie indagini. Anzi, sono venuta a condividere con voi quello che so. Potete pure essere generoso. Dopotutto, siete un rinomato acchiappatore di ladri. Avete molta esperienza, ma io potrei sapere qualcosa che voi ignorate. Possiamo dar aria ai nostri sospetti e discutere dei nostri progressi. Voi potete aiutare me, io possa aiutare voi–"

"Credevo che non aveste bisogno del mio aiuto."

"La situazione è cambiata."

"Vedo che avete scoperto della minaccia di lady Sedley e che l'alternativa, ora, è fra l'accettare il mio aiuto e il penzolare dalla forca."

Lucy strinse le labbra.

Lord Adair attenuò il tono della voce. "Ditemi, di chi sospettate?"

Lei lo guardò insospettita. Dopo una breve esitazione, gli raccontò tutte le sue scoperte.

L'uomo ascoltò in silenzio, annuendo di tanto in tanto in segno di incoraggiamento.

Alla fine, Lucy si rilassò e disse: "Devono essere stati lady Sedley e il valletto."

"Lady Sedley era con Peter al momento dell'omicidio," rispose lord Adair. "E il valletto era con il maggiordomo in cucina."

"Peter potrebbe aver mentito per proteggere la madre."

"Potrebbe, ma voi avete ascoltato due conversazioni distinte fra lady Sedley e Peter, e in entrambi i casi lady Sedley sembrava sicura che nessuno dei due avesse lasciato il soggiorno."

"Ian?" suggerì poi Lucy.

Lord Adair si accigliò. "È indebitato e, se non si procurerà il denaro necessario, potrebbe tornare in prigione."

Lucy si protese entusiasta. "Ha il movente più grande per uccidere il padre–"

"Ma..."

"Ma?"

"Non ha commesso lui il crimine."

"Come potete esserne tanto sicuro?"

L'uomo rispose ponderatamente. "Ian ha un brutto carattere,

ma è anche un vigliacco e di una stupidità incredibile. Non riuscirebbe mai a uccidere nessuno, figuriamoci in modo così pulito."

"Sono pure illazioni. La sua testa potrebbe non essere fallata come sembra. Non si può mai sapere cosa passa per la mente di un'altra persona."

Lord Adair annuì in segno di apprezzamento. "Sono d'accordo; è per questo che ho avuto conferma dal creditore di Ian che, il giorno dell'omicidio, Ian è rimasto con lui fino alle sei di sera. Quando Ian è andato a casa, ha trovato lady Sedley che si lamentava della scomparsa dei gioielli. La donna non era in grado di esprimersi in maniera coerente e non lo informò della morte del padre. Ian contava sui gioielli per pagare il debito e uscì di casa in preda alla rabbia. Arrivò al villaggio, mi incontrò alla locanda e mi raccontò del furto. Il dottore ci informò entrambi della morte di lord Sedley e lo stupore sul volto di Ian nell'udire la notizia era genuino."

"La servitù?"

"Hanno tutti un alibi."

"Elizabeth?"

"Era nella nursery con i bambini."

Lucy annuì. Per quanto malefica volesse considerare Elizabeth, la ragazza voleva davvero bene ai bambini. Si dondolò pensierosa sulla sedia. "Non sospettate della servitù né della famiglia. Resta solo..." Sollevò le ciglia in preda alla paura. "Pensate che lo abbia ucciso io."

Questa volta, lord Adair scelse di tacere.

"E pensate che abbia rubato anche i gioielli."

"Per come stanno le cose, sembrerebbe così."

Lucy impallidì. "So di essere innocente e, stando a voi, lo sono anche tutti gli altri. Allora chi ha ucciso lord Sedley, lord Adair? Il fantasma di zia Sedley?"

L'uomo sorrise. "Diciamo così."

"Beh, vi assicuro che non è stata lei."

"Lei?"

"Zia Sedley. Me lo ha detto lei stessa."

"Davvero?"

"Ma certo. Proprio l'altro giorno si è manifestata nella mia stanza e mi ha raccontato tutto. Trovava fortemente ingiusto che la famiglia le desse la colpa. Non può nemmeno toccare gli esseri umani, figurarsi recare loro danno. Sa essere incredibilmente spaventosa, ma lord Sedley è stato palesemente accoltellato–"

"Signorina Trotter," la interruppe il marchese, "credo che siate rimasta fuori al sole troppo a lungo."

"Il sole brilla di rado in questo periodo dell'anno, milord."

"Beh, allora la pressione dovuta all'accusa di omicidio è troppo per la vostra mente delicata. Temo che siate in bilico sull'orlo–"

"Eh?"

"Non so come dirlo," disse l'uomo con uno sguardo preoccupato e gentile negli occhi, "ma è possibile che voi siate parzialmente folle o completamente rimbecillita. È difficile dire–"

"Sono lucida quanto voi, milord," disse freddamente Lucy.

"Dovreste dormire per qualche ora. Vi farà bene. Bevete una tazza di tè caldo e rilassante, appoggiatevi uno scaldaletto ai piedi e vi sentirete davvero–"

"Milord, volete aiutarmi o no?"

"Sto cercando di aiutarvi."

"A trovare l'assassino, intendo."

"Lasciate fare a me."

"Come posso lasciar fare a voi? Sono io quella su cui pesano le accuse," esclamò Lucy.

"Tutti lasciano fare a me, signorina Trotter. Nessuno ha osato interferire prima d'ora. Hanno fede nelle mie capacità."

"Beh, io non ne ho."

L'uomo si strinse nelle spalle, avvicinò a sé un foglio di carta bianca e cominciò a scrivere.

Lucy lo guardò per qualche istante. Quando lui non sollevò lo sguardo, disse amaramente: "Avete trascorso tutto il tempo a trovare alibi per chiunque. Come posso fidarmi di voi?"

Lui la ignorò.

Lucy scosse la testa incredula. Aveva dato per scontato che quell'uomo fosse una creatura intelligente e razionale e aveva sperato profondamente che fosse dalla sua parte... che volesse scoprire la verità.

Ora, sembrava che Lucy fosse davvero sola.

Si alzò di scatto dalla sedia e posò le mani tremanti sul bordo del tavolo. "Se credete che sia stata io, perché non mi arrestate e non la fate finita?"

Allora, l'uomo sollevò lo sguardo. "Non ho mai detto che siete stata voi, signorina Trotter, anche se ho idea di chi potrebbe essere il colpevole. Siate paziente; sono in attesa di prove. L'assassino è astuto e non ha lasciato indizi."

"E io cosa dovrei fare fino a quel momento? Non riesco a starmene seduta in panciolle."

"Dovreste."

Lucy si accigliò. "E quale sarà il vostro prossimo passo?"

"Attendere nell'ombra. Quando si conosce l'identità del colpevole, è solo questione di tempo prima che questi commetta un errore. Io sto aspettando quell'errore, signorina Trotter."

Capitolo 31

Il tuono rombò minacciosamente. Le nuvole accorsero a divorare il sole. Striature di fulmini si diffusero nel cielo e la grandine cominciò a tempestare le finestre di Rudhall Manor.

"So," ringhiò Lucy alla grande entità che controllava tutti i destini, "di essere in pericolo mortale. Non è necessario che tu faccia ruggire il cielo. Non ho la testa piena di cotone."

La grande entità che controllava tutti i destini parve inarcare sarcastica le sopracciglia cespugliose, perché il vento accelerò e la grandine batté più forte sulle finestre.

Lucy strinse gli occhi, giunse le mani dietro la schiena e riprese a camminare in corridoio.

La conversazione con lord Adair era stata futile. L'uomo non aveva placato le sue paure, né l'aveva lasciata terrorizzata e tremolante. Quello che aveva fatto era spingerla a rendersi conto che tutte le scoperte che lei aveva fatto non valevano nulla.

Ancora una volta, lei sospettava tutti e non credeva a nessuno.

Si mordicchiò distrattamente un'unghia smangiata. Al Geranio Pensoso, la signorina Hardy aveva avuto delle preferenze per alcune ragazze e, a causa del suo punto di vista miope, spesso era finita col punire ingiustamente delle orfane innocenti.

E se anche Lucy stava guardando al problema attraverso un forellino? Forse, se avesse ingrandito il foro, avrebbe scoperto la verità.

Ricordò di aver guardato il quadro realizzato da una bambina di cinque anni. Si era prodotta in versi di apprezzamento di fronte alla chiazza, pensando che la giovane avesse disegnato lo stelo di un fungo.

La ragazza l'aveva informata che si trattava in realtà della zampa di un elefante. Gli elefanti, aveva proseguito la ragazza in tono serio, erano animali grandi. Così grandi da rendere impossibile disegnare l'intera creatura su un foglio di carta così piccolo. In seguito, le lodi di Lucy per il quadro erano state genuine. Era un modo di pensare originale.

Lucy provò a espandere la mente. Immaginò di galleggiare assieme a zia Sedley a qualche metro da Rudhall Manor e ne esaminò da lontano l'architettura deforme.

Era una villa storta, grigia, che spuntava dal terreno come un rospo verrucoso e sghembo accovacciato su una collina dal dolce pendio.

Le numerose finestre che brillavano allineate nella metà inferiore dell'edificio davano la sensazione che il rospo sorridesse come un padrone di casa furioso.

Le finestre brillavano più forte alla luce del sole, lampeggiando di giallo come denti sbeccati e macchiati, come sfidandola ad avvicinarsi.

Lucy spinse coraggiosamente il suo sé immaginario vicino alla struttura e si ritrovò a sbirciare attraverso una finestra priva di vetri.

Oltre la finestra si apriva una stanza vuota, priva di vita umana, trascurata e putrefatta.

Lucy passò da una finestra all'altra, volando attorno all'edificio e prendendo nota delle dozzine di stanze vuote e inutilizzate, visitate solo da topi e ragni.

Qualcuno si nascondeva forse in una delle stanze chiuse della casa?

Persino il parco era enorme, vasto e invaso dalla vegetazione, pensò Lucy mentre ripensava all'aranciera abbandonata in cui lei e lord Adair si erano nascosti per sfuggire alla gru egiziana.

Chiunque avrebbe potuto vivere in un edificio simile. Era ideale per una persona alla ricerca di pace, di solitudine o di un nascondiglio.

Lucy si accigliò. Ma perché qualcuno avrebbe dovuto scegliere di convivere con ragni e topi? Si trattava di un povero vagabondo o di un individuo più sinistro?

Lord Sedley era stato detestato dai suoi stessi famigliari e servitori. Era possibile che ci fossero anche altre persone che lo odiavano. Era possibile che avesse fatto un torto a un amico, imbrogliato un conoscente o insultato un parente sensibile.

Era quello che voleva suggerire lord Adair? Una delle stanze nascondeva un vecchio parente adirato che era uscito furtivo alle cinque di sera di quel giorno fatale?

Lucy si arrestò in scivolata.

Era fin troppo possibile. Una donna scalza e dai lunghi capelli impastati avrebbe potuto scivolare fuori da una delle stanze abbandonate.

Assetata di tè, avrebbe potuto percorrere il corridoio quando, all'improvviso, si sarebbe fermata per inclinare la testa scheletrica... Avrebbe udito qualcosa... Un russare... Un russare cupo e sinistro che emergeva dalle sventurate narici di lord Sedley.

Avrebbe sorriso, i suoi denti davanti avrebbero luccicato e un pugnale sarebbe apparso nella sua mano – un lungo pugnale d'argento dal filo tagliente che luccicava assieme al dente sfavillante.

Il pugnale luccicava, il dente sfavillava.

Il dente sfavillava e il pugnale luccicava. Pugnale, dente... pugnale, dente... dente, pugnale... dente, pugnale e–

Zac, zac, zac, accoltella.

E lord Sedley era morto.

Dopo quell'orribile impresa, la donna avrebbe pulito il coltello sull'abito lurido e divorato dalle tarme, avrebbe rubato un pezzo di torta, due biscotti alle spezie e un sigaro posati sul tavolo dello studio e sarebbe strisciata nuovamente nella sua stanza.

Acceso il sigaro, avrebbe fumato godendosi la pace che l'atto di assassinare un imbecille le aveva portato nell'anima.

Avrebbe sbuffato e sbuffato e sbuffato mentre il fumo del sigaro generava visioni nell'aria. Quelle visioni le avevano ricordato i giorni felici in cui era stata l'amante di lord Sedley.

Il fumo si era avviluppato e riformato per proiettare ricordi oscuri, che parlavano di trascuratezza e abbandono.

Dopodiché, la nebbia grigia aveva cominciato a vorticare sempre di più, facendosi pericolosa come un temporale imminente mentre la donna ricordava di aver minacciato di raccontare alla moglie dell'uomo della loro storia.

Lord Sedley, nonostante tutti i suoi difetti, aveva amato la moglie. Aveva rinchiuso l'amante in una delle tante stanze vuote della villa per evitare che la verità venisse a galla. L'aveva tenuta come un uccello in una gabbia dorata fino a un giorno fatale nel quale lei aveva trovato il modo per sfuggire alla sua stanza–

Lucy andò a sbattere contro un'armatura e la sua storia fantastica si interruppe bruscamente. Si massaggiò la testa ammaccata, aspettando che le stelle che le galleggiavano di fronte agli occhi svanissero completamente prima di dirigersi verso la sua camera da letto.

Quel nuovo ragionamento secondo cui una persona nella villa avrebbe ucciso lord Sedley suonava bene. Lucy meditò per un po' su quella nuova scoperta. Dissezionò il pensiero, lo rivoltò, lo guardò da una parte all'altra, da sopra a sotto e viceversa.

Era rossa in viso e con la fronte febbricitante quando ebbe finito di riflettere. Il sudore sulla sua pelle sembrava sfottere i fiocchi di neve che avevano sostituito la pioggia rumorosa di fuori.

Entrò nella stanza e si recò al catino pieno di acqua gelida. Si spruzzò rapidamente il viso e se lo asciugò con un panno di mussola prima che i muscoli della faccia potessero congelarsi.

Rinfrescata, riprese a stuzzicare il pensiero che ci fosse uno sconosciuto che risiedeva a Rudhall Manor. Uno sconosciuto pieno di amarezza e odio, che si aggirava nell'oscurità e accoltellava la gente.

Mentre lei tormentava quel pensiero, lo stuzzicava e disfaceva, il suo sguardo si posò su una scatola di legno splendidamente intagliata posata al centro del letto.

Era una scatola di palissandro di medie dimensioni, difficile da non notare sullo sfondo del lenzuolo bianco. La sommità era dipinta di verdi spenti e rosa tenui, mentre la chiusura era di oro lucido.

Lucy deglutì.

Una bella scatola, una scatola dall'aria costosa – una scatola che non le apparteneva – era posata al centro del letto.

Lucy si guardò attorno e barcollò. Il suo abito da viaggio verde era appeso allo schienale della sedia. Le sue pantofole grigie erano posate con ordine in un angolo. La lettera lasciata a metà alla sua cara amica Charlotte era caduta sul pavimento.

Quella era sicuramente la sua stanza, ma – il suo sguardo corse di nuovo letto – la scatola... Decisamente non le apparteneva.

Con le gambe che tremavano, Lucy si avvicinò alla scatola. Era come se fosse terrorizzata che all'improvviso l'oggetto spiccasse un balzo e la mordesse.

Scattò in avanti e toccò con coraggio il coperchio.

Aveva paura di aprirla e confermare i suoi sospetti...

Ma doveva farlo.

Un respiro profondo più tardi, fece scattare la chiusura e fissò i contenuti del portagioie.

Tutto il suo corpo cominciò a tremare, il suo respiro si fece affannoso e suoi occhi si spalancarono per l'orrore.

Qualcuno la afferrò da dietro.

Lucy si voltò e vide il maggiordomo che fissava la scatola.

Un attimo dopo, l'uomo lanciò un grido a pieni polmoni che risuonò per la casa. "Ho trovato il ladro, ho trovato il ladro, ho trovatooooo il ladro dei gioielliiiii!"

Le ginocchia di Lucy cedettero e lei crollò sul letto. Aveva cercato i gioielli in tutta la casa ed eccoli lì, in quello stesso portagioie che si rilassava al centro del suo letto, fissandola con aria decisamente compiaciuta.

Era condannata.

Il cappio robusto saltellò e cominciò a bussare insistentemente contro la sua testa spaventata.

Capitolo 32

Che razza di imbecille poteva averle lasciato un patrimonio sul letto? si chiese Lucy. Se solo il maggiordomo non l'avesse raggiunta al momento della scoperta, lei sarebbe corsa via da Rudhall Manor, sarebbe fuggita fino al porto più vicino e avrebbe fatto rotta verso terre esotiche.

Si chiese se le sarebbe piaciuto vivere in Francia. Avrebbe potuto spacciarsi per una contessa inglese, trovare un affascinante lord da sposare... O magari la Spagna. La Spagna era calda e lei adorava le arance spagnole. Avrebbe trascorso le giornate seduta in veranda a mangiare un'arancia dietro l'altra e poi qualche altra arancia ancora, sputando i semi nel tentativo di proiettarli il più lontano possibile–

Lord Adair le sfiorò il gomito, riportandola al presente.

"Dobbiamo legarla," stava dicendo Elizabeth. "Non posso permettere che un'assassina deviata corra per la casa mentre io dormo."

Tutti si erano radunati nel soggiorno. Sedici tazze di caffè erano state consumate mentre bulbi oculari di ogni genere avevano cercato di trafiggere il cranio nervoso di Lucy.

"Non c'è modo di mandarla via questa sera, lord Adair?" chiese lady Sedley. Era seduta sul divano, o meglio, mezza sdraiata su di esso. La sua mano pallida era posata sullo schienale, mentre l'altra era drappeggiata ad arte sul braccio. La sottile vestaglia bianca era scivolata via da una spalla e la caviglia sinistra era spudoratamente in mostra.

Lord Adair ignorò la caviglia e il collo bianco esposto. "Temo che sia tardi. E poi, le strade sono bloccate dalla neve. La carrozza non riuscirebbe a lasciare il villaggio. Non voglio correre il rischio che si dia alla fuga durante il viaggio."

Lucy spalancò gli occhi, facendo silenziosamente appello a tutti coloro che la circondavano. Cercò di muovere i muscoli facciali per sembrare il più innocente possibile. Li implorò di dare un'occhiata al suo volto disperato, di tuffarsi nelle profondità delle sue pupille e di nuotare un po' per giudicare la verità di persona. Lei non aveva trovato nulla né ucciso nessuno.

"La sua vecchia stanza," disse lady Sedley, soffocando uno sbadiglio, "si trova al primo piano e ha una serratura robusta." Tirò fuori un mazzo di chiavi dalla tasca della vestaglia e lo lanciò verso lord Adair. "Chiudetela dentro. Potremo occuparci di lei domani mattina."

"Lord Sedley," disse lord Adair, rivolgendosi a Peter, "approvate il piano?"

Peter sollevò lo sguardo con espressione angosciata. "Avreste dovuto dirmi che avevate voi i gioielli," disse guardando Lucy. "Avrei fatto qualcosa... qualunque cosa. Non saremmo arrivati a questo."

Elizabeth sussultò. "Ti dispiace per questa creatura?"

"L'amore ti ha accecato," disse compassionevole Ian. "Ti capisco fin troppo bene." Sospirò pesantemente.

"Può darsi," mormorò Peter, lo sguardo che si rifiutava di abbandonare il volto di Lucy.

Lucy arrossì e distolse lo sguardo. Era una situazione terribile. Per la prima volta in vita sua, un uomo le stava dichiarando il suo amore e lei non desiderava altro che zittire quell'imbecille farfugliante.

Peter non si rendeva conto che quello non era il momento per dire sciocchezze del genere? Lucy era accusata di crimini seri e invece di dire che non la credeva capace di commettere atti del genere, Peter lamentava quanto la amava nonostante lei avesse la propensione all'omicidio e al furto.

Lucy fulminò l'uomo con lo sguardo. Avrebbe potuto salvarla invece di sospingerla delicatamente verso un'alta scogliera per poi omaggiarla di un amorevole spintone.

"Io vado a letto," disse Elizabeth. Si alzò, guardò per un'ultima volta Lucy come se fosse un insetto disgustoso e scivolò fuori dalla stanza.

Lord Adair afferrò il gomito rassegnato di Lucy e la manovrò con gentilezza fuori dalla stanza.

A capo chino, Lucy concesse al suo gomito di essere guidato verso la sua vecchia stanza. Una stanza che lei sarebbe stata felice di rivedere in circostanze diverse.

Fuori della stanza, lord Adair le sollevò il mento e chiese gentilmente: "Avete bisogno di qualcosa dal seminterrato? Una camicia da notte o un libro?"

Lucy scosse la testa. Dubitava che sarebbe riuscita a dormire.

L'uomo la guardò in viso. Quando lei si rifiutò di incrociare il suo sguardo, il marchese lasciò ricadere la mano.

Lei fece un passo indietro, guardandolo controllare le chiavi per verificare quale entrasse nella serratura.

Le chiavi tintinnarono rumorosamente mentre l'uomo le passava al setaccio e, approfittando del baccano, lord Adair mormorò: "So che siete innocente."

Lucy voltò la testa verso di lui così in fretta da provocarsi un capogiro.

"Eh?" Non era sicura di aver udito bene.

La chiave girò nella serratura e l'uomo gesticolò verso la porta. "Questo è necessario. Siate paziente."

"Sarò morta prima che voi risolviate questo crimine," bisbigliò amareggiata Lucy.

Alle loro spalle risuonò un rumore di passi.

Lord Adair serrò le labbra e scosse leggermente la testa in segno di ammonizione.

Lucy non era stupida, ringhiò fra sé. Sapeva quando tacere. Non c'era bisogno che l'uomo fosse così condiscendente. Entrò marciando nella stanza, tenendo la testa alta.

"Non provate a fare qualcosa di stupido e non preoccupatevi," ordinò a bassa voce lord Adair un attimo prima di sbattere la porta e chiuderla dentro.

Lucy si preoccupò.

Se lord Adair sapeva chi era il colpevole, perché non lo catturava, non lo torturava un pochino e non lo costringeva a confessare la verità? O forse stava cercando di blandirla, dicendole che era innocente mentre la sospingeva con delicatezza verso il continente?

"Mi sposerò," annunciò zia Sedley, entrando a gran velocità nella stanza.

"Congratulazioni," disse acidamente Lucy.

"Potreste essere un po' più entusiasta," brontolò zia Sedley. Il suo volto appeso a testa in giù danzò di fronte agli scontenti bulbi oculari di Lucy. "Non sono mai stata sposata."

"Non sapevo che i fantasmi potessero sposarsi," rispose Lucy.

"Sì che possono. Sarà fra due settimane. Il matrimonio, intendo. Mi piacerebbe che voi vi partecipaste, ma solo i morti possono assistere alla cerimonia. E poi, voi non potete volare e io mi sposerò su una nuvola–"

"Parteciperò al vostro matrimonio."

"Come?"

"Sarò morta anch'io. Un fantasma che svolazza in giro. Non mi sembra poi così male. Potrò partecipare al vostro matrimonio. Conosco già uno spirito... Il cappio farà un po' male, ma in seguito–"

Zia Sedley fece una capriola a mezz'aria e si raddrizzò. "È accaduto qualcosa questa notte?"

"Il ladro ha lasciato il portagioie sul mio letto. Il maggiordomo mi ha sorpresa."

Il fischio di zia Sedley fece sì che il cuscino spiccasse un balzo, rotolasse per terra e andasse a nascondersi sotto il letto. "E ora?"

Lucy si strinse nelle spalle. "Progetteremo il vostro matrimonio."

Zia Sedley ridacchiò in maniera compassionevole. "Assicuratevi di indossare un bel vestito al momento della morte. Dovrete indossarlo per il resto dell'eternità. Noi non ci cambiamo d'abito."

"C'è altro?"

"Vi troverò un bello spirito da sposare. Uno spirito affascinante e scavezzacollo che vi farà letteralmente spiccare il volo."

Lucy annuì.

"Signorina Trotter," disse gentilmente zia Sedley, "non è necessario che vi impicchino. Avete una via d'uscita."

Lucy chiuse gli occhi. "Lo so."

Zia Sedley le accarezzò la testa. "Ora devo andare. Il signor Brown ha qualcosa di importante da dirmi... Posso lasciarvi sola?"

Lucy si costrinse a sorridere.

"Beh, in tal caso... a più tardi. E non preoccupatevi, signorina Trotter. Se le cose non dovessero andare per il verso giusto... essere un fantasma non è poi così male."

Lucy tacque.

"A più tardi," mormorò un'ultima volta zia Sedley. "Non dimenticate che avete una via d'uscita... d'uscita... d'uscita..."

Dopo la partenza dello spirito, Lucy aprì le tende e fissò la luna. Era piena, luminosa e contenta.

Quante altre lune avrebbe potuto vedere dalla Terra?

Le tre stelle in fila le ammiccarono. *Non essere così dannatamente cupa*, sembrarono consigliarle. *Salvati la scorza*, proseguirono.

Lucy fissò il terreno buio e ghiacciato, la rugiada che luccicava sui fili d'erba e la foresta infinita in lontananza.

Zia Sedley aveva ragione. Lei aveva una via d'uscita e avrebbe dovuto correre il rischio.

Le restava una sola scelta. Sarebbe dovuta fuggire quella notte.

Capitolo 33

Lucy non aveva mai apprezzato il tabacco da fiuto, ma al momento avrebbe dato qualunque cosa per una fiutata. Aveva bisogno di incoraggiamento. Una qualche mistura che rafforzasse il morale, che instillasse coraggio e che agitasse un po' la sua coda scontenta.

Avrebbe dato mezza gamba per una bottiglia di brandy, anche di quello economico. Ma purtroppo, la stanza era stata ripulita. Non un sigaro, non una sigaretta, non una goccia di morfina si nascondeva da nessuna parte.

Era condannata a tirare dritto senza alcuna sostanza che le ottundesse la mente. Doveva prepararsi a balzare nel vuoto, scivolare lungo una corda improvvisata, attraversare di corsa il giardino illuminato dalla luna e farsi strada nella foresta buia fino a raggiungere un qualche luogo civile.

Avrebbe vissuto di uccelli e foglie. Avrebbe bevuto da un torrente e piluccato dolci e bacche. Avrebbe acceso un fuoco scoppiettante usando legno raccolto durante tutta la giornata e cinguettato con gli uccelli che non aveva mangiato.

Avrebbe lavorato come domestica in una locanda, risparmiando il più possibile fino a quando, un giorno, non sarebbe fuggita dalle spiagge inglesi. Fuggita dai mostri che la cercavano, che volevano impiccarla per un crimine che non aveva mai commesso.

E poi... e poi si sarebbe imbarcata clandestinamente su una nave diretta in India, dove un raja sarebbe rimasto intontito dalla sua bellezza e l'avrebbe portata al suo palazzo. Lucy lo avrebbe sposato e avrebbe avuto dodici bambini piccoli con dodici cappotti caldi affidati alle mani di dodici capaci bambinaie.

Il sogno a occhi aperti e a tinte rosa si concluse mentre lei stringeva l'ultimo nodo al lenzuolo.

Lucy aveva legato insieme due tende e un lenzuolo e aggiunto nodi a vari intervalli per realizzare una scaletta. Sapeva di essere brava in quell'arte, considerato il numero di volte in cui era fuggita dalla sua stanza all'orfanotrofio ed era corsa al giardino dei vicini per rubare le mele.

In seguito, Lucy legò la corda attorno alla gamba del pesante scrittoio, si arrampicò sopra il suddetto scrittoio, spalancò la finestra e lanciò fuori il resto della corda.

Fece capolino con la testa, ispezionando il terreno sottostante.

L'estremità della corda era sparita in un cespuglio.

Lucy tornò di corsa al letto, si infilò sotto il vestito due cuscini da usare come imbottitura, scaldaletto o attrezzi da soffocamento a seconda delle circostanze, si annodò uno scialle attorno al povero collo e si considerò completamente preparata per l'avventura che l'attendeva.

Un respiro profondo più tardi, Lucy scese vibrando lungo la corda e cadde nel cespuglio.

Faceva freddo. Il terreno era coperto di neve fino alle caviglie, mentre la luna piena la guardava con aria di disapprovazione.

Lucy mostrò la lingua alla Luna e cominciò a camminare.

La notte era luminosa ed era facile individuarla. Si chiese dove fossero le stramaledette nuvole quando lei le voleva.

Scelse di stare vicina alle siepi e, restando bassa, corse sperando che le ombre l'avrebbero nascosta.

Zampettò per un po', saltellando da un'ombra all'altra, ma non ci volle molto prima che le sue ginocchia piegate cominciassero a protestare.

Le sue ginocchia esigevano di essere raddrizzate. Gridavano a gran voce per denunciare i maltrattamenti che stavano subendo. Presto, le ginocchia in pena minacciarono di irrigidirsi e fingersi morte se la situazione fosse rimasta la stessa.

Lucy non aveva scelta. Fu costretta a raddrizzare le giunture che protestavano.

Camminò dritta per un po' e presto, a ogni nuovo passo, la sua paura cominciò a diminuire. E il motivo per cui la paura si stava rapidamente involando era il monologo interiore con cui lei cercava di vedere il lato positivo delle cose.

Certo, un animale selvatico avrebbe potuto aggredirla in qualunque momento, ma lei era forte. Più forte di quanto molte persone pensavano che lei fosse. Avrebbe potuto sconfiggere facilmente l'animale, buttarselo in spalla e arrostirlo in seguito per una cena tardiva.

Oppure, un bandito letale poteva aggirarsi lungo il confine di Rudhall Manor. Lucy sollevò il mento. Un bandito letale o un malvivente spelacchiato non potevano spaventarla. Dopotutto, al momento lei era una di loro.

Avrebbe raccontato delle sue condizioni e avrebbe avuto compassione di lei... sì, avrebbero avuto compassione di una fuorilegge come loro e le avrebbero offerto una mano sfuggente e giurato di proteggere la sua testa in pericolo.

Lucy avrebbe fatto amicizia con i masnadieri appena conosciuti. Avrebbe partecipato alle loro missioni e sarebbe diventata la donna più intelligente, sveglia e famigerata del mondo.

La signorina Lucy Anne Trotter, elegante ladra di gioielli. Suonava bene.

I suoi passi prudenti si fecero più sicuri, il suo spaventato trascinare di piedi si trasformò in un'andatura audace e la camminata vigorosa cominciò a scaldarla mentre lei continuava a sognare a occhi aperti.

Avrebbe portato sempre i capelli raccolti, tempestati di forcine di diamanti in grado di aprire qualunque cosa al mondo. Avrebbe agitato la gonna in un certo modo ogni volta che rapinava con successo qualcuno e si sarebbe esibita in una piccola danza incantevole. Si sarebbe mescolata a individui come il reggente, il re e persino il famigerato bandito, il Falcone–

Sgrat, sgrat, sgrat, sussurrò un suono nella notte silenziosa.

Lucy si immobilizzò e il suo sguardo corse in tutte le direzioni. Il suo cuoricino coraggioso vacillò e i suoi pensierini coraggiosi sgattaiolarono via.

Zack, zack, zack, esordì un nuovo suono un istante dopo.

La paura, in tutta la sua gloria ruggente, la travolse di nuovo.

Un suono stridente bisbigliò nell'aria.

Qualunque cosa fosse, era vicina. Lucy non avrebbe saputo dire se fosse umana o animale.

Tunf.

Lucy sobbalzò e poi rientrò nella pelle. Quel suono era stato così forte da cancellare qualunque idea che se lo fosse immaginato.

Il cuore in gola, Lucy cominciò ad avanzare lentamente e presto allungò il passo. Non voleva farsi scoprire.

Non ci volle molto prima che si mettesse a correre a perdifiato lungo il sentiero.

Volò attraverso la notte, agitando le braccia come una papera con un'ala sola. I suoi piedi corsero, inciamparono e scivolarono nella neve, atterrando occasionalmente su una foglia scricchiolante o un ramoscello fragile.

Le forcine nei suoi capelli abbandonarono la nave e si diedero alla fuga, uno dei cuscini scivolò via da sotto il vestito e rimbalzò verso un cespuglio spinoso e, finalmente, il suo miglior paio di calze si strappò dai piedi fino al bacino.

A un certo punto, la sua frettolosa caviglia urtò qualcosa di duro sul terreno. Lucy volò in aria come un piccolo delfino che balzava sopra un'onda spumosa e si spiaccicò sul terreno coperto di neve.

Sputando neve dalla bocca, Lucy si mise frettolosamente seduta e si guardò alle spalle per vedere in cosa fosse inciampata.

Un grido sommesso le sfuggì e i suoi occhi si spalancarono per l'orrore.

Un uomo giaceva a faccia in giù sul terreno dietro di lei.

Le si contorse lo stomaco in preda alla nausea mentre cercava di smuovere il corpo con un piede.

L'uomo era morto?

Con un certo timore, Lucy spinse più forte.

Il corpo si rigirò invece di spostarsi nella neve. Era più leggero di quanto lei si era aspettata.

Molto più leggero… inumanamente leggero.

Inoltre, Lucy si rese conto che il corpo non aveva una faccia. Tutto ciò che lei riusciva a vedere erano pelle bianca e nessun lineamento.

I palmi le raggelarono e la vista cominciò a sfocarsi.

Quello era un incubo.

Una sensazione di nausea cominciò a sbocciare nel suo stomaco e le parve di avere la lingua secca e asciutta.

Quell'orribile volto senza faccia, bianco come la neve, brillava sinistro nella notte.

Lucy stava per svenire.

Una singola nube sospesa di fronte alla luna se ne andò e, nella luce più chiara, la vista sfocata di Lucy percepì qualcosa di familiare.

Il corpo era inanimato. La pelle non era pelle, ma semplice panno bianco. Era una grossa bambola delle dimensioni di un uomo.

Capitolo 34

Lucy ridacchiò istericamente. Chi poteva aver realizzato una bambola di quelle dimensioni? Erano stati i bambini per qualche gioco frivolo?

La bambola aveva persino dei vestiti addosso. I vestiti del defunto lord Sedley.

La risata le morì nelle tonsille.

Lucy si accigliò e si protese a sfiorare i bottoni dorati quando un sibilo alla sua destra le arrestò le dita a mezz'aria.

Occhi cupi e ferini brillavano alla luce della luna.

Palmer, il babbuino, osservava ogni suo movimento, un coltello che luccicava fra le piccole mani pelose.

Lucy deglutì.

C'era qualcosa di spaventosamente sbagliato. L'aria stessa che circondava Palmer sembrava pulsare di pericolo.

Lucy tornò a guardare la bambola.

La luna splendente illuminava delle linee che si incrociavano sul petto della bambola.

Il suo cuore si colmò di terrore. Le linee erano tagli lasciati da un pugnale.

Lucy spalancò gli occhi per la compressione mentre il puzzle infranto si rimetteva insieme e formava un'immagine integra, vivida e minacciosa.

Una miriade di scene le corse nella mente.

L'intera casa che aveva un alibi.

Lord Adair che diceva che il colpevole era qualcosa di simile a un fantasma.

Lady Sedley che gridava contro il babbuino perché questi aveva scavalcato il cancelletto per andare a rubare l'ananas candito.

Le immagini si susseguirono rapidamente, ora... Palmer che mangiava con il cucchiaio, che toglieva i pidocchi dei capelli di Ian, che imitava fedelmente i gesti di Peter...

Che usava un pugnale per accoltellare lord Sedley al petto sei volte.

Palmer si mosse, riportandola al presente. Il suo corpo massiccio e scuro si appoggiò lentamente sulle mani.

Lucy indietreggiò barcollando per il terrore e il suo piede atterrò su qualcosa di tagliente che le penetrò negli stivali sottili. Trattenendo un grido, Lucy abbassò lo sguardo e vide una vanga che sporgeva da sotto lo stivale.

Trattenendo il panico sempre più intenso, si guardò distrattamente attorno, cercando una via di fuga, e individuò nelle vicinanze un solco scavato di fresco.

Il suo sguardo corse dal lungo solco al grosso pupazzo.

Il cuore le martellava contro le costole e lei spiccò un balzo all'indietro, inorridita.

Quello non era un solco, ma una tomba per la bambola.

"È un peccato che ci abbiate scoperti," le disse nell'orecchio la voce di Peter.

Qualcosa di freddo e duro la pungolò alla schiena.

Lucy smise di respirare.

"Alzatevi," ordinò l'uomo.

"Siete molto astuto," disse lei, la voce gonfia di paura.

L'uomo le passò un braccio attorno alla vita e la tirò su. "Ora andremo verso il rifugio degli animali. Non cercate di gridare."

"Avete addestrato Palmer. Ha scavalcato il cancelletto, è entrato nella stanza e ha accoltellato lord Sedley al petto mentre dormiva."

"Abbassate la voce," bisbigliò l'uomo, affondandole le dita nella vita in segno di avvertimento.

Lucy si lasciò condurre in silenzio per un po'. Il suo cervello lavorava più sodo e lucidamente che mai. Ogni suono, ogni colore sembravano all'improvviso più intensi agli occhi della sua mente.

"Cosa volete fare con me?" chiese Lucy.

"Uccidervi."

Lei deglutì nervosamente. "Non riuscirete a commettere un altro omicidio e restare impunito."

"Ma il vostro non sarà un omicidio, signorina Trotter. Lascerete un biglietto nel quale dichiarerete che non sopportavate di avere le mani sporche di sangue prima che io vi spari. Agli occhi del mondo, vi sarete suicidata."

Il terrore prese possesso delle membra di Lucy.

Peter aveva cominciato a trascinarla attraverso la neve, perché ora i suoi piedi si rifiutavano di muoversi.

"Gli animali sentiranno la mia mancanza," disse lei, cercando di fare appello al lato più tenero dell'uomo.

Peter smise di camminare. "È vero. Voi siete una brava persona, signorina Trotter, e io non ho nulla contro di voi. Non voglio farvi del male, ma non ho alternative."

Un'ombra si mosse agli angoli del campo visivo di Lucy.

"Siete stato voi a mettere i gioielli nella mia stanza," disse lei, cercando disperatamente di continuare a farlo parlare. Nei paraggi c'era qualcuno che stava ascoltando ogni loro parola. "In modo che i sospetti su di me diventassero certezze. Sono sempre stata destinata al sacrificio."

"Curioso," rispose pensieroso mentre Peter. "Non ho mai toccato i gioielli prima di questa sera, quando il maggiordomo me li ha consegnati. Credevo sinceramente che li aveste rubati voi."

"Io non ho rubato nulla."

L'uomo emise un suono di incredulità.

Un ramoscello si ruppe alle sue spalle e Lucy si affrettò a parlare per distrarre Peter dal suono. "Perché lo avete fatto?"

Con aria meditabonda, l'uomo rispose: "Mio padre mi insultava spesso, mi odiava e mi ha sempre preferito Ian. Ma non è stato l'odio nei confronti di mio padre a spingermi. È stato l'amore. L'amore per i poveri animali indifesi del mondo."

Lucy annuì energicamente, incoraggiandolo a proseguire.

L'uomo continuò: "Ci sono tanti animali al mondo bisognosi di riparo, signorina Trotter. Di certo capirete. Devo sfamarli e dare loro tutto ciò di cui hanno bisogno. Voglio viaggiare e trovare le creature più belle del mondo, portarle a casa perché vivano con me. Non avrei mai potuto farlo, a meno che questa villa non venisse venduta. E mio padre non avrebbe mai accettato. Si rifiutava di venderla. Dovevo ucciderlo," concluse appassionatamente.

"Capisco," mentì lei.

La presa dell'uomo sulla sua vita si ingentilì. "Vi avrei aiutata a fuggire, signorina Trotter, se solo aveste avuto fiducia in me. Non doveva finire così. Avreste potuto salpare per la Francia con una fortuna da spendere. Io avrei potuto vendere questa casa e tutti avrebbero creduto che voi aveste ucciso mio padre. Sarebbe stato ideale."

"Vi prego," bisbigliò Lucy, "siete ancora in tempo a lasciarmi andare. Andrò in Francia. Fuggirò da qui. Non dovete uccidermi."

"So che non mi biasimate. I miei animali... loro sanno riconoscere una buona anima," disse a bassa voce l'uomo. "Sentirò la vostra mancanza, signorina Trotter. Ma dato che conoscete la verità, non posso correre il rischio di lasciarvi in vita." Peter sospirò scontento. "Dovrò sacrificarvi per il bene superiore. So che capite... solo voi potete capire. Venite, amore mio. Scriviamo quel biglietto. Si sta facendo tardi."

Lucy serrò le palpebre. Quella era la sua possibilità e lei pregò che chiunque li stesse seguendo non fosse il dannato babbuino, ma un essere umano dotato di intelligenza.

Spostò lo sguardo sulle tre stelle che brillavano in cielo e si chiese se, a momenti, ne sarebbe spuntata una quarta.

Col cuore che tuonava, ignorò lo strattone di Peter alla sua vita e aprì la bocca, gridando come uno scimpanzé impazzito: "Guardate, UN ELEFANTE VOLANTE!"

Peter guardò.

Subito, le dita di Lucy volarono alle narici dell'uomo e vi si conficcarono dentro. Il suo gomito si mosse nello stesso istante e lo colpì allo stomaco.

"Oh!" esclamò Peter e la sua presa su di lei si allentò.

Lucy si abbassò e sfuggì alla presa dell'uomo in tempo per individuare lord Adair che prendeva il volo nella direzione del polso di Peter.

Il marchese afferrò la mano di Peter e la torse fino a quando le sue dita non si allargarono per il dolore e la pistola cadde a terra.

In un batter d'occhi, lord Adair puntò la pistola contro la tempia dello sconfitto Peter.

Accadde tutto con una velocità sconvolgente. Lucy guardò frastornata lord Adair accentuare la presa sul collo di Peter, quasi incredula che il vero colpevole fosse stato agguantato e che lei fosse libera.

Lord Adair sorrise e inarcò un sopracciglio. "Un elefante?"

"Un elefante volante," corresse disgustato Peter.

"Ha funzionato, no?" chiese Lucy, le ginocchia che si piegavano per il sollievo.

"Se solo non aveste detto 'elefante,'" ringhiò Peter, "io non avrei guardato."

"Avevo pensato di gridare 'bufalo giallo,'" lo informò lei.

"All'inferno," borbottò Peter, lasciandosi condurre via da lord Adair.

Capitolo 35

È incredibile come il punto di vista sul mondo cambi a seconda delle circostanze.

Il giorno prima, Lucy sognava di acchiappare piccioni e cuocerli sul fuoco in una zona buia della foresta per sopravvivere, mentre ora osservava quegli stessi uccelli con una sorta di affetto materno. Non si sarebbe mai sognata di mangiarli. Anzi, li trovava assolutamente accattivanti, mentre si facevano belli su un ramo, tutti ali e altre cose.

Si recò alla sua panchina preferita e appoggiò il posteriore contento sul legno scaldato dal sole. Tante cose erano cambiate in un giorno solo.

La vita era buffa.

Si poteva essere ricchi un minuto prima e poveri quello dopo, o poveri un momento prima e ricchi quello dopo. Entrambe le possibilità erano valide. E lei era lieta che questa volta la vita avesse cambiato direzione a suo favore.

Tirò fuori un sigaro che aveva rubacchiato dalla biblioteca e lo accese. Non voleva esattamente fumarlo, ma tenerlo in mano, agitarlo e darsi delle arie. Sembrava la cosa giusta da fare in quell'occasione gioiosa.

Fissò il rifugio degli animali attraverso il velo del fumo che danzava. La sera prima era stata pronta a fuggire dalla villa con un singolo scialle e due cuscini infilati sotto il vestito.

La sera prima l'aria era gelida, il suo cuore spaventato e il suo naso così freddo da spingerla a stupirsi che non fosse caduto.

Lucy sospirò. La sera prima era stata ricca di eventi. Dopo la sua avventura notturna, lord Adair era comparso sulla scena come un mago, aveva svegliato l'intera casa e aveva catturato l'attenzione di ogni singola testa sbadigliante mentre spiegava il ruolo mortale di Peter nell'intera faccenda.

Per una volta, lady Sedley era svenuta in maniera convincente. Elizabeth era impallidita e aveva affondato le unghie nel divano, lasciando un'artigliata colossale nel cuoio rosa.

Per quanto riguardava Ian... Ian aveva udito la notizia, camminato in cerchio, digerito il fatto che suo fratello era colpevole e, quando la verità aveva finalmente penetrato il suo cranio spesso, aveva cominciato a barcollare e aveva proseguito a barcollare su gambe sconcertate fino a quando la sua vista non aveva cominciato ad annebbiarsi.

C'era voluto molto tempo prima che un suono uscisse dalle sue labbra.

L'uomo aveva squittito e sbuffato qualche volta prima che chiunque si rendesse conto che stava cercando di fischiare.

Quando finalmente Ian era riuscito a fischiare, il suono era cominciato come una piccola e dolce melodia, che presto si era trasformata in una vera e propria canzone di gioia, amore e birra.

L'uomo aveva spiccato un balzo, aveva saltellato qualche volta su sedie e tavoli ed era corso per la casa come un bambino di cinque anni a cui qualcuno aveva offerto un cesto pieno di dolciumi.

Aveva abbracciato e baciato ogni singola persona in casa e brillato come un girasole coperto di rugiada, il tutto perché si era reso conto che ora possedeva non solo i gioielli, ma l'intera stramaledetta villa.

Lucy non era rimasta ad ascoltare il resto... O meglio, avrebbe voluto farlo, ma Elizabeth le aveva ordinato di ritirarsi nella sua stanza.

E tragicamente, non le era stato permesso nemmeno di origliare.

Era giaciuta sveglia per ore, rimuginando sull'orribile scoperta che un babbuino aveva ucciso il povero vecchio lord Sedley.

E lord Adair, pensò sorridendo Lucy, aveva difeso la verità sebbene il colpevole si fosse rivelato un aristocratico.

Lucy scrollò la cenere del sigaro come aveva visto fare a lord Adair e inalò una pensierosa boccata di fumo.

E se la notte prima era stata ricca di eventi, il mattino non era stato meno entusiasmante.

Lucy era entrata in cucina e aveva trovato tè caldo e dolce e una colazione abbondante ad attenderla in tavola. I servitori l'avevano guardata consumare un uovo e parte di una salsiccia prima di scoppiare in una pioggia di scuse.

La cuoca aveva singhiozzato nel fazzoletto e portato a Lucy due pasticcini, una pagnotta di pane appena sfornato e un vasetto di marmellata.

Lucy aveva abbracciato gioiosamente la cuoca, che aveva ricambiato con entusiasmo fino a quando Lucy non era quasi morta soffocata.

Il maggiordomo l'aveva informata che lui e la sguattera si sarebbero sposati. Lucy era stata cordialmente invitata al matrimonio. Il maggiordomo aveva intenzione di andare in pensione e aprire una locanda con il denaro che gli aveva lasciato lord Sedley.

La sguattera era arrossita abbondantemente e, fra un risolino e l'altro, aveva stretto con entusiasmo la mano di Lucy e le aveva dato un'ottima ricetta per il Brunwick Black, augurandole parascintille sempre privi di ruggine.

Ad avvicinarla in seguito era stata Rose. La cara, peperina Rose, con il suo adorabile accento misto tra il francese, il russo e una spruzzata di irlandese. Si era scusata profusamente per il suo comportamento e aveva chiesto perdono. La sua voce si era abbassata leggermente e aveva tremolato quando aveva menzionato la delicata questione della sua minaccia di strappare a morsi il dolce nasino di Lucy.

Quella confessione aveva fatto spuntare le lacrime negli occhi di Lucy, che aveva abbracciato con calore la donna robusta.

Rose, dal canto suo, era rimasta rigida come un valletto, aveva stretto i denti e acconsentito a quello sfoggio di affetto fisico.

Poi era giunto il momento degli addii.

A quel punto, tutti erano scoppiati rumorosamente a piangere, compreso il maggiordomo. Singhiozzi, gemiti e il suono della servitù che si soffiava il naso erano risuonati in cucina.

Lucy si era commossa e aveva pianto come non aveva mai pianto prima. Aveva ululato e ululato e ululato, suscitando la reazione di un lupo nel rifugio degli animali.

Ma fu la cuoca a battere tutti. Mostrò un dolore da animo tragico, artista sul palcoscenico o frequente visitatrice di funerali. Se le lacrime di Lucy avrebbero potuto riempire una grossa teiera, quelle della cuoca provocarono un'inondazione in cucina. Presto, tutti gli stivali della stanza furono zuppi delle lacrime salate della cuoca...

"Qualche domanda che vi balza per la testa?"

Lucy sollevò lo sguardo e trovò lord Adair in piedi di fronte a lei. Il sole sembrava formare un'aureola attorno alla testa dell'uomo.

"Voi risponderete?" chiese lei.

"Volentieri," rispose l'uomo. "Vogliamo camminare mentre chiacchieriamo?"

"Bofonchiamo," disse lei, alzandosi, "non chiacchieriamo."

Lord Adair strinse le labbra.

"Ditemi, milord," chiese Lucy, "quand'è che avete capito che era stato il babbuino?"

"Ricordate quel giorno in cui vi siete travestita da cespuglio per inseguire lady Sedley? Siete arrivata vicina a scoprire la verità. A pochi passi dal punto in cui voi ascoltate la conversazione fra lady Sedley e Peter, nascosto nelle vecchie scuderie, si trovava il manichino che indossava i vestiti vecchi di lord Sedley."

"Ero travestita da albero, non da cespuglio," lo corresse lei. "Perché non avete smascherato il complotto quel giorno stesso, milord?"

"Se avessi detto alla famiglia che un babbuino aveva ucciso lord Sedley e che l'unico indizio a mia disposizione era una gigantesca bambola, qualcuno mi avrebbe creduto?"

"Suona abbastanza assurdo," concesse Lucy.

Girarono attorno a una grossa pozzanghera di acqua fangosa la cui superficie luccicava dei colori dell'arcobaleno.

"Cosa farà Elizabeth ora?" chiese Lucy.

"Ha deciso di trasferirsi a Londra. Una sua vecchia zia vive laggiù e possiede una modesta dimora. Elizabeth si prenderà cura della zia mentre progetta la sua stagione londinese."

"Ian e lady Sedley andranno a Bath?" chiese Lucy.

"Sì," rispose a bassa voce il marchese. "E io tornerò a Lockwood."

"Sì, beh..." Lucy lasciò in sospeso la frase.

"È meglio che torni al coperto. Ho alcune piccole questioni di cui occuparmi prima di partire."

"Aspettate. Un'ultima domanda."

L'uomo esitò.

"Per favore," blandì Lucy.

Lord Adair sorrise e le fece cenno di proseguire.

"Che ne è stato del valletto?"

"È fuggito ieri notte."

"E i gioielli... Chi li ha messi nella mia stanza?"

"Avete già posto l'ultima domanda."

"Prometto che non ne farò altre. Ditemi chi ha messo i gioielli nella mia stanza."

Il sorriso si allargò. "Sono stato io, signorina Trotter. Io ho messo il portagioie sul vostro letto."

Lucy rimase a bocca aperta. Lentamente, chiese: "Voi avete rubato i gioielli dalla stanza di Elizabeth e li avete messi nella mia?"

In risposta, l'uomo si inchinò.

Lucy batté il piedino per terra. "Perché diavolo avete fatto una cosa del genere?"

"Immergete la testa nel ghiaccio, signorina Trotter. Volevo che tutti avessero la certezza che foste stata voi a commettere i crimini."

"Razza di–"

"Volevo indurre in Peter un falso senso di sicurezza. E, dopo essersi rilassato, lui ha commesso l'errore che io aspettavo."

"Mi avete usata," disse furiosa Lucy.

"Ho fatto il possibile per salvarvi." Lord Adair si strinse nelle spalle e si toccò il cappello. "Addio, signorina Trotter."

"Ho vinto la scommessa," disse Lucy rivolta alla schiena dell'uomo che si allontanava.

Lord Adair si immobilizzò.

Lei sollevò le gonne e seguì. "Ho catturato l'assassino prima di voi. O meglio, lui ha catturato me, ma una cattura c'è stata e io sono stata coinvolta per prima, per cui ho vinto."

Scostò con impazienza un ramo e balzò oltre un grosso masso. "Avete sentito quello che ho detto, milord? Smettetela di camminare così in fretta. Aspettate un momento, lord Adair. Voi e io abbiamo una faccenda in sospeso. Vi ho detto di fermarvi, bestia che non siete altro!"

Capitolo 36

Lucy osservò acidamente le valigie mentre venivano trasportate nella carrozza in attesa.

Lo stemma dorato della famiglia Lockwood, raffigurante un'aquila e Pegaso che volavano sopra un leone dall'aria amichevole, luccicava al sole tutte le volte che la portiera veniva aperta e chiusa dal valletto di lord Adair.

Lucy sollevò la sua piccola borsa da viaggio sopra il gradino e si sedette ad aspettare.

"Dovrà prendermi con sé," disse ai gattini nel cesto.

I felini miagolarono in tono scettico.

Un singhiozzo sommesso alla sua destra la spinse a voltare la testa.

Lucy non vedeva nessuno, ma il pianto patetico proseguì.

"Chi è?"

"Sono io," urlò zia Sedley.

Lucy strizzò gli occhi più forte e intravide finalmente il contorno sfocato di un fantasma traslucido. "Zia Sedley?"

"Non sono vostra zia," pianse zia Sedley.

"Mi dispiace, mi ero abituata a pensare… Oh, come siete dolce."

"Eh?"

"Piangete perché me ne sto andando. Sentirete la mia mancanza," disse Lucy, commossa.

"No, deficiente. Il matrimonio," strillo zia Sedley, "è stato annullato."

"E perché mai?"

"Il signor Brown aveva nascosto l'esistenza di una signora

Brown. Gli spiriti responsabili del matrimonio lo hanno scoperto." Il fantasma singhiozzò e si soffiò il naso. "Il signor Brown pensava che, dopo la morte, ogni legame familiare cessasse, ma gli spiriti competenti lo hanno confutato. Rimarrà sposato alla signora Brown, che gli piaccia o meno, per le prossime sette generazioni."

"Chi sarebbero questi spiriti?"

"Me ne infischio," lamentò zia Sedley. "Il senso è che non mi sposerò. Non voglio vivere mai più vicino al villaggio di Blackwell. Non voglio infestare mai più le strade che ho infestato con lui. Voglio andarmene molto, molto lontano."

"Siete in grado di lasciare la villa?"

"Non fate domande stupide," singhiozzò zia Sedley.

"Che cosa pensate di fare?"

"Patemi hon voi."

"Eh?"

"Treste tarmi con oi?"

"Per favore, cercate di parlare più chiaramente," implorò Lucy. "Non capisco una parola."

"Potreste," disse zia Sedley, tirando su col naso, "portarmi con voi?"

"Non so dove sono diretta."

"Pensavo che sareste andata con lord Adair."

"Devo ancora riuscire a convincerlo."

"Ma lui partirà a momenti," esclamò lo spirito.

"Lo so. Farò un ultimo tentativo; se non dovessi avere successo, dovrò andare a una locanda, prendere una stanza per qualche giorno e cercare lavoro."

Zia Sedley smise di piangere. "Non avete referenze."

"No, e se dovessi dire a un potenziale datore di lavoro chi erano i precedenti, questi saprà dell'omicidio e del furto–"

"E darà per scontato che voi abbiate avuto un ruolo," concluse zia Sedley.

"E poi, lord Adair conosce tutti, in Inghilterra. Nessuno discuterà la sua parola se decidesse di darmi lavoro o di chiedere a qualcun altro di farlo."

"Deve per forza portarvi con sé."

"Spero che lo faccia," sospirò Lucy.

"Sapete," disse pensierosa zia Sedley, "lui sarà sempre l'eroe."

"E io l'eroina," rispose sognante Lucy.

"Voi, mia cara, siete un personaggio di contorno."

"Bah."

"Ho sempre desiderato vedere Lockwood," disse un attimo dopo zia Sedley, rallegrandosi. "Lord Adair ha diversi antenati attraenti e potenti. Alcuni potrebbero galleggiare ancora per i corridoi."

"Non ne dubito."

"Potrei conoscere qualcuno di nuovo," disse speranzosa zia Sedley. "Credo proprio che–"

La porta si aprì, interrompendo zia Sedley e, con una ventata di aria, lord Adair uscì. Il suo lungo mantello da viaggio nero gli vorticava attorno e i suoi stivali lucidi scesero silenziosamente i gradini.

"Milord," disse Lucy, frapponendosi sulla sua strada. "È giunto il momento di onorare la nostra scommessa. Avevate promesso di darmi un impiego se avessi vinto."

"Ho risolto il crimine prima ancora che voi cominciaste a capire cos'era successo," la liquidò l'uomo. Scrutò il cielo limpido e si rivolse al valletto. "È un buon giorno per viaggiare. Non dimenticare la mongolfiera–"

"Siete riuscito a cogliere sul fatto Peter," lo interruppe lei, "ma avete dovuto sfruttare la sottoscritta. Potreste avere ancora bisogno di me."

"Ne dubito."

"Sono disposta a imparare."

"Io non ho nulla da insegnarvi."

"Non potete abbandonarmi. Non ho nessun luogo dove andare."

"Potete tornare all'orfanotrofio."

"Non mi vogliono."

"Posso offrirvi denaro sufficiente a sopravvivere fino a quando non troverete un impiego adeguato."

"Non sono una mendicante."

Il marchese si strinse nelle spalle e salì con grazia a bordo della carrozza.

Lucy si aggrappò la portiera. "Avete trovato una casa per Palmer, i polli, i rospi, i topi e persino quell'orrido uccello egiziano. Di sicuro potrete trovare qualcosa per me."

"Voi non siete un carlino indifeso che io possa affidare alle cure di un branco di bambini avidi," disse lord Adair, battendo sulle pareti della carrozza, "e nemmeno un esemplare notevole che può stimolare le riflessioni di un anziano docente di medicina."

"Ma sono una ragazza di buon carattere. Sono istruita. So suonare il pianoforte, il clavicembalo, il flauto. So scrivere lettere squisite, parlare francese e dibattere come un filosofo greco. So lavorare a maglia, cucire, dipingere e ballare. So preparare pasticcini divini e leggeri come l'aria, e le mie pagnotte possono soddisfare persino il re. So lavare i pavimenti, spazzare e spaventare le pieghe," gridò Lucy mentre la carrozza cominciava ad allontanarsi.

"So estrarre un proiettile da un uomo e preparare una pomata per un brutto taglio," proseguì Lucy, correndo lungo la carrozza in movimento. "So usare l'hunga munga, la letale arma africana. So lottare come un'orfanella di strada esperta e tenervi lontane le donne svenevoli, lord Adair."

La carrozza accelerò e Lucy non riuscì più tenere il passo.

"Sono immune al vostro fascino, milord," gridò Lucy in un ultimo tentativo disperato.

La carrozza si fermò con riluttanza e la testa di lord Adair ne sbucò fuori. L'uomo disse rassegnato: "Allora venite, signorina Trotter."

Lucy sorrise trionfante. Si buttò la piccola borsa di tela in spalla, afferrò il cesto di gattini miagolanti e con Spinoza il corvo appollaiato saldamente sul cappello si lanciò verso la carrozza.

Il fantasma di zia Sedley lanciò un grido di gioia e la seguì sfrecciando.

Balzarono entrambe a bordo, fantasma e umana, e presero posto di fronte all'uomo più attraente della Terra, lord William

Ellsworth Hartell Adair, marchese di Lockwood.

Zia Sedley tirò fuori un bicchiere di champagne e sorseggiò le bollicine fantasma. "A un nuovo inizio e a un'altra vivace avventura," brindò.

"Amen," sospirò felicemente Lucy, mettendosi comoda per il lungo viaggio.

Fine

Se avete gradito questo libro, date un'occhiata alle pubblicazioni precedenti di Anya Wylde su Amazon.
Per ricevere aggiornamenti sulle prossime pubblicazioni di Anya Wylde, fate click qui. Oppure scrivete a Anya all'indirizzo anyawylde@gmail.com

$$\mathscr{L'autrice}$$

Anya Wylde vive in Irlanda assieme a suo marito e a un barboncino francese grasso (ora a dieta). Prepara un curry fantastico e la sua idea di "esercizio" consiste nell'allungare occasionalmente le gambe. È laureata in letteratura inglese e adora leggere e scrivere.

Per essere i primi a sapere di qualunque nuova pubblicazione di Anya Wilde iscrivetevi qui.
Oppure scrivetele all'indirizzo anyawylde@gmail.com

Collegatevi con Anya Wylde su Facebook, Twitter,Instagram per ricevere notifiche sulle sue prossime uscite.

Sito: www.anyawylde.com

------

[1] "Yoodle yoodle yoo,/deedle deedle den./Sono un angelo felice,/Caduto dal cielo dolce,/Con la pancia piena di birra,/Troppo pesante per le nuvole delicate/Le dita troppo paffute per suonare l'arpa delicata,/Sono caduto, caduto, caduto,/Yoodle yoodle yoo,/deedle deedle den./Sono l'angelo felice–" (ndt).

[2] Nel lessico inglese, il blu è associato alla tristezza, al punto che "to have the blues" significa essere tristi (ndt).